Martín Caparrós
Väterland

Quart*buch*

MARTÍN CAPARRÓS

Väterland

Roman

Aus dem argentinischen Spanisch
von Carsten Regling

Verlag Klaus Wagenbach   Berlin

1

Und genau in dem Moment denk ich an San Martín. Nicht an den Martín Fierro, nicht an Sarmiento, nicht an das scheue Gürteltier Yrigoyen, nicht an die Pulpera de Santa Lucía, nein, an San Martín. Ich denk an ihn und muss den Kopf schütteln, und warum auch immer sage ich zu Gorrión, was wohl unser großer Volksheld dazu sagen würde, wenn er sehen könnte, wie es um uns steht: ja, dass wir am Arsch sind, Bruder, vergiss nicht, wie gut wir drauf waren, vorn mit dabei, echte Titelkandidaten, und jetzt langt es gerade noch zum Unentschieden. Jetzt kracht alles zusammen, sind wir mittendrin im Rette-sich-wer-kann, willst du was zu fressen, nimmst du einem anderen das Brot weg, hast du Arbeit, tust du so, als hättest du keine, damit kein anderer sie dir wegschnappt. Und wenn *uns* das schon wehtut, sage ich, dann stell dir vor, wie das erst für den armen San Martín sein muss, bei all der Mühe, die er mit dem Krieg hatte, bei all den falschen Hoffnungen, die er sich gemacht hat. Oder für die Millionen armer Teufel, die von so weit hergekommen sind, meine Alte, die Ärmste, so viel Arbeit, so viel Plackerei, so viele Träume, und jetzt das. Mein armer Alter, der das zum Glück nicht mehr erleben muss. Obwohl, stell dir vor, sie wären in Italien geblieben, sage ich, der Hunger, die Angst, die sie jetzt hätten wegen diesem Schwachkopf, diesem Pfannkuchengesicht mit seiner lächerlichen Kellnermütze aus dem Copacabana. Oder auch nicht, wer weiß, vielleicht wären sie ja begeistert und würden dem Duce zujubeln wie all die anderen Idioten. Also war es letztlich doch besser, dass sie gekommen sind, sage ich, selbst wenn's nur für das hier war. Aber stell dir vor, jemand hätte ihnen gesagt, sie würden sich hier, im Land der Träume und großen Illusionen, im berühmten Ardschentina, den Arsch für ein Stück Brot aufreißen müssen, sage ich und hole Luft, um meine Schimpftirade fortzusetzen, doch Gorrión Ayala nutzt die Unterbrechung, um mir zu sagen, ich solle den Mund halten und spielen, er habe es satt, mir zuzuhören. Los, Pibe, mach schon, uns läuft die Nacht davon. Oder kommt uns schon entgegen.

Manche nennen es Piff. Andere auch Tsssss und Fiuuu oder ähnlichen Blödsinn – Geräusche, wenn die Wörter versagen. Es ist fast drei Uhr morgens, die Piffs nehmen zu. Das Queue weiß nicht mehr, wie und wohin es stoßen soll, damit die Kugel ihr Schicksal erfüllt und gehorsam über den grünen Filz rollt, an drei Banden abprallt und die Kugel trifft, die sie treffen soll. Der Besitzer des Queues weiß es noch weniger. Das Piff schallt durch den Raum.

»Scheiße, Gorrión, wollen wir nicht lieber aufhören?«

»Warum, hast du was Besseres vor?«

»Nein, aber ich hab auch nichts in der Tasche, um dich zu bezahlen, wenn du jedes Mal gewinnst.«

Ich bin der Großmeister des Piffs. Erschöpft wische ich mir mit dem aufgekrempelten Ärmel meines weißen Hemds über die Stirn. Ich trage es wie immer offen, ohne eine einzige Falte. Ich greife nach dem halbvollen Bierglas auf dem Marmortischchen an der Wand.

»Keine Sorge, Pibe. Du weißt ja, wie sehr ich's mag, wenn du mir was schuldest.«

Gorrión schenkt mir ein Grinsen voller fauler Zähne, während ich mich auf den nächsten Stoß zu konzentrieren versuche. Im Untergeschoss des Los 36 Billares herrscht eine Bullenhitze, die Ventilatoren bewegen kaum die verrauchte, stickige, fast vollständig verbrauchte Luft. Die niedrigen Lampen verwandeln jeden Tisch in eine einsame Insel inmitten eines Schattenmeers. Viele sind besetzt: Männer und noch mehr Männer, Zigaretten, Schweißgeruch, Flüche.

»Ich kann nicht glauben, dass ich schon zwei Stunden Zeit und Kohle mit diesem Schwachsinn vergeude.«

»Zwei Stunden?«

Fragt Ayala, und ich will einen Blick auf meine Armbanduhr werfen. Da fällt mir ein, dass ich sie letzte Woche verpfändet habe. Hinten an der Wand zeigt eine große Uhr – mit freundlicher Unterstützung von Licor de los 8 Hermanos – an, dass es siebzehn nach drei ist.

»Ja, Gorrión, zwei Stunden, zweieinhalb.«

»Und die zehn Jahre davor?«

Ich sehe ihn an, seufze, fahre mir mit der Hand durchs Haar – die Erleichterung, sich mit den Fingern in diesem dunklen Gestrüpp zu verheddern. Noch habe ich Haare.

»Naja, es gab auch Jahre, da ging's mir wunderbar.«

»Als deine Mami dir noch die Brust gegeben hat.«

»Red keinen Stuss, Gorrión. Wirklich, ich hatte meine Momente.«

Ich suche nach der Kreide, als mein Blick auf den großen Wandspiegel fällt – das Glas fast blind, die Cynar-Reklame kaum noch lesbar –, und was ich sehe, gefällt mir nicht.

»Und dann bist du aufgewacht.«

Der Spiegel zeigt dreißig schlecht gelebte Jahre, Augenringe, einen Zweitagebart. Abgesehen davon bin ich schlank, habe ein markantes Gesicht, hellbraune Augen und ein Lächeln, das verführerisch sein könnte, wenn es nicht meins wäre.

»Dann sind die Frauen aufgewacht, Gorrión, das war das Problem. Und dazu noch diese ganzen Plagen, die Seuche. Was für Arschlöcher. Und jetzt sagt dieser Fettwanst Justo, die Krise sei vorbei. Seine vielleicht, so ein Scheißkerl. Und ich schieb weiter Kohldampf wie der größte ...«

Ayala schafft vier Karambolagen nacheinander. Er spielt gelassen, sicher. Ich sehe ihn neidisch an, versuche Respekt oder liebevollen Neid zu zeigen. Was nicht einfach ist. Ayala ist dünn wie ein Besenstiel, hat schütteres Haar, einen krummen Rücken, eine krumme Nase. Der Typ von Mann, den Frauen fragen, ob er gut verdient – wenn sie ihn überhaupt was fragen. Über den Tisch gebeugt, die Hände am Queue, dreht er den Kopf zur Seite und sieht mich an.

»Hast du's mal mit Arbeit versucht, Pibe?«

»Leck mich, Gorrión. Wenn du mir so kommst, geh ich pennen.«

»Als ob man bei der Hitze schlafen könnte ...«

Ayala legt die Kugeln in Position, um die nächste Partie zu beginnen. Ich frage nach einer Zigarette, er hält mir seine Schachtel hin: »Laponia, erfrischend mit Menthol«.

»Scheiße, Gorrión, so was kann man doch nicht rauchen.«

»Nicht? Manche von uns müssen sich nicht beweisen, dass sie Männer sind.«

Hinten im Salon kommt ein Zeitungsjunge die Treppe herunter und ruft die Namen der Morgenzeitungen aus: *Nación, Crítica, Prensa, El Mundo*. Ich brülle:

»Bartolo, hierher!«

Der Zeitungsjunge kommt zu uns. Er hat schon einige Jahre auf dem Buckel, eine schief sitzende Mütze, Knickerbocker, die abgelaufensten Schuhe in einer Stadt der abgelaufenen Schuhe. Und er hat einen groben italienischen Akzent:

»Wie ofte ich musse Ihne sage, dass ich nich heiße Bartolo, Scheffe?«

»Beruhig dich, Bartolo, ich sag's nie wieder.«

Der Zeitungsjunge hält mir *La Nación* hin, und ich sehe ihn mit meinem schönsten Lächeln an.

»Für wen hältst du mich, ein Zylindergesicht? Gib mir die *Crítica*, ich will mich ein bisschen amüsieren.«

»Wie immer Sie wunsche, Scheffe. Wenn eine Mann nich kenne seine eigene Gift ...«

Auf der Titelseite der *Crítica* prangt die Schlagzeile: »Wo steckt die Bestie?« – und darunter das Foto eines jungen Fußballspielers. Ich betrachte es ohne großes Interesse. Ayala reißt mir die Zeitung aus den Händen.

»Bernabé!«

»Ja, Bernabé – und? Bist du jetzt auch verrückt nach diesem Blödsinn?«

»Was für ein Blödsinn, Bruder?«

»Fußball, was sonst.«

Ayala seufzt, macht große Augen, liest laut vor: »Die Sorge wächst. Wie die Führungsriege des Club Atlético River Plate bekannt gab, ist der wichtigste Spieler des Vereins, der Mittelstürmer Bernabé Ferreyra, dem Trainingsauftakt nach den Weihnachtsferien ferngeblieben ...«

»Spielst du jetzt, Gorrión, oder hast du dich in ein Radio verwandelt?«

»Mann, Pibe, die Sache ist ernst. Auch wenn du's nicht glaubst, sie ist verdammt ernst. Wenn der Kerl nicht bald wieder auftaucht, bin ich am Arsch. Wenn ich Glück habe.«

Ayala weiß alles über Bernabé. Wir bestellen noch zwei Bier, setzen uns, um in Ruhe zu rauchen, und er fängt an zu erzählen. Ein bisschen was weiß ich natürlich auch: Der Kerl ist so berühmt, dass eine Zeitung vor ein paar Wochen schrieb, er sei »der erste Bürger des Landes«, der berühmteste Typ von ganz Argentinien. Inmitten von Putsch, Krise, Elend war Bernabé Ferreyra die einzig gute Nachricht: ein Crack ohnegleichen.

Zwei Jahre zuvor, im Sommer 1931, hatte der Fußball Farbe bekannt. Längst war Fußball viel zu beliebt, um weiter zu behaupten, man spiele nur um die Ehre von ein paar verblichenen Trikots. Die

Spieler der ersten Liga kassierten schließlich seit Jahren, keiner besonders viel, nicht genug, um reich zu werden, aber sie bekamen anständige Löhne, sodass die Besten von ihnen nicht mehr zusätzlich arbeiten mussten, um sich ihren Lebensunterhalt zu verdienen, und sich voll und ganz dem Training widmen konnten – oder ihre Eier schaukelten, sagt Ayala. Und das sei ja auch nur gerecht: Die Stadien waren immer voller, die Fans zahlten Eintritt, die Clubs sahnten ab. Es konnte nicht angehen, dass die Spieler als Einzige kein Stück vom Kuchen abbekamen.

»Offenbar hat Boca am besten bezahlt, um die hundert Mäuse pro Woche, und bei den anderen großen Clubs waren es um die siebzig, achtzig. Aber das war noch gar nichts.«

Ich frage, was das heißen soll, gar nichts, dass ich von hundert Mäusen die Pension bezahlen und einen Monat leben kann. Ayala sagt gut, gar nichts für *die,* und dass manche Präsidenten den Spielern eine Stelle in einer ihrer Firmen besorgen oder in der Verwaltung bei einem befreundeten Politiker – eins dieser netten Pöstchen, bei denen man nichts anderes tun muss, als am Monatsende seine Lohntüte einzusacken. Ein Kinderspiel.

Sagt er, und ich sage, das Lustigste daran ist, dass keiner es ausgesprochen hat.

»Als würde es was bringen, einfach nichts zu sagen. Argentinier eben.«

»Argentinier, ja, und genau deshalb wollten sie mehr und mehr, und am Ende haben sie alles verbockt.«

Sagt Gorrión. Dass die Spieler sich als Gegenleistung für die Kohle verpflichtet hätten, nicht den Verein zu wechseln, aber dass sie irgendwann nicht mehr dazu bereit waren. Sie traten in Streik, es gab Zoff. Also stellten die großen Clubs in Aussicht, eine Profiliga zu gründen. Die Spieler hätten zwar weiterhin kein Recht, einfach so zu gehen, aber dafür bekämen sie ordentliche Verträge und offizielle Gehälter. Einige kleinere Clubs hatten was dagegen, verteidigten die letzten Reste des Amateursports. Aber die Militärs in der Regierung waren besorgt wegen der Probleme, die eine Saison ohne Fußball mit sich bringen könnte, machten Druck, und im April ging es los mit der ersten argentinischen Profimeisterschaft. Um vorbereitet zu sein, kauften die großen Vereine neue Spieler ein. Doch Bernabé Ferreyra wollte keiner.

»Was für Idioten, Pibe. Da war er, direkt vor ihrer Nase, und sie haben's nicht gemerkt.«

Als wäre das noch nötig, erklärt Gorrión es mir: Ferreyra war ein dunkelhaariger, etwas untersetzter Junge mit einem großen Kopf und buschigen Augenbrauen. Er stammte aus Rufino, einem Dorf in der nördlichen Pampa. Schon als junger Bursche machte er in seiner Provinzliga wegen seines strammen Schusses von sich reden. 1924 gab er mit fünfzehn sein Debüt beim Eisenbahnerclub von Junín, der nächstgelegenen Stadt, wo man ihm auch eine Stelle als Anstreicher in den Werkstätten der *Buenos Aires and Pacific Railway* besorgte. Mit siebzehn ging er nach Rosario. Dort spielte er dreimal in der ersten Mannschaft der Newell's Old Boys, doch der Trainer hielt ihn nicht für gut genug. Ende des Jahres kehrte er nach Junín zurück. Ende 1929 schlug ihm einer der Clubchefs von Atlético Tigre vor, zu seinem Verein zu wechseln. Mit seinen zwanzig Jahren fühlte sich Ferreyra schon etwas zu alt für solche Abenteuer und lehnte das Angebot ab. Sein Bruder Paulino musste sich ins Zeug legen, um ihn zu überreden.

Tigre zahlte zweihundert Pesos im Monat. In seinem ersten Spiel schoss Ferreyra vier Tore. Danach wurde die Liga unterbrochen, denn die erste Weltmeisterschaft stand an, die, die wir fast gewonnen hätten, die in Montevideo. Einige Clubs nutzten die Pause, um auf Tournee zu gehen und Kasse zu machen. Von Tigre ausgeliehen, ging Ferreyra mit Vélez Sarsfield auf Rundreise durch ganz Amerika. Sie dauerte fünf Monate, mit insgesamt fünfundzwanzig Spielen. Vélez verlor nur ein einziges und erzielte vierundachtzig

Tore. Achtunddreißig davon schoss Ferreyra. Als er zurückkehrte, war er fast schon eine Berühmtheit.

Es ist seltsam, Gorrión so erregt zu sehen. Er ist völlig hingerissen von den heroischen Anfängen des Champions. Er erzählt, dass Ferreyra in seiner ersten Profisaison zwar kaum gespielt habe – aber in den dreizehn Spielen für Tigre erzielte er neunzehn Tore. Ende des Jahres beschloss der Präsident von River Plate, Antonio Liberti, Bernabé um jeden Preis zu verpflichten. Boca Juniors hatte diese erste Meisterschaft gewonnen, und Liberti musste verhindern, dass Boca auch die zweite gewann, koste es, was es wolle. Er hatte allerdings nicht damit gerechnet, dass Tigre eine so gewaltige Ablösesumme fordern würde.

»Fünfunddreißigtausend, Pibe, kannst du dir das vorstellen? Fünfunddreißigtausend argentinische Pesos. Für die Kohle kriegst du zehn Autos. Der reine Wahnsinn.«

Das sei der reine Wahnsinn, sagt er. Noch nie habe irgendwo auf der Welt ein Verein so viel für einen Spieler ausgegeben. Doch River trieb die Kohle auf, und dann stellte sich heraus, dass auch Ferreyra seinen Anteil wollte: zehntausend Pesos. River blieb nichts anderes übrig, als einzuwilligen, und akzeptierte auch, ihm eine Dauerkarte für die Eisenbahn zu spendieren, damit er nach jedem Spiel für ein paar Tage nach Junín fahren konnte. Es war unglaublich. Und da hätten alle begriffen, sagt Gorrión, dass River der Club der Reichen ist.

»Darum nennt man sie auch die *Millonarios.* Und das Schlimmste ist, dass Bernabé ihnen jeden einzelnen Peso mit Toren und noch mehr Toren zurückgezahlt hat. Eine richtige Bestie, dieser Hinterwäldler.«

In seinem ersten Spiel, im März '32, erzielte er zwei Treffer gegen Chacarita – und seitdem hörte er nicht mehr auf, Tore zu schießen. Er war technisch nicht der Beste, aber seine Granaten aus dreißig, vierzig Metern waren schlicht unhaltbar. Vor dem vierten Spiel verkündete River stolz, die zehntausend Pesos Handgeld bereits mit dem Verkauf der Eintrittskarten eingespielt zu haben, und das sei erst der Anfang. Zigtausende Zuschauer strömten ins Stadion, um ihn zu sehen – noch nie hatte ein Fußballer eine solche Aufregung verursacht. Buenos Aires war verrückt nach Bernabé.

Ich erinnerte mich: Die *Crítica* fing an, ihn »die Bestie« zu nennen, und rief einen Sonderpreis – eine Medaille aus massivem Gold – für den Torhüter aus, der ein Spiel überstand, ohne dass Bernabé ihm einen reinmachte. Am zwölften Spieltag gewann ein junger Bursche von Huracán den Preis, ein gewisser De Nicola. Doch danach traf Bernabé weiter.

»Ein Freund hat mir erzählt, dass der Typ sich einen besonderen Ball bastelt, mit zwei Kammern. Den legt er für ein paar Tage in einen Eimer voll Wasser, bis der Ball sich vollgesogen hat und hart ist wie eine Kanonenkugel. Und so schießt er auch.«

Im entscheidenden Spiel gegen Boca zog Bernabé von der Strafraumgrenze ab, der gegnerische Torwart hielt den Ball mit dem Bauch, brach dann aber ohnmächtig zusammen. Bernabé setzte nach und schob den Ball seelenruhig über die Linie. River war Meister. In den vierunddreißig Spielen hatte Bernabé dreiundvierzig Tore erzielt. Dann kam der Sommer und jetzt mit der fürchterlichen Februarhitze die Meldung, Bernabé sei nach Junín verschwunden und werde nicht zurückkehren, bis River ihm nicht dreißigtausend Pesos in bar bezahlt hätte.

»Und ich bin geliefert.«

Sagt Gorrión Ayala und fuchtelt wild mit der Zeitung herum, als könnte das etwas an der Nachricht ändern.

»Ich bin geliefert, ich spring in den Fluss. Und ich schwör dir, ich kann nicht schwimmen.«

»Kennst du irgendeinen Tango von Discepolín, Gorrión?«

»Nicht dass ich wüsste, Pibe. Ich glaub nicht.«

»Du hast garantiert schon mal einen gehört. *Yira, yira* zum Beispiel, sag nicht, den hast du noch nie vor dich hingesungen. *Du wirst sehen, dass alles Lüge ist* ...«

Gorrión sagt ja klar, natürlich, und ich verkneife mir, zu sagen, wie unglaublich ich es finde, dass jemand ein Lied singt, ohne zu wissen, von wem es ist – als wär's auf den Bäumen gewachsen. Dass jemand die Ideen eines anderen wiederholt, sie zu den eigenen macht, sie vor sich hinträllert und nicht mal weiß, wer der Typ überhaupt ist.

»Ja klar, *wenn das Schicksal, dieses Flittchen* und so weiter. Aber mein Schicksal ist das mieseste Flittchen von allen. Es verdient nicht mal den Namen Schicksal.«

Ich hatte zu Ayala gesagt, dass wir gehen sollten, ich hätte genug, und dass es, wenn wir noch fünf Minuten länger im Billardsalon blieben, hell werden würde, und dann würden wir Leuten auf dem Weg zur Arbeit begegnen, und es gebe nichts Deprimierenderes, wir sollten uns also lieber auf die Socken machen – also laufen wir jetzt die Avenida de Mayo in Richtung der Plaza entlang. Die Laternen brennen noch, um uns herum das ungewisse Licht der Morgendämmerung. Ein feiner Nieselregen erfrischt uns. Ich schaue zum Himmel, öffne den Mund, um ein paar Tropfen zu erhaschen. Ich lege eine Hand auf seine Schulter.

»Willst du mir jetzt endlich verraten, was zum Teufel da drinnen mit dir los war?«

»Du glaubst mir nicht, Bruder, oder?«

»Was soll ich dir denn glauben, Gorrión, wenn du den Mund nicht aufmachst?«

»Ich kann's dir gerne noch mal sagen, Pibe: Wenn Bernabé nicht zurückkommt, bin ich geliefert.«

Ich suche in den Taschen nach der Zigarette, von der ich weiß, dass ich sie nicht habe. Ayala bietet mir einen seiner Mentholstängel an, und wir bleiben an einer Ecke der Calle Florida stehen, unter dem Vordach des Eingangs von Garth & Chaves, um sie anzustecken. Er versucht es ein paarmal, aber es gelingt ihm nicht, das Streichholz an der Ranchera-Schachtel zu entzünden. Er muss wirklich nervös sein.

»Aber du bist doch noch nicht mal Anhänger von River, Gorrión. Oder hab ich was verpasst?«

»Nein, *che*, natürlich nicht.«

»Und was spielt es dann für eine Rolle, ob dieser Junge weg ist oder nicht? Drehst du jetzt völlig durch, oder was?«

»Schön wär's, Bruder. Aber wer hier durchdreht, ist er. Zu viel Koks, Pibe, viel zu viel.«

Ich nehme ihm die Streichholzschachtel aus der Hand, zünde das Streichholz und dann meine Zigarette an und stehe mit dem brennenden Streichholz da – jetzt begreife ich.

»Sag nicht, du hast ihm was verkauft?«

Wir laufen die Florida entlang, zwischen Milchkarren, Müll, Obst- und Gemüselieferanten, Obdachlosen, die der Regen aufgeweckt hat. Der Geruch nach Pferdeäpfeln wird stärker. Ja, er habe ihm was verkauft, sagt Ayala, und dass er seit Wochen kein Geld von ihm sieht, der Kerl stellt sich dumm, und er hat ihm trotzdem weiter Kredit gegeben, weil es der große Bernabé ist und weil er ihn mag, ein netter Bursche.

»Und natürlich konntest du nicht zulassen, dass er seinen Stoff beim Zeitungsjungen an der Ecke Corrientes und Esmeralda kauft, so wie alle anderen auch.«

»Pibe, das ist Bernabé.«

»Ja, das ist Bernabé. Und dir kommt's gelegen, dass er bei dir kauft, weil das gut fürs Geschäft ist.«

»Na ja, das auch.«

Gibt Ayala zu.

15

»Ich glaube, du wolltest dir so eine hübsche Binde zulegen wie diese Zigarren, auf denen steht: Hoflieferant des Königs von England.«

»Hör auf, dich über mich lustig zu machen, Bruder.«

»Wie soll ich mich denn nicht über dich lustig machen, mein Lieber? Es ist alles halb so schlimm, er hat dich um ein paar Pesos beschissen. Er wird sie dir schon zurückgeben, und wenn nicht, auch egal. Ist ja nicht das erste Mal, und es wird auch nicht das letzte sein.«

»Hier geht es nicht um ein paar Pesos, Pibe. Es sind mehr als fünfhundert.«

»Fünfhundert?«

Unwillkürlich – ohne nachzudenken – bleibe ich stehen, stelle mich ihm in den Weg, packe ihn an den Schultern. Dicht neben uns wiehert ein Pferd, der Milchmann brüllt, seine Hunde kläffen uns an.

»Fünfhundert Mäuse, Gorrión? Bist du sicher?«

»Natürlich bin ich sicher. Und stell dir vor, es sind nicht mal meine. So viel Kohle hab ich nicht. Ich musste mir den Stoff auf Kredit bei Don Cologgero besorgen, und wenn ich nicht bezahle …«

Ayala lässt den Satz unvollendet, es ist klar, wie er weitergeht. Wir wissen es beide.

Wir schweigen. Mit gesenktem Kopf schlurfen wir zum La Martona an der Ecke Viamonte und San Martín. Wir treten ein, setzen uns an einen der Tische, bestellen zwei Gläser warme Vanille-Milch, zwanzig Centavos das Glas. Ich hole tief Luft und gehe die Sache an. Es gibt Tage, da bin ich überzeugt, fast jedes Problem lösen zu können – ja, dass ich gar nichts anderes kann, als Probleme zu lösen. Heute ist keiner dieser Tage, aber irgendwas muss ich versuchen:

»Darf ich dir eine Frage stellen, Bruder?«

»Mach, was du willst.«

»Ich will ja nicht nerven, aber wieso hat jemand so viele Schulden bei dir?«

»Das war Bernabé, Andrea. *Ist* Bernabé, meine ich.«

Es ist seltsam, sehr seltsam, dass er mich Andrea nennt. Niemand nennt mich Andrea. Meine Mutter. Niemand – oder fast niemand – weiß, dass ich Andrea heiße. Ayala natürlich – in der Schule, als wir zusammen auf die Nr. 4 in Barracas gingen, haben mich ein paar besonders aufdringliche Lehrerinnen bei meinem Vornamen gerufen, statt mich Rivarola zu nennen. Aber er muss wirklich verzweifelt sein, wenn er mich Andrea nennt. Ich versuche, gelassen zu wirken, mich verständnisvoll zu geben. Es gab Zeiten, da konnte ich das.

»Ist ja gut, ich hab's kapiert. Aber warum hast du ihm so lange was gegeben, ohne ihm was abzuknöpfen?«

»Was heißt lange? Einen Monat vielleicht, anderthalb.«

»Verarsch mich nicht, Gorrión.«

»Sehe ich aus, als würde ich dich verarschen?«

Das Lächeln gerät mir etwas schief, als würde ich einer Nachbarin zulächeln, der gerade der Kanarienvogel weggestorben ist.

»Nein, Gorrión, ich weiß. Aber der Kerl kann nicht in einem Monat fünfhundert Mäuse für Koks ausgegeben haben. Da könnte er gar nicht mehr spielen. Nicht mal mehr aufrecht stehen.«

»Und wer sagt, dass er es selbst nimmt? Vielleicht nimmt er gar nichts. Na ja, ein bisschen schon, ich hab's gesehen. Aber er kauft es nicht für sich. Er will nur was dahaben, um es Freunden anzubieten, Revuetänzerinnen. Weil der große Bernabé immer was dabeihaben muss, das er der ganzen Welt anbieten kann. Aber wen juckt das jetzt noch, Andrea? Kannst du dir vorstellen, was diese Jungs mit mir anstellen, wenn ich nicht bald zahle?«

»Klar kann ich das, Clemente. Aber das lassen wir nicht zu, oder, Bruder?«

»Und wer soll sie daran hindern? Du vielleicht?«

»Wer weiß.«

Sage ich, ohne groß nachzudenken, atme tief durch und schweige ein paar Sekunden. Der Laden beginnt, sich mit Büroangestellten zu füllen, die vor der Arbeit noch schnell einen Milchkaffee oder eine heiße Milch mit Schokolade bestellen. Es muss schon halb acht, acht sein. Ich kann ein Gähnen nicht unterdrücken, dann lächle ich. Ayala fragt, was das verdammt noch mal soll.

»Nichts, nur ein dummer Gedanke. Ich dachte bloß, ein paar Gramm von dem Stoff, um den dich dieser feine Herr beschissen hat, würden mir jetzt auch ganz guttun. Aber keine Sorge, Gorri. Ich wette mit dir um einen Fuffi, dass du dein Geld bald wieder hast.«

»Red keinen Scheiß, Mann. Wie kannst du immer noch wetten, nach allem, was dir passiert ist?«

»Das Spielen war das geringste Problem, das weißt du. Die Tussi hat mich verlassen, weil ich meine Arbeit los war.«

»Ich wollte ja nie fragen, warum dich dieser Fatzke rausgeschmissen hat, Andrés. Aber hast du in die Kasse gelangt?«

»Spinnst du, Gorrión? Warum hätte ich das tun sollen? Es war alles gut, ich hab ihm die Anträge geschrieben und mein Geld gekriegt, er hat gut bezahlt, und manchmal gab's einen kleinen Zuschlag von einem Kunden, Geld oder Naturalien. Warum also hätte ich das tun sollen, Gorrión? Ich bin vielleicht bescheuert, aber so bescheuert nun auch wieder nicht.«

»Und warum hat er dich dann rausgeschmissen?«

»Warum sitzen Millionen arme Teufel auf der Straße, Bruder? Weil alles den Bach runtergeht, weil dieses Land im Arsch ist. Was weiß ich. Weil man uns beschissen hat wie die letzten Deppen.«

»Ganz ruhig, Pibe, reg dich ab. Und wegen dem Mädchen, vergiss es. Wie heißt es so schön in dem Tango: Sie ist fort, was soll's, nur Geduld und etwas Brot. Vielleicht ist es ja wirklich halb so schlimm. Im Grunde hat sie dir einen Gefallen getan: Sie hat dich in Ruhe gelassen, jetzt kannst du tun und lassen, was du willst.«

»Ich bin ruhig, Gorrión, keine Sorge. Die Frau kann mir gestohlen bleiben. Was mich fertig macht, ist die Kleine nicht zu sehen.«

»Da kann ich dir auch nicht helfen. Aber du wirst sehen, am Ende ist Blut dicker als Wasser.«

Sagt Ayala und zwinkert mir zu, sodass sich sein Gesicht zu einer Grimasse verzieht. Ich sage ja, und dass ich mit ihm um die fünfzig Mäuse wette. Es klingt gezwungen, als wollte ich nicht ihn, sondern mich selbst überzeugen:

»Ich wette mit dir um die fünfzig Mäuse, Gorrión. Ich regle das für dich, und du wirst sie mir mit Freuden zahlen. Vertrau mir.«

»Dir, Bruder?«

»Ja, mir, verdammte Scheiße.«

2

Wieder diesr Lärm, dieses Kreischen einer Maus, die von einem Tiger vergewaltigt wird. Es bringt nichts, mir das Kissen auf den Kopf zu pressen – das Kreischen bohrt sich weiter in meine Ohren. Einen Moment überlege ich ernsthaft – so ernsthaft, wie man in meinem Zustand überlegen kann –, den kleinen Franzosen kaltzumachen. Oder seine Mutter, der arme Junge hätte bestimmt nie freiwillig Geige gelernt, daran ist nur diese Idiotin schuld, die einen Versager aus ihm machen will, bevor er zehn ist. Aber wieso ist so ein Radau um diese Uhrzeit überhaupt erlaubt? Ich muss dringend ein ernstes Wörtchen mit Doña Norma reden – entweder sie sorgt für Ordnung, oder ich ziehe aus. Aber vielleicht sollte ich besser mit was anderem drohen, etwas, das ihr wirklich Angst einjagt. Und das Licht, das durchs Fenster fällt, nervt mich auch. Es sticht mir in die Augen, aber das Schlimmste ist, dass es mir offenbar sagen will, dass es nicht mehr ganz so früh ist. Egal, ich denke gar nicht daran aufzustehen. Wozu auch?

»Ruhe, verdammt!«

Höre ich mich plötzlich brüllen. Das Kreischen hält an. Und dann diese Hitze und das feuchte Laken und die letzte Nacht, die langsam wieder Konturen annimmt. Warum zum Teufel habe ich Ayala bloß gesagt, ich würde die Sache mit dem Fußballer für ihn regeln? Ich weiß ja nicht mal, wie ich heute Abend was zu essen kriegen soll. Ich wälze mich herum, es ist zwecklos, ich werde nicht mehr einschlafen. Schweißgebadet quäle ich mich aus dem Bett, stelle fest, dass mein Kopf mindestens eine Tonne wiegt, schleppe mich zum Tischchen mit der Waschschüssel und dem Krug, schütte mir über den Kopf, was an Wasser übrig ist. Offenbar war das Glas Milch am frühen Morgen nicht genug, genauso wenig wie der Schlaf. Der Wecker auf dem Nachttisch, eine Erinnerung an andere Zeiten, zeigt an, dass es fast sieben ist, bald wird es dunkel. Ich muss los, bevor es Nacht wird.

»... ich misstraue der Liebe und traue dem Spiel, wo man mich einlädt, wird's mir nie zu viel ...«

Ich singe falsch wie ein Hund, ich weiß, aber ein wenig Musik in der Einsamkeit des Zimmers heitert mich auf. Und es übertönt – beinahe – das Kreischen der misshandelten Geige im Zimmer nebenan.

»... und bleib auch, wo ich überflüssig bin. Gehör zur Partei von allen, und mit allen ...«

Man kann sagen, was man will, aber Gardel läuft dieser Schwuchtel Corsini allmählich den Rang ab. Sobald ich kann, schaue ich mir *Lichter von Buenos Aires* noch mal an, solange er noch läuft. Vielleicht sollte ich mir doch ein Radio zulegen, geht es mir durch den Kopf – einer dieser typischen Gedanken, wenn man einen Kater hat, wenn man am Ende ist. Ein Radio ist was für Leute, die das Handtuch geworfen haben, einsame Hausfrauen, alte Ehepaare. Stattdessen hätte ich lieber ein Grammofon, um die Musik zu hören, die ich mag, aber so was kostet, jedenfalls mehr als ich habe. Fünf Mäuse pro Platte, die spinnen. Ich hab die Schnauze voll von dieser Pechsträhne, die seit Monaten anhält. Und dann diese Spiegel, überall Spiegel. Wie der an meiner Wand, über der Waschschüssel, und darin ich, ein Schreckgespenst zur Geisterstunde. Augenringe, dunkle Bartstoppeln, durchscheinende Knochen. Wenigstens habe ich noch alle Zähne. Sobald die ersten schwarzen Lücken da sind, oder schlimmer noch, der goldene Glanz der Kronen, ist es an der Zeit, meinen zweiten Selbstmord zu planen.

»… mag weder altes Pflaster noch liegt mir das Moderne; und bin ich krank, dann schlaf ich auch sehr gerne …«

Ich schärfe das Rasiermesser an dem Lederriemen. Ich würde töten, um mir den Bart bei einem Barbier im Viertel rasieren lassen zu können, eine hübsche Massage, aber es ist nicht der Moment, um große Brötchen zu backen, nicht mal klitzekleine, sagt mein Portemonnaie – und man lässt mich nicht mal mehr anschreiben. Seufzend nehme ich den Pinsel, schlage den Schaum mit der gelben Gran-Federal-Seife, die nach sauberen armen Leuten riecht. Mit der linken Hand fasse ich den unteren Teil meines Halses, erinnere mich an die Rasurlektionen meines Alten, verziehe das Gesicht zu einer Clowngrimasse, um die Haut zu straffen, recke das Kinn vor und schabe mit dem Messer in der rechten Hand hartnäckig über meine Kinnpartie. Ich singe nicht mehr.

Als ich fertig bin, wasche ich mir das Gesicht mit dem schmutzigen Wasser aus der Schüssel und trockne mich mit einem früher einmal weißen Handtuch ab. Auch für ein trockenes Handtuch, eins ohne muffigen Geruch, würde ich töten – ich würde für alles Mögliche töten, wenn ich nur wüsste, wen. Anschließend wickle ich mir das Handtuch um die Hüften, schlüpfe in die Pantoffeln, trete in den Flur und schlurfe zum Bad. Höchstwahrscheinlich habe ich es um diese Uhrzeit für mich allein. Während ich den Flur entlanggehe und für alle Fälle mein Handtuch festhalte, versuche ich mich zu erinnern oder zu begreifen, wie ich auf die Idee kommen konnte, ich wäre in der Lage, Gorrión aus der Patsche zu helfen. Irgendwo zwischen Los 36 Billares, Avenida de Mayo und La Martona muss mir was eingefallen sein.

Es ist merkwürdig, wenn ein Gedanke zurückkehrt: Manche kommen wie Bomben, explodieren, und alles liegt da, andere sind wie scheue Ratten, zeigen erst die Schnauze, dann den Schwanz, man muss sie allmählich erahnen. Dieser ist eher rattenhaft, aber am Ende gelingt es mir, ihn wieder hervorzuziehen. Natürlich

kann ich ihm helfen – und nebenbei etwas Geld machen. Das ist
der Punkt. Geld machen.

Es dämmert, als ich endlich das Tortoni betrete – mein weißes
Hemd, mein eleganter Boater mit dem roten Band, mein zuver-
sichtliches Lächeln. Was soll bloß aus mir werden, wenn mir eines
Tages dieses Lächeln nicht mehr gelingt?

»Guten Abend, Manolo.«

»Nabend, Rivarola. Dein Freund sitzt da hinten.«

Das Gran Café Tortoni ist eine andere Welt: die einer fast schon
vornehmen Bohème. Es genügt, auf die Herrentoilette zu gehen,
gleich hinter dem Tresen mit der Registrierkasse und ihren fun-
kelnden Tasten, beim Öffnen des Reißverschlusses einen Blick auf
die bronzenen Rohre an den Urinalen zu werfen, um sich daran
zu erinnern, dass das Tortoni diesen Anspruch hat, den manche
immer noch als Klasse bezeichnen.

»Du bist ein Trottel, Rivarola. Die einzige Klasse hier ist die Ar-
beiterklasse. Selbst Renegaten wie du werden das eines Tages kapieren … Wenn wir euch nicht vorher an der nächsten Laterne
aufgeknüpft haben.«

Sagt Jordi Señorans und zwinkert mir grinsend zu. Señorans ist
so blond wie die Blonden, die nicht blond sind – mit einer Farbe
auf dem Kopf, die nach gar nichts aussieht. Außerdem hat er ein
rundes Milchgesicht, einen Schnurrbart, der so spärlich wächst,
dass er den heiligen Namen nicht verdient, ein vielversprechendes
Doppelkinn.

»Apropos Laternen, wusstest du, dass sie Yrigoyen wieder verhaftet haben?«

»Na ja, verhaftet … Hausarrest, oder?«

»Ja, Riva, aber das ist ein großer Mann. Armes Gürteltier, armer
Don Hipólito, wer hätte das gedacht. Vor nicht mal drei Jahren
war er noch Präsident, und jetzt das …«

»Wer hätte gedacht, dass ausgerechnet du ihn mal verteidigst, Katalane.«

Sage ich, und Señorans verstrickt sich in eine viel zu lange Erklärung, versucht, zu rechtfertigen, warum er und seine Partei Yrigoyen während dessen gesamter Regierungszeit unermüdlich attackiert haben und ihn jetzt plötzlich verteidigen. Ich warte am Ausgang der Rechtfertigung auf ihn:

»Aber bei deiner Zeitung hat sich nichts geändert, die drischt weiter auf ihn ein.«

»Das ist nicht meine Zeitung, Junge. Das ist die Zeitung von Señor Botana, diesem kolossalen Hurensohn. Ich bin nur ein ...«

»Söldner?«

»Ein Spion, könnte man sagen, ein Maulwurf des Klassenkampfes ...«

»... der für den Feind schreibt.«

Wir brechen in Gelächter aus und senken dann die Stimme, um uns über die jüngsten Gerüchte auszutauschen: dass die Radikalen hier und da Aufstände planen, dass die Polizei vor drei Tagen in Corrientes mehr als hundert Menschen verhaftet hat, dass in Córdoba bestimmt was passieren wird, vielleicht auch in Rosario. Señorans ist einer dieser Journalisten, die so tun, als hätte alles Wichtige mit ihnen selbst zu tun, als wüsste keiner mehr als sie, als wären sie der Mittelpunkt des Mittelpunkts. Manchmal beneide ich sie, manchmal verachte ich sie.

»Man hat mir erzählt, die Oligarchen machen sich vor Angst schon in die Hose.«

»Ja, nichts als Panik, ich hab's gesehen. Die rennen zitternd durch die Straßen.«

»Wann wachst du endlich auf, Rivarola?«

»Sobald du mir ein Schlaflied singst. Apropos singen: Hast du schon gehört, wie Gardel die ›Milonga del 900‹ singt?«

»Sag nicht, du fällst auf diesen Lackaffen rein? Das reinste Theater, Riva, nichts als Fassade, bemaltes Pappmaché. Der Typ geht nach Paris, um ein paar Filmchen zu drehen, als wäre er hier, ein paar Gauchos mit Hüten, exotische Pampa für Franzosen, alles heiße Luft. Nichts, ein Geck, der sich hinter seinen Filmen versteckt, weil er nicht singen kann. Der arme Junge hat sich für ein paar Pesos verkauft, und jetzt ist er falscher als Dulce de leche aus Polen.«

»Apropos süß und aus Polen ...«

»Leck mich, Rivarola.«

Manchmal weiß ich nicht, ob Señorans es wirklich ernst meint oder ob er mich nur verarscht. Das ist so ein Moment. Aber es ist mir egal – und der Katalane hat es nicht anders verdient. Warum muss er auch so einen Mist über Gardel erzählen?

»Hast du sie mal gesehen in letzter Zeit?«

»Warum sollte ich ...?«

Señorans' Ton ist leiser geworden, fast gepresst. Vielleicht war es keine gute Idee, die Russin zu erwähnen. Stille tritt ein. In der Stille verbirgt sich ein Schatten mit fast roten Haaren, grünlichen Augen, Sommersprossen. In der Stille verbirgt sich eine Geschichte, an die ich mich kaum und an die er sich viel zu gut erinnert. In der Stille verbergen sich Drohungen.

»Noch einen Wermut, Rivarola?«

»Geht der auf dich?«

»Weil heute mein Tag ist. Ich hab da ein kleines Ding am Laufen ...«

Sagt Señorans, und mehr sagt er nicht. Ich warte, fordere ihn mit Blicken auf, aber er fährt nicht fort. Er hat schon immer gern geheimnisvoll getan, gezeigt, wer Herr über Zeit und Themen ist. Und er hat schon immer gern geklungen wie einer von hier, wie ein echter *porteño*. Manchmal habe ich das Gefühl, dass es nicht ganz klappt und er deshalb nicht beendet, was er sagen will.

»Und? Verrätst du mir auch, worum es bei diesem kleinen Ding geht?«

»Nein, *che*, kann ich nicht. Nicht jetzt. Wart's ab, ich werd's dir schon erzählen, ein Sechser im Lotto. Das große Los.«

Señorans hat zwanzig von seinen vierzig und noch was Jahren in Argentinien verbracht, aber immer noch einen katalanischen Akzent, der klingt wie ein Witz. Wie die meisten Bewohner dieser Stadt ist er immer noch ein Fremder. Oder anders gesagt: jemand, der gelernt hat, an einem fremden Ort in einer fremden Sprache zu sprechen.

»Und du?«

»Und ich was?«

»Hast du was gefunden?«

»Nein, Katalane, wie soll ich denn was finden, die Krise…«

»Ja, ja, die Krise. Zum Glück gibt es die Krise. Wohinter würdest du dich sonst verstecken, Pibe.«

Sagt er zum hundertsten Mal, und er muss mein Gesicht sehen, denn er sagt, dass er es nicht noch mal sagt, dass es das letzte Mal ist: dass ich Journalist werden soll.

»Ich helf dir, was zu finden. Ich kann dir was besorgen, *che*, in drei Tagen hast du einen neuen Job.«

»Danke, Katalane, aber ich bin kein Journalist. Wie oft muss ich dir das noch sagen? Ich bin kein Journalist. Ich hab keine Ahnung davon.«

»Glaubst du, ich etwa? Journalist sein ist das reinste Kinderspiel. Das ist keine Wissenschaft. Du hörst von irgendwas und schreibst darüber, auf Spanisch oder irgendeiner Sprache, die so ähnlich klingt. Mehr ist es nicht, Andrés. In drei Tagen arbeitest du wie ein feiner Herr.«

»Wäre eine anständige Arbeit nicht besser?«

Wir lachen, aber ich weiß, dass es bei mir vor allem an der Angst liegt: Vielleicht hat der Katalane ja recht. Vielleicht aber auch nicht, und ich will nichts anfangen, das wieder zu nichts führt. Ich will nicht wieder scheitern, das würde ich nicht verkraften.

»Das wäre nicht gut für dich, Jordi. Wer besorgt dir dann die Geschichten, wenn ich Journalist bin?«

»Du meinst, wer sie für mich erfindet?«

Am Nebentisch sehen zwei Frauen – etwas über dreißig, glattes, halblanges Haar, das Rot der Lippen zu rot – zu uns herüber und lachen. Señorans sieht sie an, ich sehe ihn an, Señorans verneint mit einem Blick. Dann fragt er, ob ich wirklich etwas Interessantes für ihn habe, und ich frage, ob ich ihn jemals enttäuscht hätte, und er, mehr als einmal, und ich, er soll mir nicht auf den Sack gehen.

»Los, Riva, mach schon, red nicht länger um den heißen Brei herum.«

Ich lasse ihn noch etwas schmoren – einen Moment lang habe ich die Macht. Ich schlucke den roten Rest des Cinzano hinunter, schnalze mit der Zunge, starre ins Leere, lächle der am nächsten zu mir sitzenden Halblanghaarigen zu. Als mir nichts mehr einfällt, liefere ich:

»Du weißt, wer Bernabé Ferreyra ist.«

»Rivarola, ich bin zwar Katalane, aber nicht komplett bescheuert.«

»Dann weißt du auch, dass er sich nach Junín verdrückt hat, dass er abgehauen ist.«

»Ich lese Zeitung. Sogar meine eigene. Nenn es Berufskrankheit. Und manchmal schreibe ich sogar für diese Zeitungen.«

»Das merkt man, Katalane. Gut, was du nicht weißt, ist, dass der Junge hier einen ziemlichen Schlamassel hinterlassen hat.«

»Was für einen Schlamassel? Noch so eine Weibergeschichte?«

»Nein. Oder weiß ich nicht, das ist nicht mein Bier. Er hat einen Haufen Schulden hinterlassen.«

»Bei der Kohle, die er verdient?«

»Bei der Kohle, die er ausgibt. Und zwar für Koks. Das ist die Geschichte. Interessiert? Ich kenn den Kerl, der es ihm verkauft, ich kann's dir in allen Einzelheiten erzählen.«

Señorans blickt mich spöttisch an, von oben herab. Ich werde nervös, habe den Eindruck, er weiß Bescheid und macht sich über mich lustig.

»So, so, Bernabé nimmt also Drogen.«

»Ja, Katalane, als wäre er Rudolph Valentino.«

»Und das hast du erst jetzt mitgekriegt, Rivarola? Das weiß doch jeder.«

»Was soll das heißen, jeder? In der Zeitung stand nichts davon.«

»Ich habe gesagt, dass jeder davon weiß, nicht, dass alle darüber schreiben. Keiner schreibt darüber. Die einen nicht, weil sie von ihm leben, die anderen, weil sie Angst vor ihm haben. Also schreibt keiner darüber. Außerdem, hast du eine Ahnung, wozu diese Regierung fähig ist, wenn du so was veröffentlichst?«

»Die Regierung? Was hat denn die Regierung damit zu tun? Erzähl mir bitte nicht, dass die Regierung jetzt auch noch schuld daran ist, wenn Bernabé Ferreyra Drogen nimmt. Ihr wisst wirklich nicht, was ihr noch erfinden sollt ...«

Ich versuche der anderen, der Erfahreneren, zuzulächeln. Die Frau schaut weg wie jemand, den man ertappt hat.

»Reg dich ab, Rivarola. Ich will damit nur sagen, dass die Regierung die jungen Leute bei Laune halten muss. Wenn du ihnen die Luft aus dem Ball lässt, können sie schnell sauer werden.«

»Das sagt der alte Marx über Fußball? Sei nicht albern, Katalane. Du siehst schon überall Gespenster.«

»Über meine Gespenster diskutieren wir ein andermal. Oder über deine, wenn dir das lieber ist. Leider muss ich dir trotzdem sagen, dass die Geschichte nichts taugt. Aber keine Sorge, Rivarola, die Wermuts gehen auf mich. Und komm wieder, wenn du wirklich frisches Fleisch hast.«

Das hat gesessen, ich steh da wie ein Trottel. Um irgendwas zu sagen, frage ich, was für Fleisch er denn gerne hätte – ganz der aufmerksame Kellner, was wünschen der Herr. Was über Gouverneur Fresco, sagt Señorans, was über Rocas Sohn, was über Tita Merello, ja sogar was über Gardel, aber ich soll ihm nicht länger mit vergammeltem Fisch die Zeit stehlen.

»Bernabé Ferreyra!«

Sagt er seufzend. Ich setze mein schönstes Geprügelter-Hund-Gesicht auf. Was mir nicht schwerfällt – ich fühle mich wie ein geprügelter Hund.

»Ich dachte, die Geschichte taugt was. Und ich hab die Kohle gebraucht, Katalane, ich brauche sie.«

Señorans zieht ein Päckchen Particulares hervor, hält mir eine Zigarette hin, steckt sich auch eine an. Er denkt nach. Vielleicht Cuitiño, sagt er plötzlich.

»Was sagst du, Katalane?«

»Ich sage, vielleicht Cuitiño, dass Cuitiño vielleicht Interesse hat.«

Er erklärt es mir: Manuel Cuitiño ist ein hohes Tier bei River Plate, so was wie der Stellvertreter von Américo Liberti. Die beiden und ihre Kollegen versuchen verzweifelt, den Flüchtigen zurückzuholen, und vielleicht nützen ihnen ja ein paar zuverlässige Informationen, mit denen sie ihn unter Druck setzen können, so was wie, wenn du morgen nicht zurückkommst, erzähle ich das und das der ganzen Welt.

»Aber hast du nicht gesagt, keiner würde das veröffentlichen?«

»Ja, aber das weiß ja Bernabé nicht. Wenn es konkrete Hinweise gibt, Namen, Adressen, könnte der Typ es mit der Angst bekommen und akzeptieren, was man ihm anbietet.«

»Verstehe, Katalane. Und wo finde ich diesen Cuitiño?«

Señorans schaut auf seine Uhr – quadratisch, klein, die Uhr eines eitlen Marxisten – und sagt, heute nicht, heute sei es schon zu spät, aber morgen früh sei er bestimmt im Schlachthof.

»Wo?«

»Da, wo dein Steak herkommt, Pibe, im städtischen Schlachthof in der Avenida de los Corrales. Cuitiño ist Großhändler, kauft und verkauft Rinder. Da findest du ihn, jeden Morgen. Der Typ kennt mich, du kannst dich auf mich berufen.«

Ich war noch nie im Schlachthof – hatte es auch nie vor. Fleisch, das wild durcheinandergewürfelt in einem Tier steckt, eingeschlossen in einen Ledersack, kommt mir obszön vor. Ich hole tief Luft, bedaure mein Schicksal. Ich schaue zum Himmel auf, sehe aber nur die verzierte Decke und die Kronleuchter des Tortoni.

»Und was kann ich bei diesem Cuitiño rausholen?«

»Keine Ahnung, Rivarola. Ist das nicht dein Fachgebiet?«

Ich versuche, ihn anzusehen, als würde ich ihm verzeihen – aber ich weiß gar nicht, was ich ihm verzeihen soll. Es ist längst Nacht, und den vergammelten Fisch bin ich nicht losgeworden. Wenn ich noch was essen will, bleiben mir zwei Möglichkeiten: Entweder ich bestelle mir eine Mozzarella-Pizza und zwei Gläser Muskateller bei Las Cuartetas, alles zusammen für dreißig Mäuse, oder ich mache mich auf den Weg zu meiner Alten.

3

»Mutter, bist du da?«

Ich hatte die halbe Nacht vor mir – bis vier musste ich mir die Zeit vertreiben, sie vertrödeln. Fünf, halb sechs, wenn es hell wurde, das sei die beste Zeit, um Cuitiño zu treffen, hatte Señorans gesagt. Die Fahrt zum Schlachthof würde eine Stunde dauern. Ich hatte weder Geld noch Kraft, um eine weitere Nacht mit Saufen, Billard oder leerem Geschwätz zu verbringen. Zuerst hatte ich überlegt, die Russin zu suchen, in der Confitería Ideal, im Richmond oder im Theater der Sociedad Hebraica, aber wenn ich sie gefunden hätte, wäre es bestimmt noch schlimmer gewesen. Dann dachte ich an einen schönen Teller Eintopf, oder, wer weiß, ein paar Nudeln mit dieser fantastischen Tomatensoße.

»Mach auf, Mutter!«

»Ich komm ja schon, mein Junge, ich komm ja schon.«

Hier zu stehen, ist harter Stoff: vor der Tür meines Hauses, vor dem Haus meiner Kindheit. Der Gehweg ist gefliest, doch die Fliesen sind fast alle kaputt. Die Straße ist inzwischen gepflastert. Gegenüber steht eine Laterne, die alles in gelbes Licht taucht. Die Tür ist aus Holz, weiß gestrichen, die bronzenen Beschläge haben mit den Jahren etwas an Glanz verloren.

»Mein Junge, was für eine Überraschung.«

Meine Alte, Señora Gaetana Pollini, Witwe von Rivarola, trägt ein schwarzes Kleid, das aussieht, als wäre es immer dasselbe, und wahrscheinlich ist es das auch, hat weißes Haar, ein Gesicht, das nur aus Runzeln und Falten zu bestehen scheint, und trübe, sehr blaue Augen. Sie ist winzig, wird immer winziger – jedes Mal vergesse ich es, jedes Mal erinnere ich mich wieder. Als sie mich umarmt, reicht ihr Gesicht gerade einmal bis zu meinem Bauchnabel. Aber sie mag es nicht, wenn ich mich zu ihr hinunterbeuge.

»Wie geht's dir, Mama?«

»Wie soll es mir schon gehen, Junge? Eine Vogelscheuche bin ich und todmüde. Das Haus ist zu groß für mich, zu viel Arbeit. Und dann noch dein Bruder, der mir seine Kinder dagelassen hat, als wäre das hier ein Tierheim und ...«

Ich kenne die Leier, es ist immer die gleiche. Ich seufze und frage mich – wie jedes Mal –, ob es nicht ein Fehler war, hierherzukommen. Doch meine Mutter beweist mir, dass es keiner war:

»Du musst hungrig sein, wenn du dich hier blicken lässt, mein Junge. In der Küche ist noch ein Rest Schmorbraten.«

»Aber nur, wenn es keine Mühe macht ...«

»Tu nicht so, mein Junge.«

»Du hast recht, ich hör auf damit.«

Sage ich lächelnd. Wir gehen hinein: zuerst der lange Innenhof, rote Fliesen, wuchernde Pflanzen; rechts, unter einem Vordach, die Türen zu den Zimmern, und hinten die Küche.

»Komm, leiste mir ein bisschen Gesellschaft, während ich das Essen aufwärme.«

Die Küche wird von derselben Glühbirne erhellt, die von der nackten Decke über demselben Tisch baumelt; darauf dieselbe Wachstuchdecke mit denselben rot-weißen Rechtecken, drum herum dieselben vier Stühle. Auf der einen Seite der schlichte, gusseiserne Kohleherd. Ihm gegenüber, auf einem Bord, das angeschaltete Radio. Meine Mutter bückt sich, um mit einem Holzspan und Zeitungspapier die Kohle anzuzünden. Anschließend stellt sie die Kasserolle auf den Herd und rührt um.

»Ich verstehe nicht, warum du nicht hier bleibst. Warum musst du unbedingt in diesen Absteigen wohnen? Wo wir doch so viele leere Zimmer haben … Ich hab's dir tausendmal gesagt: Wenn du willst, kannst du sogar dein eigenes wiederhaben. Du leistest mir Gesellschaft, und wir lassen es uns gut gehen. Was für ein Elend, mein Junge. Wenn du auf deinen Vater gehört und zu Ende studiert hättest, wärst du jetzt Doktor.«

»Wenn ich auf ihn gehört und zu Ende studiert hätte, wäre ich jetzt irgendein Büroangestellter der Regierung, der diesen vollgefressenen Dieben hilft, die Leute zu bestehlen. Oder irgendein Büroangestellter eines Kühlhauses, der diesen verschlagenen Engländern hilft …«

»Andrea!«

Ich darf mich nicht zu diesem immergleichen Streit hinreißen lassen – jedes Mal vergesse ich es, jedes Mal erinnere ich mich wieder. Ich seufze lange, halte den Mund. Meine Mutter nutzt die Stille, um zu fragen, was es Neues von Estelita gibt.

»Nichts, Mutter, seit einem Monat hab ich nichts von ihr gehört. Du weißt ja, sie ist im Moment nicht einfach.«

»Ich hab sie letzten Samstag gesehen. Sie ist ja so hübsch, aber ein bisschen mager, Junge, ein bisschen mager. Kann es sein, dass ihre Mutter ihr zu wenig zu essen gibt? Ich hab ihr immer gesagt, dass …«

»Ach, Mama.«

Es ist eine Sache, dass ich Estelas Mutter hasse, eine andere, ganz andere, dass meine Mutter es ausnutzt, wie schlecht alles gelaufen ist, um ständig darauf herumzureiten, dass sie es ja von Anfang an gewusst und mir das auch gesagt hat. Wieder frage ich mich, ob es klug war, herzukommen. Verzweifelt greife ich nach dem einzigen unfehlbaren Gegengift:

»Und, hat die Wirtin schon was mit dem Soldaten angefangen?«

»Ach was, Junge, wenn du wüsstest, wie die sich ziert. Die Kleine bräuchte einen, der sie mal richtig an die Kandare nimmt. Wer weiß, vielleicht heute Abend, aber wenn du hier bist, verpasse ich alles …«

33

Es hat funktioniert, oder fast. Lächelnd rührt meine Mutter mit einem Holzlöffel den Eintopf um. Aus dem Radio ertönt ein Gauchosänger, der zum Klang seiner Gitarre verkündet: Ruhm dem Erneuerer / der Gesetze dieser Erde / der stets der Beste war / sowohl im Krieg als auch im Frieden.

»Und was interessieren dich diese Kreolen, Mutter? Als hätten die irgendwas mit dir zu tun ...«

»Natürlich haben sie das, mein Sohn. Oder sind wir nicht alle Argentinier?«

Sie stellt eine Karaffe Wein und eine Siphonflasche mit Soda auf den Tisch. Ich soll mich setzen.

»In Wahrheit wäre ich gerne einer von denen geworden, die im Radio auftreten ...«

»Und warum machst du es nicht, mein Junge?«

»Ich bin nicht mehr der Jüngste.«

»Das ist doch Unsinn, Andrea.«

»Ich fang doch mit dreißig nicht noch mal von vorne an.«

»Erstens bist du noch keine dreißig, soweit ich weiß. Und zweitens kannst du nichts dafür, dass es so was noch nicht gab, als du klein warst.«

»Ach, Mutter, du verstehst mich nicht. Das ist mein Schicksal. Ich bin immer zu spät dran. Oder zu früh.«

Sage ich und verstumme augenblicklich – *ihr* muss ich solche Sachen nicht erzählen.

Die Holzbank in der Straßenbahn ist nicht der beste Ort, um zu schlafen, doch das zärtliche Ruckeln schläfert mich ein. Es wird Tag, die von niedrigen Häusern und Bäumen gesäumten Straßen erwachen nach und nach zu neuem Leben. Ich versuche, an nichts zu denken. Es gelingt mir nicht. Ich versuche, an etwas Interessantes zu denken. Auch nicht – ich verliere mich auf Holzwegen, verheddere mich in Groll. Ich sehe Menschen, die auf der Straße schla-

34

fen, ausgestreckt in Hauseingängen oder auf Brachen. Hinter der Avenida Lacarra stehen Dutzende von Hütten aus Blech und Pappe, diese Neuheiten, die jemand *villas miseria*, Elendsviertel, getauft hat – offenbar reicht es bei manchen nicht mal für die heruntergekommenste Mietskaserne. Ständig muss die Straßenbahn bremsen, weil ihr ein Milchkarren mit seinen klappernden Kannen, dem Gebrüll seines Besitzers, den Straßenkötern, die sie ankläffen, in die Quere kommt. Die Stadt ist ein monotoner Dschungel: Hunde, Hunde und noch mehr Hunde. Ende letzten Jahres hat die Stadtverwaltung beschlossen, dass alle Hundehalter ihre Tiere melden und fünf Pesos pro Schnauze blechen müssen. Viele wollten oder konnten nicht zahlen, und die Straßen füllten sich mit Hunden, die von ihren Herrchen ausgesetzt wurden. Jetzt, am frühen Morgen, gehört die Stadt solchen Hunden. Uns, meine ich, solchen.

Der Geruch muss vom Blut oder dem leblosen Fleisch stammen. Oder es ist die Mischung aus diesem Fleisch, dem Blut, der Scheiße, der Angst der Rinder und den Ausdünstungen der Schlachter. Jedenfalls ist er kaum auszuhalten. Dazu das Brüllen der Tiere, wie das Geschrei von Toten bei ihrem eigenen Begräbnis. Ich fühle mich leicht benommen, irre ziellos hin und her. Der städtische Schlachthof nimmt fast vierzig Blocks mit Gebäuden, Ställen, Schlacht- und Kühlhäusern, Ratten und Fliegen ein. Wie leicht könnte man sich inmitten dieser Ströme von Rindern, dieses tosenden Gebrülls, dieses fürchterlichen Gestanks verlaufen; wie leicht könnte man auf den Gedanken kommen, man sei im Sumpf des Vaterlandes versunken. Ich frage nach diesem Cuitiño, und ein halbes Dutzend Tagelöhner, Gauchos mit Schnurrbärten und Pumphosen, die Hüte und langen Messer in der Hand, starren mich an, als käme ich direkt vom Südpol. Dann starren sie woanders hin. Ich suche weiter. Der Boden besteht aus einem Schlamm, der wie Scheiße aussieht. Ich bin noch nie auf Scheiße gelaufen; als

35

ich in diese Pampe trete, bin ich mir sicher, dass es so ist. Oder ich habe es schon mal gemacht und es vergessen. Schließlich hat ein alter Schlachter Mitleid mit mir:

»Wen sucht der junge Mann?«

»Don Manuel Cuitiño, kennen Sie ihn?«

»Wie sollte ich ihn nicht kennen. Was glauben Sie, wer ich bin, ein Fremder? Schauen Sie, gehen Sie zu dem Bau da hinten, der mit den Bögen, und da fragen Sie, da wird sein Büro sein.«

»Was soll das heißen, wird sein?«

»Na ja, Doktorchen, gestern war es noch da.«

Vor der Tür des Gebäudes im falschen Kolonialstil, in einer Wolke von Fliegen, unterhalten sich drei Tagelöhner über La Franchuta, ihre magischen Hände, ihren Arsch. Um das Brummen der Fliegen zu übertönen, schreien sie.

»Und woher willst du das wissen, du Großmaul, wenn du ihn nie angefasst hast?«

»Nie angefasst, ich? Die Franchuta hat mich angefleht.«

»Dein Schaf heißt jetzt also Franchuta?«

Der Großmaul genannte Mann spuckt auf den Boden und macht einen Schritt auf den Kerl zu, der ihn beleidigt hat. Es scheint nicht allzu ernst zu sein, denn er schwingt das Gauchomesser, ohne es aus der Scheide zu ziehen. Der andere geht dazwischen. Meine Frage lenkt sie ab:

»Entschuldigung, wo finde ich Don Cuitiño?«

Der dritte Streithammel zieht seinen Hut, fährt sich mit der Hand durch das Haar, verscheucht ein paar Fliegen.

»Bei allem Respekt, Chef, es ist besser für Sie, wenn Sie ihn nicht finden.«

»Wenn ich immer machen könnte, was besser für mich wäre …«

»Wie Sie wollen. Folgen Sie diesem Gang, die letzte Tür rechts. Aber sagen sie nachher nicht, der Kreole hier hätte Sie nicht gewarnt.«

Gestank, Blut, lebloses Fleisch.

Don Manuel Cuitiño sitzt hinter einem Schreibtisch aus massivem Holz – darauf ein Mategefäß, ein Wasserkessel, ein Teller, ein paar Papiere – am Ende eines großen, sehr leeren Raums. Durch die beiden Fenster fällt kaum Licht – es wird gerade erst hell.

»Herein, immer herein. Mit wem habe ich die Ehre?«

»Mein Name ist Rivarola, Andrés, zu Ihren Diensten.«

»Das mag Ihr Vor- und Nachname sein, oder umgekehrt. Das mit den Diensten hört sich schon anders an, haariger.«

Don Manuel ist ein wahrer Fleischberg. Jackett und Weste, Krawatte trotz der mörderischen Hitze, ein Doppelkinn, an dem der Schweiß in Strömen hinunterläuft, eine goldene Uhrkette über dem Wanst.

»Aber Sie können sich gerne setzen und mir erzählen, worum es geht. Um diese Uhrzeit langweile ich mich immer, da habe ich schon alles verkauft. Falls Sie also ein hübsches Kälbchen wollten, sind Sie zu spät dran.«

Hinter den Wänden höre ich die verkauften Tiere weiter brüllen – es gibt stillere Tode. Auf dem Schreibtisch aus Quebracho-Holz, neben dem Wasserkessel, liegen auf einem weißen, blau verzierten Porzellanteller mehrere Stückchen Bries. Der Fleischberg spießt eins davon mit seinem silbernen Gauchomesser auf und führt es sich zum Mund. Sein Gesicht ist so haarlos wie das Doppelkinn.

»Ich würde Sie ja zu einem Stückchen Bries einladen, mein Lieber, aber ich glaube, Sie sind hier, weil Sie Lust auf ein Geschäft haben, also legen Sie los. Oder Sie schweigen, hauen ab und lassen mich in Ruhe.«

»Entschuldigen Sie, Don Manuel, ich will Sie nicht stören. Es ist nur so, dass man mir gesagt hat, Sie wären der Richtige. Señorans hat das gesagt.«

»Ach, der gute Señor Ans. Deutscher, der Mann.«

Sagt der Fleischberg, stößt ein Lachen aus, das wie ein Rülpsen klingt, und verschluckt sich. Er hustet, keucht, spuckt auf den

Boden. Dann sagt er Entschuldigung, natürlich, Señorans, wie jemand, der sagt, es regnet – an einem strahlenden Sonnentag. Ich versuche, mich nicht unterkriegen zu lassen:

»Er hat mich zu Ihnen geschickt. Er meinte, es könnte Sie interessieren, was ich für Sie habe.«

»Sie haben also was für mich. Und was ist das, wenn ich fragen darf? Entschuldigen Sie, dass ich lachen muss.«

Sagt der Fleischberg, lacht aber nicht. Seine Pranken spielen mit dem Messer, lassen es wie einen Zahnstocher aussehen. Er spießt das nächste Stück Bries auf, hält es in die Höhe wie eine Standarte.

»Oder warten Sie, ich weiß was Besseres: *Ich* werde Ihnen sagen, was Sie für mich haben. Es gibt drei Möglichkeiten: Entweder behaupten Sie, Sie hätten einen Burschen, der besser trifft als Bernabé, oder Sie wollen mir zweihundert Rinder andrehen, die Ihnen zufällig in der Calle Florida über den Weg gelaufen sind, oder Sie sind ein Vollidiot und wollen mir irgendeine wirre Geschichte auftischen. Damit es klar ist: Ich interessiere mich weder für grobschlächtige Balltreter noch für billigen Beschiss, gestohlene Rinder oder wirre Geschichten. Aber wenn Sie wollen, lade ich Sie zu einem Stückchen Bries ein, und wir plaudern ein bisschen über Frauen. Oder besser gesagt: *Sie* plaudern über Frauen, und ich tue so, als würde ich Ihnen zuhören, und dann verschwinden Sie und sagen Ihrem Freund Señorans, wenn er mir noch einmal jemanden schickt, der ...«

Der Fleischberg ist nicht zu stoppen, er redet und redet, hört sich selbst beim Reden zu, suhlt sich in seinen Worten. Ich tue so, als würde ich ihm zuhören, offenbar gibt es nichts, was er lieber mag. Irgendwann ist er endlich außer Atem, hält inne, schenkt sich aus einem Krug Wein in ein Glas ein, trinkt einen Schluck. Ich nutze das Schlupfloch:

»Mit Verlaub, Don Manuel. Soweit ich weiß, haben Sie was mit Fußball zu tun ...«

Der Fleischberg hustet – donnert –, um mir zu verstehen zu geben, dass ich schweigen soll.

»Nein, mein Lieber, ich habe nichts mit *football* zu tun. Ich bin der zweite Vizepräsident des ruhmreichen Club Atlético River Plate, das ist etwas anderes. Und wissen Sie, warum ich das bin? Nein, natürlich nicht. Was wissen Sie schon? Weil ich Patriot bin. Ich mag *football*, er lenkt mich ab, aber ich bin nicht verrückt danach. Ich könnte mir sonntags in aller Ruhe in meiner Loge mit meinem Neffen Alberto die Spiele anschauen. Ja, ich habe einen Neffen, der Alberto heißt, na und? Ich habe einen Neffen, der Alberto heißt, und sonntags könnte ich mir in aller Ruhe in meiner Loge die Spiele mit ihm anschauen, aber, sehen Sie, ich bin nun mal Patriot. Hatte ich schon erwähnt, dass ich Patriot bin?«

Wieder außer Atem stürzt der Fleischberg den Wein hinunter. Ich versuche gar nicht erst, etwas zu sagen. Der Fleischberg kaut das nächste Stück Bries, etwas fettiger Saft rinnt ihm das Doppelkinn hinab.

»Ja, das bin ich, das sagte ich schon. Aus demselben Grund widme ich mich auch dem edelsten und argentinischsten Geschäft: Ich kaufe und mäste Rinder, opfere sie auf dem Altar der Nation, der sich zufälligerweise genau hier befindet. Auf diese Weise trage ich dazu bei, das Wesen, die Wiesen, das Fundament unseres Vaterlandes rein zu halten. Das wahre Vaterland sind die Rinder, mein Sohn. Und wissen Sie was? Nein, was wissen Sie schon. Meine Arbeit ermöglicht es mir, mit vielen der großen Männer zu reden, die dieses Land aufgebaut haben, oder, wenn Sie so wollen, mit ihren Söhnen, die es in den Ruin treiben. Mit unseren Männern vom Land, meine ich, unseren Patriziern, wie man sie auch nennt. Und wissen Sie was? Nein, das hatten wir ja schon, Sie haben keine Ahnung. Deshalb sage ich es Ihnen: Diese Männer mögen keinen *football*.«

Der Fleischberg fläzt sich in seinem Sessel, einem mit Nägeln beschlagenem Armsessel mit einem Stierkopf – seiner kleinen Nase, seinen Hörnern – als krönendem Abschluss der Rückenlehne, und stürzt noch ein Glas Wein hinunter. Ich versuche, nicht hinzusehen. Ich muss zuhören, und deshalb darf ich nicht hinsehen. Unbeirrt fährt der Fleischberg in seinem Selbstgespräch fort: dass diese feinen Pinkel von heute den *football* verachten, früher, in den großen Zeiten des Alumni Athletic Club, der Brown-Brüder, des Racing Club und all dem, da habe er ihnen gefallen, aber jetzt, wo er sich professionalisiert habe, da sei er ihnen ein Gräuel, sei er was für ungehobelte Itaker.

»Nicht für Spanier, sagen sie, denn die wären sogar dafür zu ungehobelt. Aber ich mag *football*. Obwohl ich, wie gesagt, nicht verrückt danach bin. Ich mag ihn einfach, zum Beispiel um mit meinem Neffen Alberto hinzugehen. Jetzt werden Sie sich fragen, wenn Sie überhaupt noch in der Lage sind, sich irgendwas zu fragen: Was zum Teufel hat dieser Mann dann im Vorstand von River Plate zu suchen? Warum bleibt er nicht einfach gemütlich bei seinem Neffen und bei seinen Rindern? Die Antwort lautet: weil ich Patriot bin.«

»Entschuldigen Sie, Don Manuel, wenn …«

»Nein, mein Sohn, ich entschuldige gar nichts. Wenn Sie wollen, dass ich mit Ihnen rede, müssen Sie mir zuhören. Was ich sagen wollte: Wissen Sie, was uns verbindet, den *football*, das Vaterland und mich? Nein, wissen Sie nicht, das wissen wir ja inzwischen. Schauen Sie, Sie wissen auch nicht, dass ich Argentinier in sechster Generation bin. Mein Ururgroßvater hat schon für das Vaterland gekämpft, als diese ganzen Erdfresser sich noch in Italien oder Russland im Dreck gesuhlt haben. Wir wollten sie erziehen, ihnen beibringen, die Traditionen zu respektieren. Wir haben es nicht geschafft, und sie werden unser Land zugrunde richten. Wir können sie bloß noch unterhalten, für Ablenkung sorgen, damit sie uns wenigstens nicht auf den Sack gehen und uns wahre Argentinier wie Argentinier leben lassen. Ob Sie's glauben oder nicht, ich kann diese Leute verstehen, ich habe sogar Mitleid mit ihnen.«

Sagt er, und ich versuche, ihm zuzuhören, ohne ihn anzusehen, aber plötzlich sehe ich ihn an, überlege, was wohl passieren würde, wenn ich ihm in jedes Nasenloch ein halbes Stück Bries stopfe und ihm mit dem langen Messer die Kehle unter dem Doppelkinn aufschlitze? Ob dann wohl Blut oder Fett aus der Wunde fließen würde? Ich denke darüber nach und versuche, nicht darüber nachzudenken, nicht dass der Buddha noch meine Gedanken liest. Bis jetzt scheint er nichts bemerkt zu haben.

»Aber ich weiß es, ich weiß es genau: Wenn wir wollen, dass sie unser schönes Vaterland nicht in Stücke reißen, müssen wir sie irgendwie davon ablenken. Und das, und das wissen selbst Sie, geht nur mit *football*. Deshalb opfere ich mich – für das Vaterland. Der *football* ist meine Pflicht, meine Schlacht von Tucumán, mein Vuelta de Obligado.«

»Genau darüber wollte ich mit Ihnen reden, Don Manuel.«

»Über die Schlacht von Vuelta de Obligado oder über die von Tucumán? Oder sind Sie hier, um mit mir über meine Pflichten zu reden?«

Er ist verstummt. Ich sollte es ausnutzen, aber ich weiß nicht, wie. Ich sehne mich nach einer Zigarette und einem Glas Wein. Zigaretten habe ich nicht, und der Wein scheint nur für seinen Besitzer zu sein. Das Schweigen, das ferne Muhen, die Gerüche. Ich schnaube, hole Luft.

»Ich weiß, dass Ihr Verein ein Problem mit diesem Bernabé hat. Und ich glaube, ich kann Ihnen helfen, es zu lösen.«

Der Buddha macht Anstalten, loszuprusten, spießt aber stattdessen nur ein weiteres Stück Bries auf.

»Sie dachten, ich würde lachen. Gut, meinetwegen, tun wir so, als hätte ich gelacht. Und warum glauben Sie, Sie könnten uns bei irgendetwas helfen?«

»Ganz einfach, Don Manuel.«

Sage ich, so wie immer, wenn mir etwas zu kompliziert ist, über meine Möglichkeiten geht.

»Ganz einfach. Bernabé hat Schulden bei einem Kerl, der ihm Drogen besorgt, Koks, solchen Mist. Und ich glaube, wenn ...«

»Mein Sohn, ein bisschen klüger hat er es schon angestellt. Nicht viel, das nicht, aber ein kleines bisschen klüger. Punkt eins: Glauben Sie wirklich, wir, seine Arbeitgeber, hätten keine Ahnung, was dieser Junge mit seiner Nase und seinen anderen prominenten Körperteilen treibt? Glauben Sie wirklich, ich drehe die ganze Zeit Däumchen? Und Punkt zwei: Glauben Sie ernsthaft, wenn diese Nachricht die Runde macht, würden wir dann nicht dastehen wie die größten Würste? Wie Mailänder Salami, meine ich, oder wie Chorizos aus Cantimpalos. Richtig große, grobe Würste, das kann ich Ihnen sagen.«

»Nein, aber Sie ...«

»Ja, wir. Wir würden wie Taugenichtse dastehen, die sich taub stellen und die Augen verschließen vor den Lastern unseres wichtigsten Spielers, dem Helden des Pöbels. Die nageln uns an die Wand, mein Sohn, die werden uns lebendig begraben. Und ich, der ihn ...«

Zeit aufzustehen – ich werde nichts erreichen, und ich habe keine Lust, mich länger von diesem Bries fressenden Fleischberg erniedrigen zu lassen.

»Ich danke Ihnen für ...«

»Danken Sie mir nicht, mein Sohn, wofür, wenn Sie nicht mal ein schönes Kilo Eingeweide mitnehmen. Sie gehen mit weniger in der Hand, als Sie gekommen sind. Da hatten Sie wenigstens noch Hoffnung. Ihr Trottel denkt, dass wir alle Trottel sind. Nein, mein Freund, ein paar von uns sind keine. Also danken Sie mir nicht, es sei denn ...«

Schon halb aufgestanden, erstarre ich. Es sei denn was, frage ich und bereue im selben Augenblick dieses Eingeständnis meiner Angst. Aber das ist ein Luxusproblem.

»Es sei denn was, Don Manuel?«

»Vielleicht, vielleicht … Mal sehen, setzen Sie sich wieder, mein Sohn.«

Sagt der Fleischberg und bietet mir ein Gläschen Wein an. Die mit dicken Klunkern verzierten Ringe an seiner dicken Hand sto-ßen klirrend gegen das Glas. Er sagt, ich solle nicht gleich belei-digt sein, aber wenn mir danach sei, könne ich es natürlich gerne sein, das sei ihm egal, aber als er mir zugehört habe, habe er den Eindruck gehabt, ich könnte diesem Idioten von Bernabé Ferreyra gewachsen sein, und da ich offenbar auf der Suche nach Arbeit sei, irgendeiner, ganz egal welcher, würde er mir eine anbieten.

»Der Schwachkopf sagt, er redet nicht mehr mit uns. In Wirk-lichkeit will er uns nicht mal mehr sehen. Er hat einen Haufen Geld verlangt, wir haben nein gesagt, er war beleidigt. Was für ein Trottel, so läuft das Geschäft nun mal. Du willst was haben, ich schlag es dir ab, du bestehst darauf, ich gebe dir was. Aber der Jun-ge kapiert das nicht, dieser dämliche Bauer, er war beleidigt, und jetzt will er uns nicht mal mehr sehen, sagt, er kommt nicht mehr zurück. Sie könnten also …«

»Ja, ich könnte mit ihm reden.«

Schneide ich ihm das Wort ab, und Don Manuel Cuitiño grinst: Schön, das dumme Kind lernt dazu.

»Sie könnten zu ihm fahren und mit ihm reden. Ihm sagen, er soll kein Schwachkopf sein, aber Sie sagen es natürlich anders, nicht so wie ich, Sie sagen es, wie Sie es sagen würden, Sie sagen, wir seien bereit, eine bestimmte Summe zu zahlen – und dass wir genauso bereit seien, ihn für immer zu vernichten.«

»Zu vernichten?«

»Gut, Sie wissen selbst, dass es dazu nicht kommen wird, dass wir das nicht können. Aber ich habe Ihnen ja erklärt, wie so ein Ge-schäft abläuft. Sie sagen ihm, wir könnten ihn fertigmachen, ihn zu etwas Schlimmeren als Bries verarbeiten. Und vielleicht stimmt es: Wenn wir wollen, finden wir bestimmt einen Weg, es ohne Drogen zu machen, ohne Dummheiten, ohne dass er uns in den Schmutz zieht. Aber dass wir es auch anders regeln können …«

Der Fleischberg spießt das letzte Stück Bries auf, schnappt es mit seinen nikotinverfärbten Zähnen, schluckt es runter – diesmal ohne zu tropfen. Er wischt sich mit dem Ärmel seines weißen Hemds über den Mund und fragt, wie lange ich brauche. Ich denke nach, höre ihn sagen, ich solle nicht zu lange nachdenken, sie hätten alles, nur keine Zeit, ich solle mich noch heute auf den Weg machen. Ich stehe auf, in meinem Kopf dröhnt das Gebrüll der Rinder. Als ich schon an der Tür bin, fällt mir etwas ein:

»Entschuldigen Sie, dass ich frage, Don Manuel: Was zahlen Sie für den Auftrag?«

»Das muss ich nicht entschuldigen, mein Sohn, genauso fragt man solche Dinge. Aber genauso bekommt man nicht immer eine Antwort. Ich werde Sie gut bezahlen. Und nicht nur das – wenn Sie den Auftrag erledigen, werden Sie eine Weile in Ruhe leben können. Hier gibt es viel zu tun, und einen hellen Burschen kann ich immer gebrauchen.«

»Wo? Hier?«

»Hier, mein Sohn, strapazieren Sie nicht meine Geduld.«

Sagt der Buddha, zieht von irgendwoher einen Geldschein hervor und hält ihn hoch. Ich muss zurück zu seinem Schreibtisch, es ist ein Hunderter, und er strahlt ein magisches Licht aus.

»Das hatte ich vergessen, nehmen Sie. Bezahlen Sie damit Ihre Spesen. Den Rest können Sie behalten.«

4

Es ist immer wieder seltsam, in einen Zug zu steigen, in einem Boliden gefangen zu sein, der dich auf rostigen Metallsträngen wie ein Geschoss mit fünfzig, sechzig Stundenkilometern durch die Landschaft jagt. Ich weiß, ich brauche keine Angst zu haben, wir leben im Zeitalter der Geschwindigkeit, und es schadet nicht, hin und wieder dieses seltsame Gefühl zu durchleben, dass alles viel zu schnell geht. Außerdem gehört die Pacific Railway den Engländern, und die Engländer verstehen was von diesen Dingen. Aber manchmal, wenn das Rattern stärker wird, kann ich nicht anders, als mich an die Lehne zu klammern, als würde das irgendetwas ändern.

Erst recht heute, mittendrin in dieser absurden Geschichte. Mir fällt ein ziemlich bescheuertes Wort ein: Abenteuer. Egal wie sehr ich es runterzuspielen versuche, es ist seltsam und verlockend: Ich sitze in einem Zug und fahre mit Volldampf in irgendein Kaff, um mit dem berühmtesten Typen des Landes zu sprechen. Also beruhig dich, Rivarola, sieh dir die Landschaft an, genieß sie, du bist schließlich ein Städter, mach das Beste aus der Fahrt ins Blaue. Vielleicht regt er dich ja zu etwas an, Rivarola, zu ein paar hübschen Zeilen. Rivarola versucht, meinem Ratschlag zu folgen: Ich betrachte das weite, leere Land, das sie Pampa nennen. Rinder, Rinder und noch mehr Rinder, dieser Geruch nach totem Fleisch, der zurückkehrt. Aber ich habe nur wenig geschlafen – zwei, drei Stunden, als ich in der Pension war, um ein sauberes Hemd zu suchen und zu meiner Überraschung auch zu finden –, und meine

Angst vor der Geschwindigkeit lässt nach, das Rattern lullt mich ein, und nur das Pfeifen, wenn der Zug an einer Bahnstation hält, weckt mich von Zeit zu Zeit auf. Dann steigen diese Damen und Herren mit ihren verschnürten Pappkoffern, verschnürten, in Sackleinen gewickelten Bündeln und der einen oder anderen Tasche ein und aus. Bis Junín, dem Fluchtort des flüchtigen Bernabé Ferreyra, sind es noch immer an die zwei Stunden. Ein Gedanke macht mir zu schaffen: Wie soll ich Cuitiños Auftrag erledigen, ohne Gorrión zu verraten – oder zumindest, ohne ihn allzu schlimm zu verraten.

»Wetten, Sie wissen nicht, woher das Wort *cana* stammt?«

Fragt mich plötzlich ein dünner, etwa fünfunddreißig bis vierzig Jahre alter Mann, der neben mir sitzt. Er trägt einen schmalen Schnurrbart, und die Mutter aller Brillen ins Gesicht gemalt. Schläfrig schüttle ich den Kopf.

»*Cana*?«

»Ja, *cana*, Polente, wie in *ahí viene la cana*, da kommt die Polente, oder *araca la cana*, Achtung, Polente.«

»Keine Ahnung.«

Sage ich und betrachte durchs Zugfenster wieder die Rinder. Doch der Mann lässt nicht locker, seine Redelust scheint um einiges größer zu sein als seine Rücksichtnahme:

»Darüber hat dieser Penner von Arlt heute in seiner Kolumne in *El Mundo* geschrieben. Die wissen wohl auch nicht mehr, wie sie ihre Seiten vollkriegen sollen. Wenn man dran denkt, dass Zeitungen früher von Journalisten gemacht wurden …«

Noch so einer, der den Schnabel nicht halten kann. Doch diesmal gibt es kein Entrinnen – wie soll man jemandem entkommen, der zu allem bereit ist, am Gang sitzt und den einzigen Fluchtweg versperrt?

»Ich glaube ja, die Geschichte ist erfunden, aber sie hat Charme. Er sagt, es gab mal einen Kommissar, der Racana hieß und es in irgendeinem Viertel zu Berühmtheit brachte, ein mieser Kerl, der ständig die Jungs schikanierte, die auf der Straße Fußball spielen wollten. Die Nachbarn hatten sich wohl über den Lärm beschwert, über kaputte Fensterscheiben oder weil sie Freude daran hatten, sich zu beschweren, und weil der Kommissar sich beliebt machen wollte oder weil er gerne andere schikanierte, verbot er das Fußballspielen, kassierte den Ball ein, und einmal ließ er sie sogar verhaften. Daraufhin stellten die Kinder einen Posten auf, damit er sie warnte und sie Zeit hätten, abzuhauen und den Ball nicht zu verlieren, schließlich kostet so ein Ball eine Stange Geld, und jedes Mal wenn der Kommissar kam, brüllten sie *ahí viene Racana,* da kommt Racana, und keine Ahnung warum, aber von da an machte der Ruf auch in anderen Vierteln die Runde, aber weil dort keiner den Kommissar kannte, verstanden sie den Ruf nicht richtig, und mit der Zeit wurde daraus *ahí viene la cana,* da kommt die Polente. *La cana* statt Racana, verstehen Sie?«

Ich runzle die Stirn, ringe mir ein Lächeln ab. Vielleicht hat Señorans recht, und Journalist sein ist wirklich nicht so schwer. Was dagegen schwer ist, richtig schwer, ist schweigen. Der Mann scheint zu begreifen, denn er erklärt:

»Entschuldigen Sie, ich wollte Sie nicht belästigen. Aber wissen Sie, wie es ist, wenn einen die Leute ständig *cana* nennen und man nicht weiß warum?«

»Sie sind also Polizist?«

Frage ich wie jemand, der seiner Bürgerpflicht genügt.

»Na ja, nein.«

»Was dann?«

»Das erzähle ich Ihnen ein andermal.«

Sagt der Mann und vertieft sich in seine Zeitung. Wäre ich in Buenos Aires geblieben, hätte ich versuchen können, Estelita zu sehen. Ich hätte es versuchen können und wäre bestimmt wieder gescheitert. Vielleicht hilft mir diese Reise ja weiter: Wenn ich die Sache für Cuitiño erledige und er mir Arbeit besorgt, hat die blöde

Kuh keinen Grund mehr, mich von der Kleinen fernzuhalten. Obwohl, wie ich sie kenne, wird ihr trotzdem was einfallen.

An einem Samstagnachmittag in einem Kaff in der Pampa an Blumen zu kommen, ist so ziemlich das Schwierigste der Welt. Die Dörfler halten nicht viel von solchem Schnickschnack, wenn einer Blumen will, pflanzt er eben welche. Ich drehe ein paar Runden um den Dorfplatz – kaputte Trottoirs, schlammige Pfützen, ein angebundenes Pferd, irgendein Karren – und kaufe schließlich ein paar Gebäckstücke in der Neuen Konditorei Bäckerei San Martín, einem kleinen Laden zwischen der Banco Provincia und der Iglesia de San Ignacio, der auch während der Siesta geöffnet hat. Die füllige Bäckerin bestätigt, dass Doña Matilde de Ferreyra, Bernabés Mutter, in der Calle Moreno wohnt, vier Straßen südlich, aber sagen Sie ihr nicht, dass Sie das von mir haben, die Alte stellt sich neuerdings immer so an.

»Wie der Ruhm die Leute verändert... Ob das am Geld liegt?«

Ich ziehe es vor, mich nicht lange damit aufzuhalten, zahle einen Peso, bedanke mich und trete mit meinem verschnürten Päckchen auf die Straße. Es herrscht eine Affenhitze, die Hunde dösen im Schatten, und mein Boater hat sich in einen Backofen verwandelt. Ich gehe noch einmal meinen Plan durch. Aus irgendeinem Grund, den ich nicht recht fassen kann, habe ich immer daran geglaubt, dass die Leute mich sympathisch finden, wenn ich nur will. Ich glaube daran, aber ganz sicher scheine ich mir nicht zu sein, denn während ich mit meinem Päckchen durch die Straßen laufe, erklingt immer wieder dieselbe Leier in meinem Kopf: Ich kann sympathisch sein.

»Ich kann sympathisch sein.«

Ich gehe, schwitze, bringe die dösenden Hunde zum Bellen, finde die Adresse, klatsche in die Hände. Das Häuschen ist niedrig, in gutem Zustand, weiß gekalkter Ziegelstein. Im Vorgarten Kräuter, eine violette Hortensie, ein paar Tomatenstauden.

»Doña Matilde! Doña Matilde!«

Eine etwas über sechzigjährige Frau erscheint in der Tür. Sie bindet sich einen Morgenrock von unbestimmbarer Farbe zu, richtet sich das weiße Haar.

»Wer verlangt nach ihr?«

»Ich, Doña Matilde, Andrés, der Neffe von Doña María. Hat sie Ihnen nicht gesagt, dass ich vorbeikommen wollte?«

Die Frau reibt sich das Gesicht, als versuchte sie sich zu erinnern. Sie sagt nichts, starrt mich nur aus ihren Triefaugen und mit offenem Mund an.

»Keine Sorge, bestimmt hat sie Bescheid gesagt. Schauen Sie, ich habe etwas Gebäck zum Mate mitgebracht …«

»Nicht so laut, Señor, nicht dass Sie mir meinen Bernabé noch aufwecken.«

»Keine Sorge, mein Sohn, das ist Andrés, der Neffe von Doña María.«

»Welche Doña María?«

»Doña María, Berna, stell dich nicht so an.«

Das ist der Moment. Ich stelle das Mategefäß auf dem Wachstuch ab, neben den Gebäckresten, stehe auf und gehe zur Tür, wo Bernabé Ferreyra steht – abgetragene weite schwarze kurze Sporthose, Ledersandalen, mächtiger Brustkorb, Stiernacken, gewaltige O-Beine. Ich strecke die Hand aus, Ferreyra betrachtet sie, als wäre sie ein seltsames Insekt, dann schüttelt er sie.

»Und was hast du hier zu suchen?«

»Nichts, Maestro, ich besuche nur Ihre Mutter. Aber wenn Sie nichts dagegen haben, würde ich mich gerne einen Augenblick mit Ihnen unterhalten.«

»Du bist doch kein Journalist, oder?«

»Ich, Journalist? Sehe ich vielleicht so aus?«

»Was weiß ich. Ich weiß nicht mal, ob die überhaupt nach was aussehen.«

Ich lächle, gebe mich kumpelhaft:

»Doch, die sehen nach was aus: finstere Gesellen sind das. Gott schütze uns …«

Ferreyra schenkt mir ein halbes Lächeln – ein viertel – und fragt noch einmal, was ich hier zu suchen hätte, in seiner Küche. Ich lächle unbeirrt weiter und sage, dass ich ihn zu einem Bier einlade, dass wir zumindest an die frische Luft gehen sollten. Ferreyra schaut mich an, als müsste er mich verstehen, hebt die Hand, na schön, was soll's, und sagt, ich soll ihm fünf Minuten geben, er wasche sich nur schnell das Gesicht und ziehe ein Hemd an.

»Und wehe, du bist doch ein Journalist.«

»Und wenn ich was Schlimmeres bin?«

»Was Schlimmeres?«

Sagt Ferreyra schnaubend. Offenbar fällt ihm nichts ein.

Im Café Rodríguez hat der Besitzer, Don Rodríguez, ein gedrungener Mann mit buschigen Augenbrauen, Ferreyra gestenreich und mit asturischem Akzent begrüßt – du hier, Bernabé, was für eine Überraschung – und uns seinen besten Tisch angeboten: ruhig, abseits, am Fenster im Schatten einer Platane. Es ist noch früh, nur an zwei der Tische sitzen Gäste. Männer natürlich.

»Bier?«

»Ja, zwei Halbe. Und ein paar Erdnüsse.«

Ich würde lieber nicht so schnell zur Sache kommen, aber mir fällt nichts Besseres ein. Ich stelle Fragen: wie das Dorf so sei, ob er es nicht ein bisschen langweilig finde, ob Junín jemandem wie ihm auf Dauer nicht zu klein sei. Ferreyra antwortet, ohne viel preiszugeben, freundlich, vorsichtig, wie jemand, der sich bedeckt hält und abwartet.

»Das ist mein Dorf, Chef. Ich gehöre nicht zu diesen Trotteln, die sich für größer halten, als sie sind, und dann auf die Schnauze fallen.«

Sofort schwächt er seine Worte ab: dass er das Dorf ja möge, aber er langweile sich, er habe keine Lust, hier zu sein und Däumchen zu drehen.

»Siehst du mich hier ausgehen? Ich kann nirgendwo hin. Ich muss mich die ganze Zeit benehmen, meine Alte ist da, meine Familie, jeder kennt mich. Alles, was ich mache, wird beurteilt.«

Langsam entspannt er sich – bald hab ich ihn. Ich überlege zuzuschlagen, versuche es aber lieber weiter auf Umwegen, mit dummen Fragen. Er erzählt von dem peruanischen Torhüter, der von seinem Schuss ohnmächtig wurde und im Krankenhaus landete, und dass er ihn dort besucht hat, und als der arme Junge später wieder gegen ihn antreten musste, hat er ihn gebeten, Bescheid zu sagen, wenn er ihn wieder umnieten will, und er hat Bescheid gesagt und ihn wieder mitsamt Ball und allem anderen im Tor versenkt. Und wie es ist, ins Stadion einzulaufen und diese ganzen Irren mit den Taschentüchern auf dem Kopf zu sehen, die wie verrückt seinen Namen brüllen. Dass er sie einfach nicht versteht und dass eines Tages jemand kommen und zu ihm sagen wird, alles das war nur ein Scherz, und was für ein Armleuchter man sein muss, so was zu glauben. Ich höre ihm zu, lächle. Als wir die dritte Runde bestellen, halte ich den Moment für gekommen und gehe zum Duzen über.

»Und du willst wirklich nicht zurück?«

»Und was geht dich das an?«

Erwidert Ferreyra, doch sein Ton ist freundlicher als seine Worte, als sollte ich sie nicht ernst nehmen.

»Na ja, es könnte mich was angehen.«

»Was willst du? Bist du von River?«

»Ich bin von Rivarola, Bernabé.«

Sage ich, und wir brechen in Gelächter aus und stoßen auf den Witz an.

»Und wo spielt diese Mannschaft, in der Liga der Hinterwäldler vom Arsch der Welt?«

»Kann sein … Aber du kannst dir nicht vorstellen, was für einen Schuss ich habe.«

Die Biere haben ganze Arbeit geleistet: Wir lachen, sind gelöster, lockerer. Das ist die Gelegenheit:

»Ich hab ein Angebot für dich.«

»Halt, halt, halt. Bevor du was Dummes sagst, hör zu.«

»Nein, du hörst mir zu.«

»Nein, Junge, du wirst mir zuhören, schließlich bist du hier, weil du was von *mir* willst. Oder glaubst du, ich habe dieses Märchen mit Tante María geschluckt? Du bist hier, weil du mich gesucht hast, weil das halbe Land mich sucht. Weißt du, wie es ist, in allen Zeitungen deinen Namen zu lesen, zu wissen, dass es Tausende von Deppen gibt, die glauben, es geht sie was an, was ich mache, ob ich zurückkehre oder nicht, ob ich spiele oder nicht?«

Bernabé Ferreyra nimmt einen tüchtigen Schluck aus seinem Glas. Ich will etwas sagen, aber er unterbricht mich, fragt, wie man solche Leute ernst nehmen soll: »Glaubst du, ich kann jemanden ernst nehmen, dessen größte Sorge es ist, ob ich gegen irgendeinen Ball trete oder nicht?«

Immer wieder verrutscht ihm die Stimme:

»Das ist mein Problem, allein meins, aber es sieht so aus, als wäre es auch das von ein paar anderen geworden. Es ist mein Problem, Bruder. Ich habe nur etwas Kohle verlangt, wenn sie zahlen, gut, wenn nicht, bleibe ich eben hier, ganz entspannt.«

»Könntest du wirklich so entspannt hierbleiben?«

»Na ja, entspannt, mehr oder weniger entspannt. Doch, ich glaube schon. Zumindest sollen sie das glauben. Hast du nicht gemerkt, dass diese Typen mich für einen Bauern mit Baskenmütze

und Pumphose halten? Es gefällt ihnen, mich für ein Landei zu
halten …«

»Hast du wirklich dreißig Mille verlangt? Wie können die jemandem fürs Fußballspielen bloß so viel Kohle zahlen?«

»Ich spiele keinen Fußball, Junge. Ich bin der Fußball.«

Sagt Ferreyra und hebt die Hand, um die nächste Runde zu bestellen. Er zündet sich eine Vuelta Abajo an, einen dieser dunklen,
mächtigen Stumpen.

»Ich bin der Fußball, Bruder. Hast du nicht gesehen, wie die
durchdrehen? Solange es Fußball gibt, werden sie von mir reden
müssen. Und das muss ich ausnutzen, denn das geht nicht ewig so
weiter, Bruder, kann es gar nicht. Erinnerst du dich noch an diesen
Torwart, De Nicola?«

»Na klar, wie könnte ich mich nicht an den erinnern? Der ein
ganzes Spiel gegen dich überstanden hat, ohne sich ein einziges Tor
einzufangen, der mit dem Preis von *Crítica*.«

»Genau. Nicht mal seine Alte kannte den Jungen, und jetzt weiß
jeder, wer er ist, und das nur, weil er ein Spiel gegen mich überstanden hat. Bald werden sie den nächsten Preis ausrufen: dreißig
Mäuse für den, der der Bestie die Beine bricht.«

Es klingt seltsam, wenn er sich selbst die Bestie nennt – aber
schließlich nennen ihn Millionen Menschen so. Mittlerweile sind
noch ein paar Gäste mehr gekommen; beim Eintreten haben sie
zu uns herübergeschaut, dann aber an den am weitesten entfernten Tischen Platz genommen, als wollten sie respektvoll Abstand
halten.

»Das steht natürlich nicht in der Zeitung. Aber irgendein Arschloch wird auf die Idee kommen. Und wunder dich nicht, wenn
das ein Mannschaftskamerad von mir ist, Bruder, irgendein anderer Spieler. Weißt du, wie satt die mich haben? Die haben die
Schnauze voll von mir; die Bestie hier, Bernabé da, als ob es keinen
anderen gäbe. Ich kenne Spieler, die sind eifersüchtiger als eine

Fünfzehnjährige. Und deshalb geht das nicht ewig so weiter, ich muss die Kuh melken, solange es noch geht.«

»Darüber wollte ich mit dir reden, Ferreyra.«

»Du kannst mich Bernabé nennen.«

»Danke, Bernabé. Darüber wollte ich mit dir reden. Die Leute von River sind besorgt.«

»Die Leute von River können mich mal. Ich wollte was von ihnen, gar nicht mal so viel, und sie haben mich zum Teufel geschickt. Ich habe letztes Jahr die Meisterschaft für sie geholt, ich mach denen das Stadion voll, und dann jagen sie mich fort, als wäre ich ihr Dienstmädchen. Die können mich kreuzweise.«

»Davon hat keiner was, Bernabé. Die nicht und du auch nicht.«

»Mir doch egal. Darum geht es nicht. Ich hab auch meinen Stolz, Kumpel. Und wenn sie was von mir wollen, sollen sie selber kommen und nicht irgendwen schicken, der die Drecksarbeit für sie macht.«

»Hör mich wenigstens an.«

»Noch mal, es interessiert mich nicht.«

Schweigend zünden wir uns eine Zigarette an, nippen an unseren Gläsern. Ferreyra schaut sich um. Es sieht aus, als würde er nach einem bekannten Gesicht suchen, einem Vorwand, um zu gehen. Ich bin dabei, meine letzte Chance zu verspielen.

»Die machen dich fertig.«

»Wer macht mich fertig? Wer, eh?«

Entgegnet Ferreyra, fast schreiend, die dunklen Augen weit aufgerissen. Ohne es zu wollen, weiche ich auf meinem Stuhl zurück – sein Gesicht macht mir Angst.

»Ganz ruhig, Bernabé, ganz ruhig. Ich bin hier, weil ich dir helfen will, sonst nichts. Aber sie sagen, wenn du dich Montag nicht beim Training blicken lässt, erfährt die ganze Welt von deinem kleinen Drogenproblem.«

Ich hatte nie geglaubt, dass Augen wirklich Funken sprühen können; jetzt sehe ich es. Ferreyra presst die Kiefer aufeinander, die Hände an die Tischkante geklammert, als müsste er sich festhalten, um nicht aufzuspringen.

»Diese Hurensöhne…«

»Das sind sie, Bruder. Ich erzähl dir das nur zu deinem Besten, damit du nicht…«

»Du hältst auch das Maul, Heuchler.«

Ferreyra leert mit einem Schluck das halbe Glas, steckt sich die nächste Vuelta Abajo an, denkt nach oder versucht, nachzudenken. Dann fragt er – mich, sich selbst, die ganze Welt –, wer ihnen glauben solle:

»Und wer zum Teufel soll diesen Wichsern glauben? Warum sollte ihnen jemand glauben? Verdammte Hurensöhne.«

Ich hole tief Luft, es ist der Moment, sich in die Brust zu werfen:

»Weil sie Gorrión in der Hand haben, den Kerl, der dir den Stoff verkauft. Es gab da ein paar Geschichten von krummen Geschäften, und jetzt haben sie ihn an den Eiern. Sie müssen nur zudrücken, und er packt aus.«

Der Schlag hat gesessen: Ferreyra schluckt, fährt sich mit der Hand durchs lockige Haar. Dann sagt er, sie sollen machen, was sie wollen.

»Weißt du was? Sollen sie doch machen, was sie wollen. Sollen sie doch, dann gehen wir eben alle unter. Sollen sie mich fertigmachen, na gut, aber glaubst du, sie kommen davon? Ich habe auch einiges zu erzählen, außerdem verlieren sie die Kuh, die ihnen die Milch gibt. Nein, die schreiben mir nichts vor, so bescheuert sind sie nicht. Sag ihnen, dass ich hier bin, dass ich nicht klein beigebe. Und überhaupt, was zum Teufel interessiert mich das? Als ob das mein Problem wäre… Komm mir nicht mit solchem Schwachsinn, Rivarola.«

Wir bestellen noch zwei, schweigen. Wir fühlen uns unwohl, genervt vom anderen, aber aus unerfindlichen Gründen will auch keiner von uns gehen. Die Stille ist beklemmend. Plötzlich fragt Ferreyra, was ich könne.

»Wie, was ich kann? Was meinst du?«

»Genau das, was kannst du? Ich kann Fußball spielen, oder zumindest Tore schießen. Und du?«

Ich weiß nicht, was ich sagen soll, wie ich es sagen soll. Ich bin überrascht – Leute wie Ferreyra stellen keine solchen Fragen, Leute wie Ferreyra interessieren sich nicht für andere. Das muss eine Finte sein. Doch in Wahrheit überrascht mich am meisten, dass ich keine Antwort habe.

»Keine Ahnung. Nichts, glaube ich. Ist wohl so, dass ich gar nichts kann.«

»Niemand kann nichts.«

»Offenbar doch … Ich dachte, ich könnte das hier: mit jemandem reden, etwas vorschlagen. Dass man mir zuhört. Aber wie es aussieht, kann ich nicht mal das.«

»Stell dich nicht so an. Immerhin bist du hier, du hast meine Alte verarscht, wir trinken Bier zusammen, du hast mir diese Scheißnachricht gebracht. So schlecht ist es nicht für dich gelaufen.«

»Aber ich hab nichts erreicht.«

»Und was wolltest du?«

»Dass du mir zuhörst.«

Aus Angst, die anderen Gäste könnten uns hören, spreche ich leiser. Der Blechaschenbecher mit der Cinzano-Reklame quillt über von Zigarettenstummeln.

»Hör du mir zu, Rivarola. Ich schlag dir ein Geschäft vor.«

»Du schlägst mir ein Geschäft vor?«

»Was hab ich denn gerade gesagt? Ich schlag dir ein Geschäft vor. Es ist ganz einfach. Und ich mag dich, Bruder, du bist wie ich.«

Die Biere zeigen Wirkung: Ferreyra hat den Zustand von Ich-liebe-die-ganze-Menschheit erreicht, dieses Ach mein Lieber, ich liebe dich, das feinste Gesabber.

»Im Grunde sind wir gleich. Du hast auch nicht viel drauf, aber das, was du kannst, nutzt du. Ich kann nicht mal gut dribbeln, nicht das Spiel lenken wie andere, und guck dir an, zu was ich es gebracht habe, nur weil ich hart gegen den Ball treten kann. Du bist wie ich, Bruder, darum mache ich dir einen Vorschlag. Anscheinend bin ich für manche ein Problem. Aber weißt du, wer *mein* Problem ist?«

»Keine Ahnung. Cuitiño?«

»Welcher Cuitiño, du Trottel? Dieser Cuitiño lutscht ihn mir auf Knien. Mein Problem ist Mechita. Was Señorita Mechita sagt, das ist es, was mir Sorgen macht. Alles andere … Alles andere interessiert mich einen Scheißdreck.«

Ferreyra schnaubt – endlich ist es raus. Ich schweige. Ich weiß nicht, ob ich wissen muss, wovon er spricht, ich weiß nicht, was besser ist: so tun, als wüsste ich es, oder so tun, als wüsste ich es nicht. Bernabé lässt mir keine Zeit, mir weiter den Kopf darüber zu zerbrechen:

»Jetzt bist du platt, was? Siehst du, ich kann dich auch überraschen. Diese ganzen Deppen glauben, sie wüssten alles über mich, schreiben irgendwelchen Kram, behaupten dies und das … Die haben keinen blassen Schimmer, Bruder, nicht den geringsten. Aber ich erzähl's dir.«

Sagt Ferreyra und verstummt. Er starrt in sein fast leeres Bierglas, als könnte er dort irgendeine Antwort finden. Oder zumindest die Frage. Plötzlich schreckt er hoch.

»Du musst für mich herausfinden, was mit ihr los ist.«

»Mit ihr? Mit wem?«

»Hab ich das nicht gerade gesagt? Mechita.«

»Entschuldigung, Ferreyra, ich habe keine Ahnung, wer zum Teufel Mechita ist.«

»Mechita. Ja, Mechita.«

Ferreyra verfällt wieder in seine Lethargie, lehnt sich zurück, betrachtet aufmerksam irgendein Detail an der Decke. Ein langsamer, träger Ventilator, die Holzflügel verblasst, sorgt für etwas Bewegung.

»Muss man dir denn alles erklären? María de las Mercedes Olavieta, die Tochter von Don Carlos María de Olavieta. Schon mal gehört?«

Der Name sagt mir etwas. Ich versuche, mich an etwas mehr zu erinnern, aber es gelingt mir nicht. Im Augenblick ist es schon viel, dass ich mich überhaupt an ihn erinnere.

»María de las Mercedes Olavieta, gut. Und weiter?«

»Wie und weiter? Kapierst du's nicht? Ist das dein Ernst? Und ich dachte, du würdest mich verstehen …«

Ferreyra kehrt wieder zu seiner Aufgabe als Decken- und Ventilatoreninspekteur zurück. Ich spüre, dass ich meine Chance vertan habe, auf dem Gebiet bin ich Experte, und ich hab keine Ahnung, wie ich eine zweite bekommen könnte. Das Bier, die Nachmittagshitze, ein Gedanke, den ich um ein Haar zu fassen kriege und der mir doch wieder entgleitet.

»Ganz einfach, Rivarola. Ich hab sie angerufen, ihr geschrieben, ihr ein Telegramm geschickt, und Señorita Mecha findet es nicht mal nötig, mir zu antworten. Wenn du sie vor einer Woche erlebt hättest, als wir uns verabschiedet haben, hättest du das nicht für möglich gehalten. Na gut, ich zumindest nicht …«

»Tschuldige, was hättest du nicht für möglich gehalten?«

»Wie blöd bist du eigentlich? Dass sie mir ein paar Tage später nicht mal mehr antwortet. Wo sie doch für mich sterben wollte, die Señorita, sie gehörte mir. Und jetzt antwortet sie nicht, und von hier kann ich nichts machen. Wenn ich nach Buenos Aires zurückfahre, um sie zu suchen, riskiere ich, dass sie mich bei dieser Sache mit dem Vertrag nicht mehr ernst nehmen, und wenn ich länger warte, geh ich irgendwann die Wände hoch. Glaub nicht,

ich hätte nicht daran gedacht, zurückzukehren. Ich brenn alles nie-
der, werfe ihr die Asche von den dreißigtausend an den Kopf, zeige
ihr, dass ich alles für sie geopfert habe … Manchen Frauen gefällt
so was, oder? Aber ich glaube, ihr nicht. Und mir auch nicht, wenn
ich ehrlich sein soll.«

Ferreyra hält inne, diesmal ohne sich gegen die Rückenlehne fallen zu lassen. Er sieht mich durchdringend an, als wollte er mich
einschätzen. Schließlich stößt er ein lautes Schnauben aus, offenbar bin ich nicht seine erste Wahl – aber die einzige.

»Du scheinst ein ziemlicher Trottel zu sein, aber was soll ich machen. Doch, ich weiß, was ich mache. Ich biete dir ein Geschäft an:
Wenn du rausfindest, warum sie nicht antwortet, wenn du mir eine
gute Antwort lieferst, helfe ich dir, wobei auch immer.«

»Und wie soll ich das anstellen?«

»Was weiß ich. Dir wird schon was einfallen, oder? Hast du nicht
hierher gefunden und dich so geschickt in mein Haus geschlichen,
dass nicht mal der Hund was gemerkt hat? Dir fällt schon was ein.«

Ich hoffe, er hat recht. Aber besonders sicher bin ich mir da nicht
und versuche es mit einer defensiven Taktik:

»Also, ich weiß nicht. Cuitiño sagt …«

»Cuitiño! Komm mir nicht mit diesem Gauner. Hier geht's um
Wichtigeres, Kumpel. Machst du's oder nicht? Du bist einer von
diesen Lackaffen aus der Stadt, siehst aus wie einer, auf dich wird
sie hören.«

»Und wie kann ich sicher sein, dass du danach deinen Teil der
Abmachung erfüllst?«

»Willst du mich beleidigen, Rivarola?«

Sagt Ferreyra und prustet los. Die Worte schlittern aus ihm heraus, es ist einer dieser Momente, in denen jemand sagen kann,
wozu er Lust hat:

»Die Wahrheit ist, da kannst du dir nicht sicher sein, Kumpel.
Wobei willst du dir verdammt noch mal denn sicher sein?«

Was soll ich sagen, das Landei hat recht. Es war nie meine Stärke, sicher zu sein – aber diesmal habe ich mich selbst übertroffen. Im letzten Moment fällt mir etwas ein, um nicht mit völlig leeren Taschen heimzukehren:

»Hattest du nicht Schulden bei diesem Gorrión, so um die fünfhundert Mäuse?«

»Wer bist du, Rivarola? Wo kommst du her?«

»Ich meine ja nur, wenn du ihm bei Gelegenheit das Geld gibst, wird er denen, die dich in die Enge treiben wollen, bestimmt keine pikanten Einzelheiten liefern, oder? Der Typ ist verzweifelt. So wie der gerade drauf ist, ist er zu jeder Dummheit fähig.«

»Wer hat dich geschickt, Kumpel? Für wen spielst du? Und jetzt zieh Leine, oder ich hau dir auch einen rein.«

Sagt er und steht langsam auf. Es fällt ihm schwer, aber er hat Grund zu feiern: vier zu null für ihn.

5

Ich sehe aus wie aus dem Ei gepellt: der Boater mit einem fast neuen roten Hutband, die beige Bügelfaltenhose, das passende Baumwolljackett, das aus der Brusttasche hervorschauende Tuch, die glänzenden Lackschuhe. Ich glaube, ich bin pathetisch oder lächerlich, aber mich treibt die Kraft desjenigen an, der weiß – wirklich weiß –, dass er pathetisch oder lächerlich ist. Señorans sagt, es gibt nichts Pathetischeres oder Lächerlicheres, als nicht zu wissen, dass man es ist; wenn man es weiß, ist das schon die halbe Miete. Außerdem habe ich diesmal eine Ausrede: Höchstwahrscheinlich kennt die Russin Mercedes Olavieta.

»Schicke Klamotten! Das große Los gezogen, Rivarola?«

»Wenn ich dich sehe, immer, Rusita! Na komm, so wild ist es auch wieder nicht...«

Der Anfang ist schon mal nicht schlecht: Ich entlocke ihr ein Lächeln, das Vertrautheit oder Geringschätzung ausdrücken kann – oder vieles andere. Die Russin sieht fantastisch aus, ohne dass sie sich erkennbar Mühe gegeben hätte. In den Sandaletten mit sehr diskreten Absätzen ist sie genauso groß wie ich, und ein hellgrünes Sommerkleid, vorne zugeknöpft – aber nicht ganz zugeknöpft –, reicht ihr bis knapp über die Waden. Das fast rote, halblange Haar – Seitenscheitel, die eine oder andere Locke über den Wangen – lässt das ebenmäßige, trotz der Sommersprossen vollkommene Gesicht frei. Die Sommersprossen sind ihr Markenzeichen, ohne sie wäre ihr Gesicht zu schön, zu perfekt; mit ihnen ist es unwiderstehlich. Und die Lippen, die Zähne, das Lächeln – das Leben ist eine Nutte.

»Was für ein Zufall, dich hier zu treffen!«

Ich hatte sie in verschiedenen Buchhandlungen in der Calle Corrientes gesucht, bevor ich sie endlich, völlig unverhofft, in der des einäugigen Londoño, fast an der Ecke Cerrito, gefunden habe. Raquel Gleizer – für viele nur »die Russin« –, Argentinierin, geboren in Villa Crespo, ist letztes Jahr dreiundzwanzig geworden. Ihre Eltern meinten, wenn sie nicht heiraten und eine Familie gründen wolle, müsse sie sich Arbeit besorgen. Sie musste nicht lange suchen: Ihr noch in Moldawien geborener Onkel Manuel Gleizer, der Verleger, stellte sie als Vertreterin in seinem Verlag ein. Ihre Aufgabe besteht darin, die Buchhandlungen im Zentrum abzuklappern, seine Bücher zu präsentieren, sie abzuliefern und zu kassieren. Auf diese Weise verdient sie etwas Geld und hat gleichzeitig Zugang zu den intellektuellen Kreisen, nach denen sie sich so sehr sehnt. Und Gleizer ist ein wichtiger Verleger von junger Literatur: Er hat die ersten Titel von Raúl González Tuñón, Macedonio Fernández und Leopoldo Marechal veröffentlicht. Natürlich verliert er mit denen Geld, doch das holt er mit Erfolgsgaranten wie Lugones und Gerchunoff oder einer Entdeckung wie Scalabrini Ortiz wieder rein, dessen *Einsamer Mann, der wartet* bereits mehrere Auflagen erzielt hat.

»Darf ich dich auf einen Kaffee einladen?«

»Lädst du mich irgendwann auch noch mal zu was Vernünftigem ein?«

»Zu unseren Flitterwochen?«

»Zu deiner Beerdigung?«

Ich schwitze.

Als ich sie kennenlernte, trug Raquel Gleizer Jackett, Krawatte, Hut und Schnürschuhe. Das war vor zwei Jahren, Anfang 1931, und trotz ihres jungen Alters hatte Raquel bereits in verschiedenen Kreisen von sich reden gemacht. Später meinte jemand, es sei ihre Spezialität, sich auf die unterschiedlichsten Leute einzulassen. Anfangs verkehrte sie mit gewissen Dichtern der proletarischeren und politischeren Literatur, die man der Boedo-Gruppe zuzählte – González Tuñón stand ihr am nächsten –, doch schon bald lernte sie ein paar von diesen geckenhaften, eher der Florida-Gruppe zugehörigen Schriftstellern kennen und freundete sich auch mit diesen an, bis keine Geringere als Victoria Ocampo persönlich sie von Zeit zu Zeit in ihre Villa in San Isidro einlud.

Ihnen allen war sie ein Rätsel. Sie wussten, dass sie attraktiv war, denn das war unübersehbar; sie wussten, dass sie schrieb, denn manchmal verriet sie es, als gestehe sie das Unsagbare; sie wussten, dass sie anders war als andere Frauen, denn es war offenkundig, dass sie das wusste; sie wussten, dass es schwierig werden würde, mehr über sie zu wissen, denn das zeigte sie ihnen mit ihrer souveränen Art. Was allen zuerst auffiel – und sie sprachen darüber –, war ihre Kleidung, oft mit Anzug und Melone. Sie frisierte sich das rote Haar mit Pomade, trug taillierte Jacketts, die Krawatte locker, und ihre grünlichen Augen, ihre langen Wimpern funkelten frech in diesem Rahmen. Was ihnen später auffiel – und das behielten sie für sich –, war, dass sie sich einfach kein Bild von ihr machen konnten: Ihre Aufmachung schien nichts mit ihren sexuellen Vorlieben zu tun zu haben, wie sie anfänglich geglaubt hatten – oder anders gesagt, lesbisch schien sie nicht zu sein –, aber es war auch nichts darüber bekannt, dass einer der vielen Männer, die es versucht hatten, sie ins Bett gekriegt hätte – oder wenigstens aufs Sofa. Die Gerüchte schossen ins Kraut, und viele der Verschmähten rechtfertigten ihren Misserfolg damit, das Mädchen sei »nicht normal«, als wäre das Normale gewesen, mit ihnen zu schlafen.

Wenigstens in dieser Hinsicht bin ich stolz auf mich: Solche Rechtfertigungen hatte ich nie nötig – aber mehr Erfolg hatte ich bei ihr auch nicht. Ich wusste, dass Señorans alles Erdenkliche versucht hatte, immer mit demselben Resultat, und weiter bei ihr abblitzte. Aber ich bin nicht Señorans, ich bin kein katalanisches Pfannkuchengesicht, sondern ein mehr oder weniger grandioser Porteño – und eines Tages Tangodichter. Seit jenem Tag vor zwei Jahren habe ich sie vielleicht fünfzehn-, zwanzigmal gesehen, und kein einziges Mal habe ich nicht versucht, ihr näherzukommen – was Raquel immer lächelnd, locker-leicht verschmäht, oder besser gesagt, ignoriert hat. Und jedes Mal habe ich mir gesagt, dass es besser so ist: schöne Frauen, viel Kummer.

Drei Uhr nachmittags, ein Nachmittag im Hochsommer: Die Hitze ist mörderisch. Wir stehen an der Ecke Corrientes und Suipacha, umgeben von Baustellen. Seit zwei, drei Jahren wird die Corrientes verbreitert, und die Aushebungen für die U-Bahn von Retiro nach Constitución haben das gesamte Gebiet in ein Schlachtfeld verwandelt. Und jetzt reißen sie auch noch die Iglesia de San Nicolás de Bari an der Kreuzung Calle Carlos Pellegrini ab, um dort dieses hässliche Ding hinzustellen, einen Obelisken. Alles ist von klebrigem Staub bedeckt.

»Was hältst du vom Richmond?«

Die Russin meint, sie habe keine Lust, so weit zu laufen. Dabei ist es überhaupt nicht weit, vier oder fünf Häuserblocks. Ich habe den Verdacht, ihre Schriftstellerfreunde sollen uns nicht gemeinsam sehen. Wir gehen ins Suárez, Ecke Maipú. Spiegel mit Wermut-Werbung, schlichte Tische und Stühle aus Holz, ausschließlich Männer. Raquel ist aufgewühlt: ob ich gelesen hätte, dass dieser Hitler gestern zum deutschen Reichskanzler ernannt wurde; wo das alles enden solle; dass sich hier was zusammenbraue. Ich frage, wovon zum Teufel sie redet.

»Du liest keine Zeitung, oder?«

»Nur wenn ich sie dazu gebrauche, wofür sie gut sind.«

»Lüg nicht, Rivarola.«

»Wenn ich dich belüge, wird das teurer für dich. Fürs Erste begnügst du dich lieber mit der Wahrheit, denn die ist im Angebot für die interessiert sich kein Schwein.«

»Spiel hier nicht den Schlauberger, *che*. Ich kann nicht glauben, dass du nichts davon gehört hast. Die ganze Welt spricht davon.«

»Die ganze Welt?«

Ihr tödlicher Blick. Ich befürchte, dass sie jeden Moment aufsteht und geht. Ich gebe nach, sage ja, ich hätte die Schlagzeile der *Crítica* gelesen: »Wahnsinniger in Deutschland an der Macht. Die Welt in Sorge.«

»Im Ernst, Andrés, diesmal haben sie ausnahmsweise recht.«

Sagt sie, trotzdem widerspreche ich:

»Ist ja richtig, der Typ ist ein Spinner. Aber vielleicht sorgt er ja für etwas Ordnung, und dann schaffen's die Deutschen aus der Krise, und es läuft ein bisschen besser für die Wirtschaft. Das hätten wir ziemlich nötig.«

»Du kapierst nichts. Diese Typen sind gefährlich, und wenn keiner sie aufhält, werden sie schon bald jede Menge Leute umbringen.«

»Wen sollen sie denn umbringen? Die haben doch nicht mal eine Armee.«

»Die Genossen. Als Erstes werden die Kommunisten und Sozialisten dran glauben müssen.«

»Na ja, die wissen schließlich, worauf sie sich da eingelassen haben, oder? Sie haben sich's ja selbst ausgesucht.«

Raquels Miene verrät, dass ich zu weit gegangen bin. Ich versuche es noch einmal:

»Jedenfalls ist es wahrscheinlich, dass …«

»Was ist wahrscheinlich, Rivarola? Dass dich das einen Scheißdreck kümmert und …«

Faucht Raquel mit schriller Stimme, doch der Auftritt des Kellners unterbricht sie. Wir bestellen zwei Eiskaffee, und sie macht die jüdischste Geste, die es gibt: Ach, was soll's.

»Lassen wir das. Was verschafft mir die Ehre?«

»Als bräuchte es einen Grund, dich auf einen Kaffee einzuladen.«

»Doch, den braucht es. So läuft die Sache.«

Ich überlege, ob ich zum Gegenangriff übergehen oder den Schlag ignorieren soll. Keine der beiden Möglichkeiten ist besonders vorteilhaft für mich, und es wäre naiv, zu glauben, bei dieser Frau könnte ich überhaupt irgendeinen Vorteil haben. Es ist immer das Gleiche: Ich begreife einfach nicht, wie eine Frau, die so unschuldig und zerbrechlich wirkt, die man um jeden Preis beschützen möchte, dir jedes Mal, wenn man es bei ihr versucht, erst die kalte Schulter zeigt, um dich dann auch noch zu Boden zu schicken. Das Beste wird sein, die Begegnung für das zu nutzen, was ursprünglich der Anlass war:

»Ich vermute, du kennt Mercedes Olavieta.«

»Ja … Natürlich.«

Sagt Raquel zögernd. Mich wundert die Veränderung in ihrer Stimme, aber ich fahre fort:

»Du weißt nicht zufällig, wo ich sie finde? Ich muss mit ihr reden.«

»Willst du mich verarschen, Rivarola?«

Es ist nur ein kurzer Moment, und es ist eine Eingebung – erst später versteh ich, dass es die falsche ist. Plötzlich ist mir völlig schleierhaft, wie ich das vergessen konnte: Über die Geschichte wurde derart viel geredet, auch ich hab darüber geredet, dass es kaum zu glauben ist, dass ich den Namen der Frau in den zwei Tagen, seit Bernabé Ferreyra von ihr gesprochen hat, nicht mit jenen Gerüchten in Verbindung gebracht habe. Dass ich mich nicht an die Flut von seltsam verkürzten Geschichten erinnert habe, die die Zeitungen brachten, immer im Bemühen, die Leser glauben zu machen, sie wüssten mehr über die Olavieta-Zwillinge, als sie preisgaben: María de las Mercedes und María Soledad, zwei kreolische Schönheiten, dunkles Haar, dunkle Augen, hochmütiges Auftreten, die zwei Töchter von Carlos María de Olavieta und seiner verstorbenen Gattin – die, wie *Radiolandia* anzudeuten wagte, möglicherweise gar nicht verstorben, sondern mit einem rumänischen Adligen durchgebrannt war. Und an den Skandal, der losbrach, als eine der beiden, María Soledad, eine der begehrtesten jungen Frauen der sogenannten besseren Gesellschaft, die große Attraktion auf den bedeutendsten Bällen der vornehmen Clubs, in das Nonnenkloster in der Calle Independencia eingetreten war. Natürlich gab es die unterschiedlichsten Erklärungen: enttäuschte Liebe, ungewollte Schwangerschaft, ein Verrat durch ihre Schwester, eine Offenbarung, ein Anfall von Wahnsinn.

Niemand wusste, was wirklich passiert war – das Ganze war zwei, drei Jahre her, kurz vor dem Putsch von Uriburu, und mittlerweile war die Geschichte in Vergessenheit geraten –, doch die Namen der Olavieta-Zwillinge waren jedenfalls in aller Munde. Und Mercedes, die Zwillingsschwester, die nicht ins Kloster gegangen war, stand eine Zeitlang bei sämtlichen gesellschaftlichen Veranstaltungen im Zentrum der Aufmerksamkeit. Bis sie sich mit einem jungen Mann aus einer dieser betuchten Familien verlobte, einem Anchorena oder Iraola oder Álvarez oder was auch immer, und der unersättliche Klatsch sich neue, weniger heikle Nahrung suchte.

Raquel Gleizer starrt mich schweigend an wie jemand, der ein Spielzeug betrachtet, das gerade kaputtgegangen ist, der denkt, wie schade, dass ich es wegschmeißen muss.

»Hast du ernsthaft gefragt, wo du sie findest? Willst du mich verarschen, Rivarola?«

»Reg dich ab, Rusita, kein Problem. Wenn du es mir nicht sagen willst oder findest, ich sollte sie besser nicht sehen, dann sehe ich sie eben nicht und Punkt.«

»Du hast heute Morgen wirklich keine Zeitung gelesen, oder?«

»Nein, und gestern Morgen auch nicht, falls du es genau wissen willst. Seit Tagen nicht. Steht ja doch immer das Gleiche drin.«

»Es sei denn, da steht, dass die Frau, die du suchst, gestorben ist.«

»Was?«

Plötzlich hat sich das Gespräch in etwas anderes verwandelt. Ich schaue weg, um Raquels Gesicht nicht zu sehen – und um zu sehen, ob ich irgendwo eine Zeitung entdecke. Auf dem Tresen liegt ein Exemplar von etwas, das *La Nación* sein könnte, aber es ist zu weit weg, und hingehen und die Zeitung holen, wäre noch lächerlicher, noch pathetischer. Mir fällt nichts Besseres ein, als erneut zu stammeln:

»Was?«

Raquel stößt einen tiefen Seufzer aus und sieht mich mit der ganzen Verachtung an, zu der ihre wassergrünen, hübsch geschminkten Augen, die Jahrtausende jüdischer Kultur, die sie in sich trägt, und ihr vollbusiges Wesen fähig sind.

»Wann hast du das letzte Mal getrunken?«

»Ich werde dir jetzt nicht erzählen, wie mein Leben in den letzten Tagen aussah, Rusita, aber glaub mir, es war ziemlich kompliziert, und das Letzte, wozu ich Nerven hatte, war Zeitung zu lesen, und wenn ich dich nach diesem Mädchen gefragt habe, dann genau wegen diesem Durcheinander. Wärst du also bitte so freundlich, von deinem hohen Ross zu steigen und mir ein kleines bisschen zu helfen? Auch wenn ich dir egal bin; vielleicht hilft es dir ja, dich wie ein guter Mensch zu fühlen. Das wird nicht einfach, aber …«

Offenbar hat Raquel dieses letzte Aufbäumen eines geschlagenen Gegners nicht erwartet; sie lächelt – es hat sich gelohnt, mich auf die Hörner nehmen zu lassen.

»Einen Gin?«

Ich sage ja, und wir bestellen zwei Bols, pur, ohne Eis. Als der Kellner die großzügig eingeschenkten Gläser bringt, zwinkert er uns zu. Raquel leert ihr Glas in einem Zug, räuspert sich:

»Das stand heute Morgen in jeder Zeitung. Gut, in *La Prensa* und *La Nación*, keine Ahnung, ob *Crítica* oder *El Mundo* es auch gebracht haben. Die ganze Welt spricht darüber.«

»Die ganze Welt? Wer ist die ganze Welt?«

»Die ganze Welt, *che*. Wenn du nicht weißt, wer die ganze Welt ist, dann deshalb, weil du aus einer anderen kommst. Was soll's, das wussten wir eh schon. Aber du wirst sehen, morgen reden sogar die in der anderen Welt darüber.«

Wieder hat sie mir eine verpasst. Doch diesmal kann ich mich aufrappeln, mich auf den Weg zum Tresen machen, das Exemplar von *La Nación* nehmen, zurückgehen, es ihr geben. Raquel blättert, bis sie die Seite gefunden hat, hüstelt und liest mit einer gewissen Ironie in der Stimme vor:

»›Das unerwartete Ableben von Señorita María de las Mercedes Olavieta, Tochter von Señor Carlos María und der verstorbenen Señora María del Socorro Gándara, unmittelbar vor ihrem neunundzwanzigsten Geburtstag rief großes Bedauern in den angesehensten Kreisen der Gesellschaft von Buenos Aires hervor. In ihrem kurzen Leben wusste Señorita Olavieta durch Bildung, Schönheit, Höflichkeit und künstlerische Begabung zu glänzen. Dank ihres Talents hatte sie trotz ihrer jungen Jahre bereits zwei Gedichte in *Sur* veröffentlicht, der neuen Zeitschrift von Doña Victoria Ocampo, der Grande Dame unserer literarischen Gesellschaft …‹«

Raquel verstummt; ich weiß nicht, was ich sagen soll. Das Schweigen wird unbehaglich, beklemmend.

»Da hast du sie, Andrés. Das ist von ihr geblieben, ein kurzer Nachruf in *La Nación*.«

»Komm schon, Raquel, lies weiter. Was steht da, was ist mit ihr passiert, wann ist sie gestorben, und warum?«

»Davon steht da nichts. Nichts, es hört damit auf, dass ihre sterblichen Überreste morgen, am Dienstag, um zehn Uhr dreißig mit einer Messe in der Iglesia del Pilar verabschiedet und anschließend im Familiengrab auf dem Friedhof La Recoleta beigesetzt werden.«

»Aber da muss doch mehr stehen. Was passiert ist, was ihr zugestoßen ist.«

»Ach ja?«

Antwortet Raquel herausfordernd, das Kinn in die Höhe gereckt. Doch ihre Augen sind feucht.

»Mehr muss da nicht stehen, das ist Argentinien.«

»Aber du weißt, was passiert ist?«

»Ich weiß nichts. Vielleicht demnächst, aber im Moment weiß ich nichts. Außer dass man sie jetzt zu einer Heiligen machen wird, der Heiligen Mechita, Jungfrau und Märtyrerin. Und das ist ja auch gut so, dafür sind die Toten schließlich da, oder? Aber um die Wahrheit zu sagen: Die wenigen Male, die ich sie gesehen habe, kam sie mir irgendwie unheimlich vor. Ich weiß nicht, als ob sie die ganze Zeit etwas verbirgt.«

»Eine Frau eben.«

Ich habe den Satz noch nicht beendet, da will ich ihn schon ungeschehen machen – der nächste Fauxpas. Sie hat etwas an sich, das mich förmlich dazu verleitet, nur ja kein Fettnäpfchen auszulassen. Doch diesmal ist sie gnädig:

»Und was wolltest du von ihr?«

»Nichts Wichtiges, ein Freund hat mich gebeten, ihr eine Nachricht zu überbringen.«

»Ein Freund?«

»Ja, ein Freund. Ich glaube, ich bring sie ihm besser zurück.«

Sage ich, und mein dummer Witz schwebt zwischen uns, ihre Miene ist erstarrt. Wie ein Ertrinkender greife ich nach dem rettenden Strohhalm:

»Ich möchte dich um einen Gefallen bitten.«

Sie sieht mich misstrauisch an – oder spöttisch.

»Ich höre.«

»Ich geh morgen auf die Beerdigung, aber ich will nicht allein hin, ich kenn dort niemanden, ich wäre ziemlich fehl am Platz. Hast du Lust, mich zu begleiten?«

»Ich geh eh hin. Wir sehen uns bestimmt.«

Das kommt einem Ja recht nahe, mehr kann ich nicht erwarten. Ich lächle, stehe auf, zahle die fünfzig Mäuse – ein Bols allein kostet schon fünfzehn – und sage bis morgen. Etwas später, schon fast an der Ecke Lavalle, denke ich, dass mein Abgang ziemlich elegant war, dass mir das Ganze vielleicht ein paar Punkte eingebracht hat. Oder wenigstens ein paar hübsche Verse: »Haare wie Feuer, Augen wie das Meer, / sie zeigt, wo's langgeht, schickt sie zu Bett. / Sie nennen sie Puppe, hassen sie, lieben sie, / keiner wird sie erobern, das weiß sie. / Rusita, / Strafe meines Lebens, / Rusita, / siegreich und verletzt …« Jetzt muss ich nur noch einen Musiker finden, der sie vertont.

6

Der Mann sieht aus wie ein nasser Hund: Der Regen hat ihn kalt erwischt, ohne den Schutz eines Schirms oder Mantels, und das dünne, triefende Haar klebt ihm am Schädel. Sein Begleiter, jünger, aber ebenso nass wie er, wiederholt, sie sollten lieber zu ihm nach Hause gehen:

»Du wirst dich noch erkälten, Georgie. Ich will dich nicht drängen, aber du musst dich abtrocknen. Komm, wir gehen kurz rauf, du trocknest dich ab, und wir kommen wieder.«

Der Mann antwortet nicht. Mit zusammengekniffenen Augen, den Kopf zur Seite geneigt, starrt er zum Friedhof hinein, dann putzt er seine kleinen, nassen Brillengläser und versucht noch einmal, etwas zu erkennen. Die beiden haben sich unter das Vordach des neoklassizistischen Portals mit seinen protzigen griechischen Säulen und seinem armseligen Kirchenlatein gerettet: *Requiescant in pace.*

»Wie seltsam, dass der Regen, etwas so Irdisches …«

Sagt der Mann, ohne den Satz zu beenden. Er reibt sich die Augen. Sein Freund blickt ihn besorgt an. Beide tragen weite Hosen und kurze Jacketts, wie es Mode ist: Ersterer einen Anzug aus leichtem, hellem Stoff; der Jüngere, klassischer, einen blauen Blazer und graue Hose. Die Kleidung verrät Wohlstand, und ihre Krawatten sind natürlich sehr diskret.

»Ich meine es ernst, Georgie.«

»Ja, ich auch, was hat das Wasser mit den Toten zu schaffen?«

Raquel und ich haben im Laufschritt den Platz vor der Kirche überquert und sind völlig durchweicht. Raquel nimmt das dunkle

Tuch ab, mit dem sie ihre rote Mähne zu schützen versucht hat. Sie ist ebenfalls tropfnass. Der Mann erblickt sie und ruft:

»Raquel! Raquel!«

Sie geht zu ihm, ich folge ihr. Sie schüttelt sich wie ein Hund, der aus dem Wasser steigt, und drückt ihm einen flüchtigen Kuss auf die Wange. Der Mann tritt einen Schritt zurück und stellt ihr seinen Begleiter vor:

»Darf ich vorstellen: mein junger Freund Adolfo Bioy.«

»Andrés Rivarola. Jorge Luis Borges.«

Sagt Raquel, und wir murmeln ein paarmal angenehm und hocherfreut. Dann fragt sie, warum sie hier draußen stehen.

»Weil noch keiner da ist. Sie sind alle in der Kirche, in der Totenmesse, und der Priester, der arme Mann …«

Sagt der gewisse Bioy, und der gewisse Borges ergänzt lächelnd:

»… ist so eloquent wie eine Kuh, die in den Wehen liegt, wenn ihr mir die patriotische Metapher erlaubt.«

»Jedenfalls ist der Fall nicht ganz einfach, der Arme weiß bestimmt nicht, was er sagen soll oder wie er es sagen soll.«

Sagt der gewisse Bioy fügsam und etwas argwöhnisch – er runzelt die Stirn und deutet ein Lächeln an, in das er viel Vertrauen zu haben scheint. Raquel sieht ihn an, als würde sie ihn malen: Bioy ist blond, groß gewachsen und hat die feinen Gesichtszüge eines vornehmen jungen Mannes. Um den Moment der Verzückung zu zerstören, frage ich, warum.

»Na ja, wie soll ich sagen. Diese ganze Geschichte mit der armen Mecha ist ziemlich verworren. Die Aufbahrung findet mit geschlossenem Sarg statt, wer weiß warum. Sie kann sich sogar glücklich schätzen, in geweihter Erde bestattet zu werden.«

Ich versuche, meine Unruhe zu verbergen, und frage, als ob mich nichts weniger interessierte, ganz englischer Lord in einer billigen Operette:

»Oh, warum, was ist passiert?«

»Nichts, mein Lieber, gar nichts. Vielleicht dachte sie, tot zu sein würde ihr helfen und hat selbst ein wenig nachgeholfen.«

Sagt der gewisse Borges mit einem halben, aber alles sagenden Lächeln.

»Doch, ich schwör's dir, nur deswegen, es amüsiert mich, diese Leute aus der Nähe zu beobachten, die Enkel der Väter des Vaterlandes. Sie halten sich ja für so vornehm. Nichts als Gestank nach Kuhfladen.«

»Amüsiert es dich, sie zu beobachten oder dass es so aussieht, als gehörtest du zu ihnen? Oder dass du selbst glaubst, es sei so?«

»Ich werde nie dazugehören. Ich bin Raquel Gleizer, eine kleine Russin aus Villa Crespo, Tochter eines armen Einwanderers. Der kam hier in einer langen Reihe mit vielen anderen an, eine Frau hinter ihm und eine vor ihm. Und die vor ihm hat freundlicherweise verdeckt, dass ihm was fehlte.«

Um ein Haar wäre ich rot geworden. Ich hoffe, sie hat nichts bemerkt. Wir gehen zwischen prächtigen, pompösen Gräbern entlang zum Mausoleum der Familie Gándara, dem von Olavietas verstorbener Frau.

»Und zu allem Überfluss war er auch noch Kommunist.«

»Was?«

»Nichts, der Einwanderer.«

Die Gräber sind das Resümee der Sintflut an Einwanderern: Es gibt byzantinische Mosaikkuppeln auf romanischen Säulen, einen von einem babylonischen Elefantenkopf gekrönten maurischen Bogen, der einer Madonna mit Kind aus italienischem Marmor Schutz bietet, einen ägyptischen Obelisken, der auf ein korinthisches Kapitell montiert ist, grimmig dreinblickende Büsten, die auf das Urteil der Geschichte warten, und überall sind wahllos Namen eingemeißelt, von Guten und Bösen, Föderalisten und Unitariern, Zivilisten und Militärs, wie um zu zeigen, dass es nicht zwei, sondern nur ein einziges wahres Land gibt: das ihre, das, wo sie lebten und gestorben sind.

»Bist du sicher, Rusita? Glaubst du wirklich, ich nehm dir ab, du hättest nie daran gedacht, dass dich plötzlich einer von denen heiraten will und du die Frau von Ramos Lavalle wirst, mit Ländereien und einer kleinen Stadtvilla und einem hübschen Schlitten mit Chauffeur?«

»Du bist ein Idiot, Rivarola. Du hast wirklich nichts kapiert.«

Der Regen geht munter weiter. Ich frage sie, wer diese Nervensäge ist, die uns nicht sagen wollte, was sie uns so gern gesagt hätte, und Raquel antwortet, das sei Borges, Jorge Luis Borges.

»Ja, weiß ich, das sagtest du bereits, als du uns vorgestellt hast. Und weiter?«

»Nichts weiter, ein Schriftsteller, den ich bei Victoria kennengelernt habe und der sich für was Besonderes hält, dabei ist er nichts weiter als ein geleckter Dichterling.«

»Aber er sieht dich mit einem Verlangen an ...«

»Kann sein, aber das ist nichts Persönliches. So sieht er alle Frauen an. Und soweit ich weiß, ist das auch das Einzige, was er mit ihnen macht. Kein Wunder bei dem Mulattengesicht und diesen dicken Lippen. Aber dafür kann er nichts. Das Problem ist, was er schreibt: prätentiösen, gekünstelten Kram. Das ist das Problem von all diesen Leuten: was sie schreiben.«

Sagt Raquel, und ich lache, um deutlich zu machen, dass das nicht für mich gilt.

»Aber warum wollte er uns nicht sagen, was er denkt?«

»Einfach so. Um sich interessant zu machen. Wenn wir ihn später sehen, frage ich ihn.«

»Wir müssen das wissen, Rusita, ehrlich.«

»*Du* musst es wissen, willst du damit sagen.«

»Und was ist mit dir? Gibt es was, das ich dir geben kann, um dein Interesse zu wecken?«

»Geld wohl kaum, aber das würde ich von dir ohnehin nicht annehmen. Und da es um dich geht, fällt mir auch nichts anderes ein.«

Raquel verstummt – so schroff wollte sie offenbar nicht klingen. Ich habe die Schnauze voll, alles hinzunehmen; ich bleibe stehen, packe sie am Arm.

»Und warum bist du dann hier?«

»Endlich stellst du die richtige Frage.«

»Und die Antwort?«

»Ich hab nicht die leiseste Ahnung. Deshalb ist es ja die richtige Frage.«

Ich seufze so laut es geht, damit sie hört, dass ich seufze – ich bin weiter auf der Verliererstraße. Fünfzig Meter weiter steht ein Mausoleum mit geöffneter Tür und einem kleinen Podium davor. Um das Podium herum etwa fünfzehn, zwanzig Leute, die warten. Alles Männer. Sie sind jung und tragen dunkle Regenmäntel oder Lederjacken, die Kragen hochgeklappt, die Hüte tief in die Stirn gezogen – bestimmt, um sich vor dem Regen zu schützen.

»Aber ich habe etwas erfahren.«

Sagt Raquel und wirft mir einen Blick zu, der sich irgendwo zwischen verschmitzt und gemein bewegt.

»Ich habe etwas Wichtiges erfahren, und ich würde es dir erzählen, wenn du mir etwas geben könntest, das mich interessiert. Aber weil ich merke, dass es da nichts gibt, lasse ich es.«

»Wenn du so was sagst, dann nur, weil du es mir am Ende doch erzählst. Sollen wir hier zwischen den Gräbern noch eine halbe Stunde Blödsinn quatschen, oder sparen wir uns den Spaß?«

»Ist das mit dem Sparen eine Anspielung auf meine jüdische Herkunft?«

»Russisch, jüdisch, japanisch oder aus Corrientes: Wenn du unausstehlich bist, bist du unausstehlich.«

»Erzähl mir was Neues.«

Sagt Raquel, und wir verstummen einen Augenblick. Aus der Ferne hört man ein Geräusch, wie von Leuten, die beim Gehen die Füße hinter sich herschleifen, ein leises Gemurmel: die Hinterbliebenen, die Kreuze, die Leiche. Raquel beugt sich zu mir herüber, will mir etwas sagen, doch plötzliches Geschrei unterbricht sie. Die Männer vor dem Mausoleum haben argentinische Fahnen hervorgeholt und stimmen lauthals die Nationalhymne an. Hört, ihr Sterblichen, brüllen sie den Toten zu. Am Ende des Weges, zwischen steinernen Engeln, tauchen zwei oder drei Dutzend Leute auf, die einen weißen Sarg auf einem Gestell begleiten. Kaum haben sie den Zug gesichtet, singen die jungen Männer noch inbrünstiger: Oder wir schwören, ruhmreich zu sterben! Oder wir schwören, ruhmreich zu sterben!

»Gegen die Gleichgültigen, die Abartigen, die Missgünstigen und Taugenichtse, gegen die Sittenstrolche, die arbeitslosen Agitatoren und ahnungslosen Fanatiker, gegen die finsteren Invasoren und die Argentinier, die ihre eigene Nation verraten, gegen dieses ganze gott-, gesetz- und vaterlandslose Gesindel hisste meine Tochter Mercedes die ewigen Fahnen …!«

Brüllt ein hagerer, sehr großer Mann um die Sechzig, der auf die Treppenstufen der Krypta gestiegen ist. Er trägt einen schwarzen Anzug und hat ein schmales, von der Zeit und anderem Unbill gezeichnetes Gesicht mit dunklen Augenringen. In der rechten Hand hält er einen Hut, mit dem er hektisch herumfuchtelt, um seinen Worten Nachdruck zu verleihen. Immer wieder versagt ihm die Stimme.

»Der große Manuel Carlés hat gesagt, dass es …«

Brüllt Carlos María de Olavieta und zieht einen kleinen Zettel aus seinem Jackett, um richtig zu zitieren:

»»… wenn es Ausländer gibt, die die Nachgiebigkeit der Gesellschaft missbrauchen und die Heimstatt des Vaterlandes beschmutzen, Gott sei Dank auch patriotische Ehrenmänner gibt, die bereit sind, ihr Leben im Kampf gegen die Barbarei zu opfern, um die Zivilisation zu retten.‹«

Schreit er, und die Jünglinge mit den Fahnen stimmen in sein Gebrüll ein – »Patrioten, mit Geschick / alle Juden an den Strick« –, dann bittet er mit dem Hut um Ruhe und fährt fort:

»Doch heute, vor dem noch warmen Körper meiner Tochter, will ich unserem Doktor Carlés zurufen, dass wir nicht nur Ehrenmänner haben, die ihr Leben für das Vaterland zu geben bereit sind, sondern auch Damen, edle Damen wie diese, die heute in die Geschichte eingeht. Erinnert euch an ihren Namen, meine Freunde, denn das Vaterland wird sich ihrer entsinnen: María de las Mercedes Olavieta, Jungfrau und Märtyrerin, Heldin der argentinischen Seele, ein weiteres Opfer der heimatlosen Horden, die, hinterhältig in der gottlosen Dunkelheit lauernd …«

Schreit Olavieta und verstummt, als hätte er den Faden verloren. Einen Moment lang wirkt er wie betrunken. Einige der Anwesenden bemerken leise, wie ergriffen er sei. Die Jünglinge brüllen Argentinien, Argentinien, einer hält eine Standarte hoch, auf der »Liga Patriótica Argentina, Vaterland und Ordnung« steht. Wie jemand, der wieder zu sich kommt, setzt Olavieta erneut an:

»Sie haben sie mir geraubt, diese verächtlichen Mörder haben sie mir geraubt. Das große Italien macht es uns vor, seine vom bewundernswerten Mussolini geführte faschistische Bewegung weist uns den Weg, dem wir folgen müssen. Unter uns gesagt, hier, in Argentinien, hat uns Mercedes, meine kleine Mercedes, einmal mehr diesen Weg gewiesen. Doch auch im Wissen um die Größe ihres Opfers ist mein Schmerz gewaltig. Mit ihr ist mein Licht gegangen, mein Morgen, meine Hoffnung …«

Dem Mann versagt die Stimme. Ich schaue Raquel an, die die Augen zusammenkneift, als wollte sie mich bitten, vorsichtig oder vernünftig oder so ähnlich zu sein: dass ich ja nicht auf die Idee

komme, etwas zu sagen. Etwas weiter hinten sehe ich eine Nonne
in schwarzem Habit stehen. Unter der Haube ist ihr Gesicht nur
undeutlich zu erkennen, es wirkt jung, hübsch, von Tränen über-
strömt.

»Das ist ihre Schwester. Ich versuche, mit ihr zu reden.«

Flüstert Raquel mir ins Ohr, ein warmer Hauch, von dem ich
eine Gänsehaut bekomme. Das Geschrei der jungen Männer wird
heftiger, der Regen auch – inzwischen gießt es in Strömen, einer dieser sommerlichen Platzregen, die Buenos Aires oft genug
überschwemmen. Die meisten Anwesenden suchen Zuflucht im
nächstbesten Pavillon, unter den Bäumen, den Statuen; andere –
gottesfürchtigere oder weniger umsichtige – rennen davon. Borges
und Bioy kauern sich unter die Flügel einer weit von ihrer Hei-
mat entfernten Nike von Samothrake. Standhaft neben dem Sarg
ausharrend, ringt der Vater der Toten um Haltung, während die
jungen Männer mit den Fahnen sich keinen Zentimeter von der
Stelle rühren:

»Dein Tod wird nicht ungesühnt bleiben, meine kleine Mercedes. Mercedes, meine kleine Mercedes, du bist dieses Namens so
würdig, des Namens der Tochter unseres Befreiers San Martín,
unseres Lichts, unseres Führers. Beim Allerheiligsten verspreche
ich dir, dass wir dich rächen, dass deine niederträchtigen Mörder mit ihrem unreinen Blut für ihr elendes Verbrechen bezahlen
werden …«

Raquel spricht leise mit der Nonne. Ich gehe zu ihr, fasse sie am
nassen Ärmel, sage, dass wir losmüssen. Raquel folgt mir. Wir wa-
ten durch Pfützen, die Wege zwischen den Gräbern haben sich in
Sturzbäche verwandelt. Ein paar Meter weiter fliehen wir zu einer
Gruft mit kleinem Vordach. Auf der Giebelseite steht in Marmor
gemeißelt der Name »López Aldabe«.

»Lass uns kurz hierbleiben, ich glaube nicht, dass die Mieter sich
beschweren.«

Sage ich, und wir drücken uns an ein flaches Relief mit Göttern oder Verstorbenen.

»Damit hätte ich wirklich nicht gerechnet.«

Raquel sieht mich verächtlich an:

»Mehr hast du nicht zu sagen?«

»Was soll ich denn noch sagen? Das wird mir zu bunt, die Burschen mit ihren Fahnen, dieser verrückte Alte, der laut rumbrüllt. Und ein Mord, und mit einem Mord will ich nichts am Hut haben.«

»Ein Mord, Andrés? Hast du nicht zugehört, was Borges gesagt hat? Die Arme hat sich umgebracht.«

»Wer nicht zugehört hat, bist du. Deine Freundin wurde ermordet, und jetzt…«

»Und wer soll sie ermordet haben?«

»Was weiß ich. Die Anarchisten, die Kommunisten, die Ju…«

Fast hätte ich Juden gesagt, aber ich kann mich im letzten Moment beherrschen. Ich weiß nicht, ob ich schnell genug war, doch Raquels Blick verrät nicht mehr als das, was sie sagt: Du bist ein Waschlappen, Rivarola.

»Du bist ein Waschlappen, Rivarola. Ein bisschen Geschrei, und schon hast du Bammel?«

»Ich hab keinen Bammel, Rusita. Aber das ist nicht mein Bier, ich hab hier nichts verloren. Also immer mit der Ruhe, ich verschwinde dahin, wo ich hergekommen bin, und sollte ich was gesehen haben, kann ich mich nicht daran erinnern. Soll sich drum kümmern, wen es was angeht. Ich misch mich doch nicht in die Sachen anderer Leute ein, schließlich bin ich Argentinier.«

7

Ich wälze mich im Bett – mein Bett ist schmal, hart, aber durchgelegen, und es ist verklebt von meinem Schweiß und meiner Körperwärme, von dem, was von mir übrig ist. Die Bettwäsche muss scheußlich riechen, aber da es mein Geruch ist, merke ich es nicht – und sonst wird niemand meinen Laken nah genug kommen, um es zu riechen. Seit fast zwei Tagen habe ich das Haus nicht verlassen. Nach dem Ausflug zum Friedhof war es schon spät, und ich habe mich gleich hingelegt, weil ich Angst hatte, mir eine Grippe einzufangen. Und am nächsten Tag – gestern, ich glaube, es war gestern – bin ich spät und schlecht gelaunt aufgewacht. Ich hab mich geärgert, dass ich in eine Geschichte reingeraten bin, die nichts mit mir zu tun hat, die mich überfordert, die vielleicht sogar ungemütlich werden könnte, gefährlich. Immer das Gleiche: Ich hab schon mein halbes Leben damit zugebracht, mich in Sachen einzumischen, die mich nichts angingen, mit denen ich nichts zu tun hatte, in der Annahme, ich hätte drauf, was ich drauf hatte – und das hatte ich nun davon: ein schmales, hartes, vielleicht schlecht riechendes Bett, den Muff nach ungelüftetem Zimmer, die vier oder fünf Fotografien an der Wand, ein paar Münzen in der Hosentasche. Ich zählte sie: Ich hatte fast einen Peso, genug für zwei Pizza Mozzarella, eine Farinata und zwei Gläser Muskateller im Serafín, gleich um die Ecke, also ging ich hinunter, aß im Stehen und kehrte in die Pension zurück. Ich hatte zu nichts Lust, oder doch: Ich hatte große Lust, Estelita zu sehen, aber ich wusste, das war nicht möglich. Ich wusste ja nicht mal, ob ich sie wirklich sehen wollte oder ob dieses

81

nostalgische Gefühl nur meine Art war, andere nostalgische Gefühle zu verdrängen, vor allem das nach meinem alten Ich. Ich zwang mich, ein paar Stunden zu lesen – meine Freunde wissen das nicht, aber ich mag diese russischen Romane, ich lese gern und mag das Gefühl, dabei etwas zu lernen –, und schlief früh ein. Und jetzt, elf Uhr morgens, 9. Februar 1933, kann dieses Klopfen an der Tür nur Ärger bedeuten.

»Don Andrés, Don Andrés, Besuch für Sie.«

Irgendwas ist los. In Señora Normas von der Tür gedämpften Stimme liegen Besorgnis und Missfallen, allerdings in einem Verhältnis, das ich nicht deuten kann.

»Besuch, Doña Norma?«

Frage ich vom Bett aus. Besuch und solche Dinge sind in der Pension nicht erlaubt.

»Genau das habe ich auch gesagt, Don Andrés, Besuch? Aber Ihre Cousine sagt, es sei dringend.«

Ich überlege zehn Sekunden, frage mich, welche Cousine. Und fühle mich wie ein Dummkopf, weil ich überlegt habe.

»Sagen Sie ihr, ich komme, ich bin sofort da.«

»Gut, ich sage ihr, sie soll im Wohnzimmer warten. Dies eine Mal dürfen Sie es benutzen, Don Andrés, aber vergessen Sie nicht, Frauenbesuch ist hier streng verboten. Das ist ein anständiges Haus, das wissen Sie.«

Sagt Doña Norma hinter der Tür, ihre scharfe Grundschullehrerinnenstimme funktioniert auch viele Jahre nach ihrer Pensionierung noch bestens. Natürlich muss ich meinen Part ebenfalls erfüllen:

»Vielen Dank, Doña Norma, das weiß ich doch. Deshalb wohne ich ja schließlich hier.«

Rufe ich, während ich mir etwas Wasser aus der Schüssel ins Gesicht spritze, ein paar Tröpfchen Eau de Cologne auftrage und dazu einen kleinen Tango vor mich hin trällere. Eigentlich müsste ich

sehr gespannt sein, aber ich glaube, ich weiß, wer es ist, und mir
gefällt, was ich weiß – oder zu wissen glaube.

»Hier wohnst du also.«

Raquels Stimme hat was von Mädchen aus dem Viertel, was sie
in anderen Umgebungen gern versteckt. Sie grinst spöttisch, so wie
immer, wirkt aber zugänglicher: Hier wohnst du also.

»Du strengst dich aber ganz schön an, damit das keinem auf-
fällt…«

Sagt sie und setzt sich in einen der Sessel Modell Louis sound-
soviel, die mit blauem, im Laufe der Jahre fast durchscheinend
gewordenem Samt bezogen sind. Ich setze mich in den anderen.
Raquel trägt ein graues, zweideutiges Kostüm – das Jackett mit
dem breiten Revers könnte ein Herrenkleidungsstück sein, der eng
anliegende, wadenlange Rock eher nicht –, dazu flache schwarze
Stiefeletten und Socken bis über die Knöchel. Sie schlägt die Beine
übereinander, mustert mich von oben bis unten.

»Jetzt gefällst du mir besser, Andrés. Du bist von meinem Schlag.«

»Ich bin von keinem Schlag, Raquelita…«

Entgegne ich – ihr Anflug von Sympathie irritiert mich mehr als
jeder Angriff. Mein weißes Hemd ist noch nicht zugeknöpft, das
Unterhemd zu sehen, und ich versuche etwas Ordnung in mein
zerzaustes Haar zu bringen.

»… und schon gar nicht von deinem.«

Raquel zuckt mit den Schultern, lächelt herablassend, wie
um zu sagen: Diesen niedlichen Wutausbruch nehme ich nicht
ernst.

»Doch, Andrés, du bist von meinem Schlag, auch wenn dir das
nicht passt. Ausgerechnet du, der neulich erst meinte, ich würde
am liebsten zum Kreis dieser schreibenden Lackaffen gehören…
Du bist von meinem Schlag, und darum wirst du mir helfen.«

»Wobei?«

Sie sagt es mir. Die Worte sprudeln nur so aus ihr heraus wie bei jemandem, der fleißig seinen Text geprobt und ihn dann, aus Angst, er könne ihn vergessen, viel zu hastig aufsagt: dass sie nicht zulassen darf, dass ihre Freundin als Jungfrau und Märtyrerin und Symbolfigur einer Bewegung von faschistischen, rassistischen und reaktionären Arschlöchern endet; dass Mercedes' Vater versucht, sie genau dazu zu machen; dass das schlimmer ist, als sie umzubringen, als sie noch einmal umzubringen; dass herauszufinden, was wirklich passiert ist, das Mindeste ist, was sie für ihre Freundin tun kann, und dass ich ihr dabei helfen muss. Als sie endlich Luft holt, versuche ich es mit einem Angriff von der Seite:

»Woher wusstest du das?«

»Woher wusste ich was?«

»Wo ich wohne, Rusita, wie du rausgekriegt hast, wo du mich findest. Soweit ich weiß, waren wir nie so gut befreundet.«

»Ich hab Señorans gefragt.«

»Du wagst es noch, mit ihm zu reden, *che*? Du bist ja gefährlicher als dieser Serienmörder, wie heißt er noch, Petiso Orejudo. Und Señorans spricht noch mit dir, mein armer Engel?«

Sage ich und schweige. Mein Ärger geht in Neugier über: Warum macht Raquel sich so viel Mühe, meine Adresse herauszufinden und mich zu besuchen?

»Mach dir keine falschen Hoffnungen, Andrés. Es ist nichts Persönliches.«

Fällt sie mir ins Wort und ist schon wieder zwei Schritte voraus. Und ich, sie solle leiser sein, Señora Norma könnte uns sonst hören, bestimmt habe sie das schon, und das war's dann mit dem Märchen von der Cousine.

»Und du glaubst ernsthaft, sie hat das geglaubt?«

Sagt Raquel und grinst wieder.

»Also schön, sagst du mir jetzt, worum es geht? Oder sollen wir warten, bis der Butler mit dem Tee und dem Gebäck kommt?«

Raquel öffnet ihre schwarze Handtasche, nimmt eine Schachtel Khedive heraus, ägyptische Zigaretten. Panisch hebe ich die Hände – vielleicht gerät die Geste ein wenig übertrieben.

»Ich warne dich. Im Wohnzimmer ist Rauchen verboten, das gilt für alle, aber wenn die Alte eine Frau in ihrem Haus rauchen sieht, kriegt sie einen Kollaps. Oder schmeißt uns achtkantig raus.«

Seufzend steckt Raquel die Schachtel wieder ein.

»Du hast bestimmt die Schlagzeilen gesehen.«

»Nein, habe ich nicht. Ich hatte keine Lust, noch mehr zu sehen.«

»Das hatte ich befürchtet.«

Sagt Raquel und legt los: *La Prensa* habe gestern eine Notiz über die Bestattung gebracht, in der es auch um die Geschichte mit dem Mord gegangen sei. Nichts Genaues, aber die Behauptung, »antipatriotische Elemente« hätten das Mädchen ermordet. *La Nación* habe heute Morgen mehr oder weniger dasselbe gesagt. Und die *Crítica* habe der Meldung etwas mehr Würze verliehen:

»Die Schlagzeile auf der ersten Seite lautete: ›Rätsel um das Mädchen aus gutem Hause‹. Sie schreiben, dass man noch nichts Genaues über Mercedes' Tod weiß, es aber Gerüchte gibt, dass die Polizei verschiedene Hypothesen in Betracht zieht, aber noch nichts Offizielles sagen will. Am seltsamsten ist der Schluss, sie schreiben so was wie, dass die wahre Geschichte auch ganz anders aussehen kann und dass es schon bald Neues zu berichten gibt.«

Ich betrachte sie schweigend. Raquel spielt mit ihrer Zigarette, ohne sie anzustecken. Offenbar wartet sie auf eine Frage von mir. Die nicht kommt, was sie irritiert.

»Ich habe mit Señorans gesprochen.«

»Das sagtest du schon. Um ihn nach meiner Adresse zu fragen. Das war bestimmt ein Festtag für ihn.«

»Sei nicht albern, Andrés. Er meinte, dass bisher nicht klar ist, ob es Selbstmord war oder nicht. Der Vater besteht darauf, dass es Mord war, und das Seltsamste ist, dass sie schon seit etwa neun Tagen tot ist.«

»Was?«

»Du hast richtig gehört, neun Tage. Mercedes wurde letzten Montag, am 30. Januar, tot in ihrem Bett gefunden, mit einer tiefen Schnittwunde am Hals. Verblutet. Die ganze Zeit haben sie nichts davon gesagt.«

»Einen Augenblick mal. Wieso Montag, der 30., Rusita? Und was ist seitdem passiert, warum hat es fast eine Woche gedauert, bis sie bestattet wurde?«

»Weißt du es?«

»Nein, wieso sollte ich das wissen?«

»Ich weiß es auch nicht. Wie so vieles andere in dieser seltsamen Geschichte.«

Ich versuche, die Sache nicht allzu wichtig zu nehmen. Sie ist mir wichtig, so wie jedem eine Geschichte wichtig ist, an der er irgendwie beteiligt ist. Aber natürlich ist das nicht meine Angelegenheit, es geht mich nichts an.

»Und jetzt?«

»Jetzt was?«

»Nichts, danke, dass du's mir erzählt hast. Hast du – entschuldige, dass ich frage – vielleicht Lust, ins Kino zu gehen? Ich überlege, mir *Die Marx Brothers im Krieg* anzuschauen. Der ist gerade angelaufen, soll sehr gut sein.«

»Eigentlich …«

Raquel hat sich aus dem Louis-der-soundsovielte-Sessel erhoben, ihr schwarzes Handtäschchen gesucht und eine Mischung aus Seufzer und Schnauben ausgestoßen.

»Eigentlich hatte ich etwas anderes erwartet.«

»Was hast du denn erwartet? Dass ich spure, wenn du pfeifst, wie ein Hund? Dass ich mich wieder auf so eine verrückte Geschichte einlasse, die mich nichts angeht?«

»Nein, das ist es nicht.«

Sagt sie mit ihrer kindlichsten Stimme, ganz das verzweifelte Mädchen. Ihr Kummer ist wesentlich schwerer zu ertragen als ihr Ärger, aber ich denke nicht daran, in die Falle zu tappen. Stattdessen frage ich sie, was sie sonst noch weiß.

»Unwichtig, Andrés, unwichtig. Du hast selbst gesagt, dass dich das nichts angeht.«

»Du hast recht, es geht mich nichts an.«

Sage ich und schweige. Dann denke ich, *ihn* schon.

»Aber ihn wird es interessieren.«

»Wen? Wovon redest du?«

»Bernabé.«

»Wer?«

Ich stehe ebenfalls auf. Ein halber Meter trennt uns. Ich sehe ihr direkt ins Gesicht, in ihre von Müdigkeit oder etwas anderem geröteten Augen. Wir stehen uns so nah gegenüber, dass es aussieht, als würden wir uns jeden Moment berühren – aber wir berühren uns nicht.

»Bernabé Ferreyra, der berühmteste Fußballer des Landes. Sag nicht, du kennst ihn nicht.«

»Doch, natürlich. Ich hatte dich nicht verstanden. Aber ich verstehe immer noch nicht, warum du ihn erwähnst.«

»Du weißt es also nicht?«

Vielleicht hat die Frage zu triumphierend geklungen, jedenfalls nimmt Raquel sie mir krumm.

»Nein. Seltsam. Offenbar gibt es in dieser Welt trotz allem noch ein paar Dinge, die du weißt und ich nicht. Was sollte ich denn wissen? Sag schon, wonach soll ich dich fragen?«

Ich schweige, sehe sie an. Sie weicht meinem Blick aus, starrt an die Decke, will mir den Triumph nicht gönnen. Ich schweige weiter.

»Komm schon, was hat dieser Ferreyra damit zu tun?«

»Er war mit ihr zusammen.«

»Wer war mit wem zusammen?«

»Von wem reden wir denn, Cousinchen?«

Raquel sieht mich an, seufzt, murmelt ach so, mit ihr, woher soll ich das denn wissen, verdammt noch mal. Ich sage was für ein vornehmes Mundwerk, sie lacht, die Spannung lässt nach.

»Ach so, weil *du* wie ein Hafenarbeiter reden darfst und ich nur elegantes Französisch.«

Sagt sie, und plötzlich kapiere ich.

»Entschuldige, sagtest du Montag, der 30.?«

»Sagte ich.«

»Und Bernabé ist am Dienstag, den 31., nach Junín gefahren.«

»Wie bitte?«

»Na ja, wenn das alles stimmt, ist der Typ einen Tag nach ihrem Tod in sein Dorf abgehauen.«

Raquel runzelt die Stirn, schüttelt den Kopf.

»Glaubst du wirklich, er könnte es gewesen sein?«

Sagt sie, ohne zu sagen, was sie sagen wollte: ob er sie umgebracht hat. Es ist nicht leicht, so was zu sagen.

»Keine Ahnung. Ich hab neulich ein paar Bier mit ihm getrunken, das war's. Ich kenne ihn kaum.«

Sage ich und versuche, mich an jedes Wort, an jede seiner Gesten zu erinnern, um mich zu fragen, ob er der Mörder gewesen sein könnte. Eher nicht: Als er mich gebeten hat, sie zu suchen, schien er überzeugt zu sein, dass sie noch lebt. Doch das kann auch ein Trick gewesen sein, damit ich ihm glaube und später notfalls als Zeuge diene. Aber das bezweifle ich, so wirkte er nicht. Und ich konnte ihn gut leiden, und er mich offenbar auch, und es wäre nicht schön, wenn er mich auf diese Weise ausgenutzt hätte. Aber ich weiß es nicht.

»Keine Ahnung, wirklich. Aber wenn die Katze erst mal aus dem Sack ist, werden ihn so einige fertigmachen wollen, und zwar ohne groß nachzufragen. Sie werden eins und eins zusammenzählen und wie immer auf elf kommen. Sobald das mit der Überschneidung der Tage raus ist, werden sie . . . «

»Und wie stellen wir das an, Señorita?«

»Schauen Sie, jetzt ist es zwölf, vielleicht ist er ja zu Hause. Ich schicke einen Jungen und lasse ihm ausrichten, dass er kommen soll und dass Sie um eins noch mal anrufen. Was halten Sie davon?«

»Sehr gut, vielen Dank.«

Ich hatte den Gallego García, den Spanier von der Bar an der Ecke Parána und Tucumán, gebeten, sein Telefon benutzen zu dürfen. Wie üblich hatte er zuerst gemurrt, am Ende aber nachgegeben:

»Na gut, Mann, meinetwegen. Aber wir fragen die Telefonistin, was es kostet, und du zahlst mir den vollen Betrag plus fünfzig Centavos für meine Freundlichkeit.«

»Abgemacht, Gallego.«

Ich hatte die Kurbel des Wandtelefons gedreht und um ein Ferngespräch gebeten. Erst hieß es, momentan gebe es keine Verbindung, aber dann meldete sich die Frau in der Telefonzentrale von Junín. Wir setzten uns an einen Tisch am Fenster, um zu warten. Raquel hatte Hunger und bestellte sich ein Sandwich mit Käse und Salami. Ich nur einen Milchkaffee und drei Butterhörnchen. Wir unterhielten uns. Es war seltsam: Wir unterhielten uns, als hätten wir uns was zu sagen, oder vielmehr: als suchten wir nach Gesprächsstoff, weil wir uns so gerne unterhielten. Raquel erzählte, dass sie Gedichte schreibe, aber nicht glaube, Talent zu haben, ihre Gedichte würden immer so wirken, als hätte jemand anders sie geschrieben – ein Lugones ohne das Grandiose, ein Girondo ohne den Witz, eine Alfonsina Storni ohne die Melancholie –, und wenn sie dennoch weiter schreibe, dann nur wegen dieses dämlichen Traums, eines Tages plötzlich als Schmetterling zu erwachen, sie, die graue Larve, verwandelt in einen wunderschönen Schmetterling, eine Dichterin, dass sie aber genau wisse, dass es nie dazu kommen werde, es sich

aber trotzdem lohne weiterzumachen, solange sie diesen Traum
habe, auch wenn sie nur allzu gut wisse, dass das zwecklos sei und sie
ihr Leben mit diesem Hirngespinst verplempere. Aber welche Wahl
habe sie denn, was solle sie denn sonst machen, solle sie sich auf die
Arbeit bei ihrem Onkel konzentrieren und darauf warten, den Verlag zu erben, solle sie sich einen anständigen jüdischen Mann mit
einer kleinen Textilwerkstatt suchen und ihre ehrgeizigen Pläne vergessen, oder solle sie noch ein wenig mehr an der Verkleidung arbeiten und sich, im besten Fall, das Söhnchen eines Viehbarons angeln,
der ihr das Leben einer feinen Dame biete. All diese Möglichkeiten
kämen ihr furchtbar vor, und andere würden ihr nicht einfallen,
weshalb sie weiter an diesem Hirngespinst mit der Poesie festhalte,
der schönsten, leichtesten, kostbarsten Droge, sagte sie. Ich musste mehrmals das dringende Bedürfnis unterdrücken, ihr zu sagen
aber nein wie kommst du denn auf so was ausgerechnet du eine so
schöne und intelligente junge Frau wie du sollte sich nicht wegen
so was Sorgen machen du wirst sehen alles wird gut, denn trotz
allem hatte ich das Gefühl, dass ich, hätte ich es ihr gesagt, wie ein
billiger Schleimer dagestanden hätte. Und trotzdem lauschte ich ihr
entzückt, ohne zu wissen, was ich getan hatte, um dieses Vertrau-
en zu verdienen. Und obwohl ich wusste, dass ich wahrscheinlich
nichts getan hatte – außer da zu sein in diesem Moment der Schwä-
che, diesem Moment, in dem sie das Bedürfnis hatte, den Panzer
abzulegen, die Maske einen Augenblick lang fallen zu lassen –,
ermunterte mich das Zuhören, selbst zu reden, wenn auch nicht
allzu viel, denn das tat ich nie, das war nicht meine Art, nicht meine
Vorstellung vom Leben. Ich hatte nicht viel zu sagen oder fürchtete
mich vor dem, was ich sagen müsste, und außerdem ahnte ich, dass
reden und ihr meine belanglosen Sorgen aufzudrängen den Zauber
ihrer Geschichten und vor allem den kleinen Vorteil zerstört hätte, dass sie es war, die jemanden zum Zuhören brauchte, und ich
dieser jemand war. Aber auch so war ich kurz davor zu sagen, dass

ich ebenfalls schreiben wollte, aber keine Gedichte, denn Gedichte würden keinen interessieren, es sei denn, es gebe Musik dazu und einen lässigen Musiker, der sie singt. Was ich wolle, sei Gedichte für Millionen zu schreiben, ja, Tangos, genau, aber nicht diese verweichlichten Tangos über die Kleine, die mich verlassen hat, und mein armes gebrochenes Herz, nein, Tangos, die vom Elend erzählen, den Ungerechtigkeiten, dem harten Brot des Lebens, Tangos, die dir helfen zu verstehen, was los ist, Tangos, die Typen wie ich trällern können, während sie auf die Straßenbahn warten, aber dass ich solche Tangos im Moment noch nicht schreiben könne und ich viel zu oft Angst hätte, die Zeit verstreichen zu lassen, Angst davor, dass sie mir davonrennt, ohne zu wissen, warum oder wohin. Ich war unsicher, ob ich ihr davon erzählen sollte, ich wollte mich nicht vor ihr entblößen, aber gleichzeitig spürte ich zum ersten Mal, dass ich große Lust hatte, es zu erzählen, als der Gallego plötzlich schrie:

»*Che*, Rivarola, wolltest du nicht um eins anrufen?«

»Señor Rivarola? Ja, Señor Ferreyra wartet. Einen Moment, ich reiche Sie weiter. Und reden Sie bitte laut, sonst hört man Sie schlecht. Sie wissen ja, wie die Verbindungen sind.«

»Rivarola? Hier Bernabé, was gibt's?«

»Nichts, ich wollte dir nur mein Beileid aussprechen. Es tut mir leid, Bernabé.«

»Na ja, was soll man machen. So ist das Leben, wie man so sagt.«

»Wie hast du davon erfahren?«

»Weiß nicht, egal. Ich hab's erfahren.«

»Tut mir leid …«

»Rivarola, die meinten, du willst mich sprechen. Ich bin gekommen, weil die meinten, du willst mich sprechen.«

»Ja, entschuldige. Weißt du, wann Mercedes gestorben ist?«

»Nein, ja, was weiß ich. Vor Kurzem. Was spielt das jetzt noch für eine Rolle?«

»Ich hoffe keine, aber es könnte eine spielen, Bernabé, es könnte eine spielen.«

»Rivarola, ich telefoniere nicht gerne. Wenn du was zu sagen hast, dann sag es. Wenn nicht, danke ich dir für den Anruf.«

»Na gut … Was ich dir sagen wollte, ist, dass Mercedes am 30. gestorben ist, am Montag letzte Woche.«

»So lange ist das her? Und die haben nichts gesagt?«

»Nein, haben sie nicht.«

»Scheiße, deshalb konnte ich sie nirgendwo finden, deshalb hat sie nicht geantwortet.«

»Ja, denn du bist genau am Tag danach gefahren, oder?«

»Ja, am Dienstag, glaub ich. Oder Mittwoch.«

»Na ja, das könnte ein Problem sein.«

»Was für ein Problem?«

»Pass auf, ich kann nicht gut reden, hier sind Leute, zu viel los. Wenn du herkommst, würde ich gern in Ruhe mit dir reden.«

»Nach Buenos Aires? Ich glaube nicht, dass ich nach Buenos Aires fahre. Warum zum Teufel sollte ich das tun?«

»Schon gut, Bruder, wie du meinst.«

»Gut, danke.«

»Tschau, Bernabé, pass auf dich auf. Nicht dass dir die Sache noch auf den Kopf fällt.«

»Was soll das heißen?«

»Nichts, war nur so dahergesagt. Pass auf dich auf.«

Raquel steht neben mir, am Telefon neben dem Eingang zur Toilette. Sie hat das gesamte Gespräch verfolgt. Jetzt sieht sie mich an und sagt gut, du hast getan, was du tun musstest, aber sie sagt es mit einer seltsamen Vertrautheit, als würde sie wirklich mit mir reden, und ich zögere einen Augenblick, bevor ich antworte:

»Und du glaubst, mehr können wir nicht tun?«

»Doch, klar können wir das.«

8

»Sie wissen selbst, dass hier kein Besuch gestattet ist.«

»Ich bin kein Besuch, Schwester. Sagen Sie Schwester Socorro bitte, dass Raquel hier ist, die Freundin ihrer Schwester. Sie hat mich gebeten, herzukommen.«

»Sie wissen selbst …«

»Bitte, sagen Sie es ihr.«

Auf der anderen Seite der Holzluke, hinter verrosteten Gitterstäben, blinzelt ein Auge.

»Warten Sie, aber es kann ein paar Minuten dauern.«

Die Luke schließt sich, und wir bleiben vor der robusten Tür zurück, unzerstörbares Quebracho-Holz, das seit Jahrhunderten das Kloster der Schwestern des Heiligen Ignatius von Loyola vom Rest der Welt trennt. Ich bin schon zigmal hier vorbeigegangen – hier einzutreten hat nie zu den zahlreichen Plänen für den Rest meines Lebens gehört. In der Calle Independencia sind nur wenige Autos und Menschen unterwegs; es ist vier Uhr nachmittags, und die Sommerhitze hat die Straße in eine Wüste verwandelt. Wir sind die Beduinen dieser Straße und schwitzen wie die Schweine. Ein streunender Hund kommt schnüffelnd auf uns zu.

»Sie hat dich gebeten, zu kommen?«

»Na ja, nicht direkt. Sie meinte, wenn ich will, kann ich das machen.«

Nirgends gibt es ein Fleckchen Schatten. Raquel weicht einen Schritt zurück, als der Hund sich nähert. Er wirkt ängstlich, aber vielleicht ist seine Angst auch nur gespielt. Ich beobachte ihn interessiert, dann verscheuche ich ihn mit einer gewissen Autorität. Raquel starrt ins Leere. Wir warten, ich versuche, an die Atmosphäre von gestern anzuknüpfen, an unser Gespräch im Café:

»Und, konntest du was schreiben?«

»Wovon sprichst du?«

Antwortet Raquel, als hätte ich von einem Projekt zur Quecksilberförderung im Osten von Belgisch-Kongo gesprochen. Ich verstumme, wir warten weiter.

Wir sitzen auf drei kleinen Korbstühlen im Schatten einer Palme. In der Mitte des Patios ein Brunnen, um uns herum Vogelgezwitscher, der mit Ziegelstein gepflasterte Boden, den jemand gewässert hat, damit es kühler ist. Schwester Socorro gießt aus einem rußgeschwärzten Wasserkessel Mate auf. Raquel lehnt dankend ab, ich nehme einen. Mein Verhältnis zur Kirche war immer sehr verworren – das zum Mate nicht.

»Normalerweise ist hier kein Herrenbesuch gestattet. Doch wegen meines Schmerzes hat es die Mutter Oberin in ihrer unendlichen Güte erlaubt ...«

Ein paar Meter entfernt, neben dem Brunnen, steht die unendlich gütige Mutter und beobachtet uns. Sie sagt nichts, schaut nur. Sie trägt ein schweres, nicht besonders sauberes schwarzes Habit, und die Falten in ihrem von einem dunklen Schnurrbart in zwei Hälften geteilten Gesicht sind so tief wie schiffbare Kanäle.

»... und da sie immer um das Wohl ihrer Herde bemüht ist, hat sie die Mühe auf sich genommen, in unserer Nähe zu bleiben.«

Was von Schwester Socorro zu sehen ist, sind ihre Hände, die aus den weitesten Ärmeln ragen, und das Oval eines sehr weißen, von der weißesten Haube gerahmten Gesichts. In diesem Gesicht – oder dem, was davon zu erkennen ist – wirken die schwarzen Augen zu schwarz und die vollen Lippen zu voll für den Ort, an den es sie verschlagen hat. Der Rest ist unter dem schwarzen Habit verschwunden.

»Also, sagen Sie mir, um was es geht.«

Sagt sie, und Raquel beginnt mit leiser Stimme, als könnte Gott sie hier hören:

»Ich war eine Freundin von Mercedes. Wir waren Freundinnen. Und deshalb begreife ich nicht, was passiert ist.«

Die Schwester blickt sie an, als überlegte sie, ob sie es sagen soll oder nicht; schließlich entscheidet sie sich:

»Entschuldige, wie war noch mal dein Name?«

Die Schwester duzt sie – das muss auch zu den Dingen gehören, die man im Kloster lernt.

»Raquel Gleizer.«

»Ah, Gleizer. Jüdisch, nicht wahr?«

»Ja, jüdisch.«

»Meine Schwester hat mir nie erzählt, dass sie eine jüdische Freundin hat.«

»Ist das ein Problem?«

»Nein, wo denkst du hin? Im Gegenteil, das passt zu Mechita. Nein, nein, es überrascht mich nur, dass sie mir das nicht gesagt hat. Wir haben uns fast alles erzählt. Ihr wisst schon, Zwillinge …«

»Vielleicht hat sie es ja erzählt, aber nicht auf diese Weise. Vielleicht hat sie nicht von ›einer jüdischen Freundin‹ gesprochen, meinen Sie nicht?«

Die Schwester schließt die Augen und lässt leicht den Kopf sinken wie jemand, der sich geschlagen gibt. Sie gießt den nächsten Mate auf und ist im Begriff, die Kalebasse zu nehmen, hält aber inne – vielleicht dürfen ihre Lippen nicht berühren, was zuvor meine berührt haben. Der Duft nach Jasmin ist ein Segen Gottes oder ein Wink des Teufels; ich atme tief ein. Schwester Socorro sieht mich überrascht an.

»Verzeihen Sie, Schwester, ich war mit den Gedanken woanders …«

Schwester Socorro lächelt, sie verzeiht mir. Das ist schließlich ihre Aufgabe. Meine hingegen ist weniger klar – wir vergeuden unsere Zeit in diesem Patio, in dieser seltsamen Welt. Einen Moment lang frage ich mich, ob ich nicht einfach schweigen, riechen und den Vögeln lauschen sollte. Raquel scheint das anders zu sehen:

»Sie waren Zwillingsschwestern, nicht wahr?«

»Ja. Und unsere Mutter starb, als wir siebzehn waren, ihr könnt euch vorstellen, wie nah wir uns standen.«

»Wie ist Ihre Mutter gestorben, wenn ich fragen darf?«

»An einer Krankheit. Es kam völlig überraschend, es ging ihr gut, sie stand in der Blüte ihres Lebens, wie es heißt, dann wurde sie krank, und innerhalb weniger Tage …«

Die Schwester bekreuzigt sich, und ohne zu überlegen, mache ich dasselbe. Die Verwirrung hält an.

»Aber nachdem Sie Nonne geworden waren, haben Sie einander vermutlich weniger gesehen.«

Sagt Raquel, und die Schwester sagt ja, natürlich, aber das sei noch nicht lange her, erst vier Jahre, da waren sie bereits vierundzwanzig, bis dahin seien sie zusammen aufgewachsen, einander immer eng verbunden.

»Und warum haben Sie beschlossen, ins Kloster zu gehen?«

»Wer, ich?«

»Ja, Sie. Wenn ich fragen darf.«

Die Schwester sagt ja, sie dürfe gerne fragen, dreht aber den Kopf zur Seite, faltet die Hände über der Brust, bewegt stumm die Lippen. Vögel, ein fernes Bellen. Raquel hakt nach:

»Mecha hat mir erzählt, dass Ihr Vater das nicht wollte.«

»Dass er was nicht wollte?«

»Dass Sie Nonne werden, Schwester.«

Allmählich verliere ich die Geduld – und bewundere Raquel, die sie zu bewahren scheint. Die Schwester faltet wieder die Hände.

Die Oberin hustet, mit einem Husten, gegen den keine Arznei helfen würde.

»Nun, er hatte seine Vorbehalte. Aber ich glaube, es ging ihm um mich, um mein Glück. Er wollte, dass ich heirate, Kinder bekomme. Alles war nur zu meinem Besten.«

Betont sie, als wäre es ihr wichtig, das zu wiederholen. Mit einem gepunkteten Taschentuch putzt sie das Trinkrohr für den Mate ab und gießt ihn auf. Geräuschlos saugt sie am Trinkrohr.

»Und Sie?«

»Und ich was?«

»Warum Sie sich entschieden haben, ins Kloster zu gehen, wenn ich fragen darf?«

»Nun, sagen wir, der Herr war so gütig, mich zu rufen, und dank der Gnade des Herrn habe ich den Ruf erhört.«

Meine Ungeduld wächst, und zwar immer ungeduldiger. Ich verstehe nicht, was ich mit all dem zu tun habe. Wenn es irgendwas gibt, das mich daran interessieren könnte, dann bestimmt nicht die Geschichte eines vornehmen Mädchens, das eines Tages über das Licht oder ihre Langeweile oder einen unbarmherzigen Schwanz stolpert und beschließt, Nonne zu werden. Ich will gerade etwas sagen, als Raquel mich mit einem Blick bittet – oder besser gesagt: mir befiehlt –, es sein zu lassen.

»Und seitdem verlassen Sie es so gut wie nie, oder?«

»Wer verlässt was so gut wie nie?«

»Sie, Schwester, das Kloster.«

»Nein, natürlich nicht. Wir leben in Klausur.«

»Trotzdem waren Sie neulich auf dem Friedhof.«

»Wer war auf dem Friedhof?«

»Sie, Schwester, Sie.«

»Die Mutter Oberin hatte es mir erlaubt. Du kannst sie fragen.«

»Und wie fanden Sie es?«

»Was fand ich wie?«

»Das Begräbnis, Schwester.«

»Ich habe es nicht verstanden.«

Schwester Socorro steht auf, um heißes Wasser zu holen. Als sie an der Oberin vorbeigeht, schaut sie sie an, als bäte sie um Erlaubnis. Die Alte senkt den Kopf – sie erlaubt es. Als die Schwester zurückkommt, hat sie in der linken Hand den Kessel, in der rechten einen Teller mit Schmalzgebäck und im Gesicht einen völlig anderen Ausdruck. Die Augen zusammengekniffen wie ein Falke, der seine Beute erspäht hat; die Lippen aufeinandergepresst wie jemand, der nichts verpassen will; die Nasenlöcher geweitet wie jemand, der so viel Luft wie möglich braucht. Kaum hat sie sich gesetzt, beginnt sie zu reden. Auch ihre Stimme klingt anders.

»Ich wollte zum Friedhof, weil ich den Wunsch hatte, mich von meiner Schwester zu verabschieden. Sie können sich nicht vorstellen, was für ein Schlag das für mich war. Ich kann es einfach nicht glauben, immer noch nicht. Obwohl ich schon länger hier bin und sie nicht mehr oft gesehen habe, kann ich es immer noch nicht glauben. Ein schwerer Schlag … wie soll ich sagen … ein fürchterlicher Schlag. Er hat dafür gesorgt, dass ich über vieles noch einmal neu nachdenke. Es macht mir Angst, aber seitdem denke ich über vieles anders. Und ich wollte auch zum Friedhof, weil ich nicht verstanden habe, was unser Vater getan hat. Ich meine, warum hat er eine Woche gewartet, bis er sie beerdigt, warum hat er das mit dem Selbstmord gesagt …«

»Was?«

Die Oberin kommt näher, bleibt neben uns stehen. Raquel sieht mich vorwurfsvoll an, aber ich konnte mich nicht zurückhalten.

»Selbstmord, was für ein Selbstmord?«

»Ach, das wusstet ihr nicht?«

Jetzt ist sie es, die sehr leise redet, als hätte sie Angst, der da oben könnte sie hören. Schwester Socorro erzählt uns, dass ihr Vater an jenem schrecklichen Tag, an jenem Dienstagmorgen, zu ihr als Erstes gesagt habe, dass ihre Schwester sich das Leben genommen habe.

»Stellt euch das vor, meine Schwester, das Leben genommen. Meine Schwester war eine gute Christin, sie war wirklich gläubig. Außerdem, hier, seht sie euch an.«

Sagt sie und zieht ein kleines Foto aus dem Ärmel. Auf dem Bild – die Ränder sind abgegriffen, eine Ecke verknickt – sind die beiden Olavieta-Schwestern etwa siebzehn, achtzehn Jahre alt und tragen festliche Kleidung: lange, weiße, mit Spitzen besetzte Abendkleider aus Batist. Die beiden sehen fantastisch aus: umwerfendes schwarzes Haar, umwerfende schwarze Augen, umwerfende weiße Körper, zwei junge Kreolinnen in ihrer ganzen Pracht.

»Glaubt ihr, so eine Frau bringt sich um?«

Und glauben Sie etwa, so eine Frau wird Nonne?, muss ich augenblicklich denken, sage es aber lieber nicht. Raquel beugt sich vor und fasst Schwester Socorro am Arm. Die Schwester zieht ihn zurück.

»An dem Morgen war mein Vater am Boden zerstört. Ich hatte Angst, er könnte sich etwas antun, er war völlig am Ende. Er war lange hier, er kommt sonst nie, aber an dem Morgen blieb er lange. Er erzählte mir, dass Mechita sich umgebracht hat und dass er Zeit braucht, um mit Erzbischof Copello zu reden und ihn darum zu bitten, eine Ausnahme zu machen, damit sie auf dem Friedhof bestattet werden kann. Er sagte, er sei sicher, dass Copello keine Probleme machen würde, er sei ein Freund, oder ein Freund von Freunden, ich weiß nicht mehr, und unsere Familie sei seit vielen Generationen eine christliche Familie, und wir hätten die Kirche immer unterstützt, und deshalb würde es ihnen nicht zustehen – genau das sagte er: es steht ihnen nicht zu –, uns jetzt, wo wir sie bräuchten, im Stich zu lassen. Ich hatte ihn noch nie so erlebt.«

Die Schwester spricht seltsam, mechanisch, als kämen die Worte von sehr weit her. Sie reibt sich die Hände – sie reibt sich ständig die Hände. Die Oberin tritt noch näher an uns heran und lauscht, lässt sie aber weiterreden.

»Er meinte, er würde mir Bescheid sagen, sobald wir sie bestatten könnten. Und dass ich hoffentlich dabei sein kann, dass er mich braucht. Genau das sagte er: Er braucht mich. Und vorgestern, nach dem Morgengebet, ließ die Mutter Oberin nach mir rufen und meinte, ich solle mich fertig machen, ich würde zum Friedhof Recoleta fahren, es stehe schon ein Wagen draußen, um mich hinzubringen. Und dann diese schreienden Leute, die Fahnen, diese Geschichte von ihr als Opfer eines politischen Attentats. Meine Schwester, eine politische Märtyrerin. Ich dachte, ich wäre verrückt geworden. Als wäre ich wirklich verrückt geworden.«

Plötzlich verstummt sie, hält sich die Hände vors Gesicht, betrachtet sie, als würde sie sie nicht wiedererkennen. Dann, mit sehr leiser Stimme:

»Warum erzähle ich euch das alles?«

In diesem Augenblick beschließt die Oberin, dass es reicht, und tritt zwischen die Stühle:

»Haben Sie Mitleid mit uns armen Sünderinnen. Unsere Schwester hat schon genug gelitten.«

»Comme si, quand on n'est pas laide / on avait droit d'épouser Dieu.«

Werde ich, zurück auf der Straße, in dieser seltsamen Welt mit ihren Menschen, Geräuschen, Automobilen und Reklameplakaten, in dieser Welt voller Bewegung, in einem besseren Schulfranzösisch, aber ohne Gesten, sagen, und Raquel wird mich verwundert ansehen. Daraufhin werde ich sagen, dass ein Freund von mir vor einiger Zeit Victor Hugo übersetzt und mir dieser Satz immer gefallen habe – »als könnte, wer nicht hässlich ist / sich nicht mit Gott vermählen« –, und wann ich ihn denn benutzen sollte, wenn nicht heute, und Raquel wird lachen und mich anders ansehen, aber dann gleich wieder ernst werden und fragen, warum die

Nonne uns das alles erzählt habe, ob das daran liege, weil sie es gewohnt sei zu beichten und nicht glauben könne, dass sie nichts davon ihrem Beichtvater erzählen dürfe. Woraufhin ich sagen werde, dass das zynisch sei: dass sie unfähig sei, sich in diese arme Frau zu versetzen, ihr Leid zu verstehen, ihren seelischen Schmerz. Ihren seelischen Schmerz, werde ich sagen. Raquel wird antworten, ich hätte keine Ahnung.

»So weit sind wir also gekommen, Rusita.«

»Sei nicht gleich beleidigt, *che*. Das war nur so dahergesagt, ohne böse Absicht.«

»Schon klar, aber das meine ich nicht. Ich wollte nur sagen, dass ich nicht noch mehr Zeit mit dieser Geschichte vergeuden kann, ich hab noch andere Dinge zu erledigen.«

»Ach, du hast Dinge zu erledigen?«

»Verarsch mich nicht, *che*.«

»Ich verarsch dich nicht. Lässt du mich jetzt allein?«

»Was willst du denn noch tun?«

»Keine Ahnung, suchen. Wir müssen die Wahrheit herausfinden.«

»Die Wahrheit? Welche Wahrheit?«

»Bist du jetzt auch wie diese Nonne? Hier stinkt doch was. Findest du's nicht seltsam, dass der Vater erst von Selbstmord redet und dann mit dieser Geschichte vom politischen Anschlag um die Ecke kommt?«

»Doch, schon, aber was hab ich damit zu tun? Hier bin ich. Du kannst mir alles erzählen. Wir trinken einen Wermut, und du erzählst mir alles, was du willst.«

9

Manchmal vermisse ich das alles plötzlich: Ich denke an Raquel, an die Geschichte von Mercedes, an Bernabé und Señorans und die fahnenschwenkenden jungen Männer, die Nonne und ihr Jasmin, das Kalbsbries, und fast vermisse ich es. Aber das sind nur flüchtige Momente, aufblitzende Requisiten, mit all dem habe ich nichts zu tun. Das Problem ist nur, dass ich nicht weiß, womit ich was zu tun habe. In letzer Zeit beschäftigt mich ständig der Gedanke, dass ich irgendwas unternehmen muss. Ich bin fast dreißig und hab noch immer keinen Plan, was ich mit meinem Leben anstellen soll. Alles, was ich begonnen habe, war ebenso schnell wieder vorbei. Das abgebrochene Jurastudium, die Arbeit im Materiallager, das mein Alter gegründet hat und das jetzt mein Bruder leitet, die Arbeit im Büro von Dr. Caruso, mein Lässiges-Burschen-Getue, Estela, Estelita. Vor allem Estelita, sage ich mir, aber das ist nicht ganz richtig: Sie ist alles, kommt vor allem. Ich muss etwas tun, zumindest das weiß ich. Und nur weil ich nicht weiß, was, kehrt immer wieder die Erinnerung an Raquel, Mercedes, Bernabé und die anderen Komparsen zurück. Die Leichtigkeit, mit der ich mich von einem Gedanken forttragen lasse, und jedes Mal die Erkenntnis, dass mich das doch alles nichts angeht.

Und wieder denke ich, dass ich etwas tun muss, und wieder frage ich mich, was das sein könnte, und will mir nicht eingestehen, dass ich es nicht weiß, und ich habe keine Lust, wieder Berechnungen anzustellen und erkennen zu müssen, dass ich, wenn ich bis Monatsende nicht noch hundert Mäuse mehr auftreibe, das Zimmer nicht mehr zahlen kann und wer weiß wo unterkommen muss. Mir fällt die Decke auf den Kopf, und ich gehe runter, um ein bisschen spazieren zu gehen, aber wegen der Bauarbeiten ist die Corrientes eine einzige Katastrophe, also laufe ich Richtung Santa Fe, aber dort kommt mir alles so fremd vor, und ich kehre durch die Talcahuano zurück, um eine Runde über die Plaza Lavalle zu drehen und ein bisschen andere Luft zu schnappen. Aber dann komme ich an einem Laden vorbei und erschrecke: In der staubigen Auslage hängt von der Decke eine kaputte, ausgeblichene Puppe mit schmutzig-blondem Haar und schielenden Augen, darunter ein Schild, das zu erklären versucht: »Wir bessern Ihre Puppen aus. Moderate Preise«. Puppen ausbessern, immer wieder lese ich das Schild. Puppen ausbessern, sage ich laut vor mich hin und denke, dass mir das etwas sagen soll. Und lande in Garcías Bar, wo ich einen Milchkaffee bestelle. Um nicht denken zu müssen, lese ich Zeitung, lenke mich von mir selbst ab mit dem alten Trick, mich in der Welt zu verlieren: Hitler, der seine Macht ausbaut – was mich an die Diskussion mit Raquel erinnert, weshalb ich den Artikel schnell überspringe –, Präsident Justo, der kurz davor ist, einen Vertrag mit den Engländern zu unterzeichnen, um ihnen unser Fleisch zu einem Spottpreis zu verkaufen, Bernabé Ferreyra, noch immer in Junín, der Vorstand und die Anhänger von River immer verzweifelter – was ich mit der Häme dessen lese, der weiß, dass die Wahrheit anders aussieht –, ein paar Artikel über das »Verbrechen an der Tochter aus gutem Hause« – die ich nicht lese, um nicht wieder in Trübsinn zu versinken –, und die Meldung – die ich entsetzt lese –, dass zu Schuljahresbeginn in Buenos Aires täglich 50.000 Schüler, einer von fünf, ohne Frühstück zum Unterricht erscheinen werden und dass der Präsident des Nationalen Bildungsrates, ein gewisser Cárcano, jedem Schüler ein Glas Milch geben will, damit sie nicht mit leerem Magen lernen müssen. Der Artikel in der *Crítica* betont, dass dies zwar nötig sei, die

Regierung aber nur Almosen inmitten einer Krise verteile, die sie selbst mit zu verantworten habe, und einen Moment lang bewundere ich sie, weil sie das ausgesprochen haben, und ich denke an Señorans und wieder an Mercedes und Raquel und Bernabé und wie es sein kann, dass noch immer solche Dinge geschehen, dass es in einer so reichen Welt Kinder gibt, die nichts zu essen haben, dass dies einmal das Land der großen Möglichkeiten war, denke darüber nach, wie es kommen konnte, dass alles so den Bach runtergegangen ist. Puppen ausbessern, flüstere ich. Puppen ausbessern.

»Und, Rivarola? Diesmal ohne die elegante Señorita?«

Fragt García vom Tresen aus, heute Morgen sind nur sehr wenige Gäste da, und er zwinkert mir ungeschickt zu, eine verschwörerische Geste, der ich nicht widersprechen will:

»Damit du ihr nachsteigst, Gallego? Vergiss es, die Kleine gehört mir.«

Sage ich und fühle mich wie ein Großmaul.

Aber etwas geschieht. Ich zücke das Notizbuch, den angeknabberten Bleistift, schreibe, streiche durch, schreibe um, bringe das Geschriebene ins Reine:

»Marionette mit nagelneuen Fäden / Zinnsoldat, der nach der Pfeife tanzt / eine Klage, schweigend gebrüllt / ein Murren, das sich tief drinnen verschanzt. / Feigling / du bist ein Feigling und machst auf hübschen Stenz / bist ein Trottel in Draufgängerpose / du bist, was du bist, hast nichts in der Hose / ein Frosch bist du, kein Märchenprinz …«

Dann stockt es. Der Refrain ist gut, der Rhythmus stimmt, der Reim auch, und ein Tango mit dem Titel »Feigling« könnte funktionieren, aber ich komm nicht weiter. Es muss am Hunger liegen, ja, bestimmt ist es der Hunger. Ich stehe auf, sage García, dass ich morgen oder übermorgen zahle, mache mich so schnell wie möglich aus dem Staub, um die allzu vorhersehbare Antwort nicht hören zu müssen. Ich gehe zur Corrientes zurück, drehe ein paar Runden, betrachte die Bauarbeiter mit ihren Hämmern und Spitzhacken, sie schwitzen, wie nur Bauarbeiter schwitzen, denke darüber nach, was ich tun soll, denke, dass ich es eines Tages vielleicht weiß, kaufe mir ein Brötchen bei Pasta Frola, zweihundert Gramm feine Mortadella im Laden des Türken Ibra und will zur Pension zurückgehen, um mir ein Sandwich zu machen. Aber ich schaff's nicht.

»Rivarola! He, Rivarola, tun Sie nicht so!«

Der Mann, der mich ruft – eine laute Stimme vom Land –, ist in Wirklichkeit nicht einer, sondern zwei, und sie scheinen von einem Maskenball zu kommen. Schwarze Pumphosen, breite, mit Münzen verzierte Ledergürtel, heraushängende karierte Hemden, kurze Westen, schwarze Hüte mit breiten Krempen – zwei Gauchos, wie sie im Buche stehen. Aber sie sind keine Zeichnungen aus dem Almanach von Molina Campos, sie fangen mich an der Ecke Paraná und Lavalle ab, zwischen Dutzenden von Straßenhändlern, Büroangestellten und Passanten, die schnell wegucken, denn die Kostümierten haben die zum Kostüm passenden langen Gauchomesser gezückt, und obwohl die Messer nicht direkt auf mich gerichtet sind, soll die Geste wohl bedeuten, dass sie es ernst meinen. Ich versuche, weiterzugehen, aber die Männer versperren mir jeden Ausweg – man sieht, dass sie wissen, wie man Vieh zusammentreibt.

»Sie sind doch Rivarola, oder etwa nicht, mein Freund?«

»Solange Sie nicht das Gegenteil behaupten.«

Erwidere ich und bin selbst überrascht von meinem Humor. Der Kostümierte Nr. 1 auch. Er glotzt mich an, als sähe er mich gerade zum ersten Mal. Schließlich beschließt der andere, der Szene ein Ende zu machen:

»Sie kommen jetzt mit uns, mein Freund.«

»Die Herren vertreten das Gesetz?«

»Wie man's nimmt. Aber könnte man so sagen.«

»Könnte man so sagen?«

Ich sehe mich um, keiner schenkt uns Beachtung. Oder besser gesagt: Alle geben sich die größte Mühe, woandershin zu sehen und das auch zu zeigen. Die Typen könnten mich mitten auf der Lavalle abstechen, und meine lieben Mitbürger würden sich höchstens sorgen, dass das Blut ihre Schuhe versaut. Plötzlich fühle ich mich schrecklich hilflos und wundere mich, dass ich keine Angst kriege, sondern nur einen fürchterlichen Müdigkeitsanfall.

»Werden Sie nicht frech, Rivarola. Der Chef will Sie sehen, und was der Chef will, wird gemacht. Und wissen Sie was? Es gibt immer wieder Schlaumeier, die das nicht glauben wollen, aber am Ende tun sie's doch.«

Der Kostümierte Nr. 2 verstummt, als hätte er sich verausgabt, offenbar war der lange Monolog zu viel für ihn. Oder er hält inne, weil der Wagen bereits vorfährt, ein Packard 1927 – mächtig, quadratisch, schwarz –, der mit einem Affenzahn durch die Lavalle rast. Am Steuer ein als Großstadtgangster verkleideter Schrank: die karierte Schiebermütze bis zu den Augenbrauen ins Gesicht geschoben, weißes aufgekrempeltes Hemd, Halstuch, Schultern wie Festungsmauern. Die kostümierten Provinzler verfrachten mich auf die Rückbank: ich in der Mitte, ein Gaucho an jeder Seite, vorne der kostümierte Städter und ein nicht kostümierter Gorilla mit Mütze. Einer der kostümierten Gauchos brüllt los geht's, Käpt'n, und der Käpt'n hupt ungeduldig die Fußgänger an und drückt aufs Gaspedal. Der andere Gaucho auf der Rückbank erklärt mit seinem schönsten ländlichen Akzent, ich möge die Eile entschuldigen, aber der Chef habe schon zu lange auf mich gewartet.

»Er wartet schon drei Tage. Und du weißt ja, der Chef wartet nicht gern. Er mag vieles nicht gern, aber warten am allerwenigsten.«

Plötzlich endet der Asphalt, und wir hüpfen auf dem Kopfsteinpflaster auf und ab wie Kaninchen. Damit ich mir den Weg nicht merke, haben sie mir den Hut über die Augen gezogen, aber ich spüre, dass wir doppelt so schnell fahren wie normal; die Polizisten auf den Verkehrstürmen scheinen uns zu mögen, denn wir werden kein einziges Mal gestoppt – oder halten einfach nicht an. Wenn wir dorthin fahren, wohin ich glaube, liegt noch ein weiter Weg vor uns – und das Schlimmste ist, dass ich nicht weiß, was dann kommt. Ich denke an mein Sandwich, das auf dem Bürgersteig der Calle Paraná liegt; ich denke an meine Pläne, an meine Eigenschaft, keine Pläne zu haben. Man entscheidet sowieso nichts selbst, zum Glück oder Unglück entscheidet man sowieso nichts selbst. Ich verstehe nur nicht, warum ich nicht längst vor Angst gestorben bin.

Um zwei Uhr nachmittags wirken die Höfe, Straßen und Ställe des städtischen Schlachthofs wie ausgestorben. So gut wie alles, was es zu schlachten gab, wurde bereits in Stücke gehackt. Schlachter und Hilfsarbeiter schlendern träge herum, auf der Suche nach einem Fleckchen Schatten. Hier und da ein Pferd mit einem Menschen darauf, ein Rind mit einem Menschen davor, ein Hund ohne Mensch. Die Großhändler und Fleischer sind längst fort, das Brüllen, Stöhnen, Schreien ist verstummt. Was geblieben ist, sind die Fliegen. Buenos Aires ist das Königreich der Fliegen. Nichts kann ihnen etwas anhaben. Neulich entschloss sich der Verein der Familienmütter von Buenos Aires, tote Fliegen im Kilo aufzukaufen, um ihre Ermordung zu fördern, doch es werden immer mehr. Die Schlacht geht weiter. Frauen in grauen Kitteln schieben Karren voller Eimer und Bürsten, Lappen und Besen – die endlose, vergebliche Mühe, die täglich neuen Ströme von Blut aufzuwischen. Der Packard fährt langsamer, weicht dem Blut aus, versinkt in kratertiefen Schlaglöchern, hüpft, wirbelt Staub auf, wird leise verflucht. Endlich hält er vor dem Gebäude, in dem sich – zumindest war es letzte Woche noch dort – Don Manuel Cuitiños Büro befindet. Ich erkenne es wieder, stoße eine Art Seufzer aus; ich weiß nicht, ob es mich erleichtert oder beunruhigt, dort gelandet zu sein, wo ich vermutet hatte.

»Rivarola, mein Freund. Sie wissen, woran man einen echten Argentinier erkennt, oder?«

Das Kalbsbries wirkt schon etwas kalt – die gräuliche Farbe, die gekrümmten Enden, das geronnene Fett auf dem Teller –, doch Cuitiño knabbert an einem Stück, das auf der Spitze seines silbernen Gauchomessers aufgespießt ist. Auch alles andere wirkt unverändert: der Tisch aus Quebracho-Holz, die darauf verstreuten Papiere, der Weinkrug und das Glas, das schummrige Licht, das durch die Fenster am Ende des Raums fällt, rechts vom Buddha mit dem Gauchomesser. Vor allem sein Gesicht: rund wie eine Sonne, eine Talgkugel, nur unterbrochen von dem buschigen Streifen seiner Augenbrauen.

»Es heißt, ein echter Argentinier ist jemand, der sich an Vereinbarungen hält. Vielleicht stimmt das überhaupt nicht, gut möglich, aber es zu glauben, ist schön, finden Sie nicht? Und ich glaube daran. Wir könnten also darüber diskutieren, ob Sie, mein Freund …«

Sagt Cuitiño, und die Worte schweben über seinem Schreibtisch, in der stehenden Luft zwischen ihm und mir. Die Luft riecht nach Fett und kaltem Zigarettenrauch – und etwas anderem.

»Entschuldigung, ich hatte viel zu tun, aber ich habe nur auf den richtigen Moment gewartet, um vorbeizukommen.«

»Natürlich, daran zweifle ich nicht. Aber Sie haben ihn leider einfach nicht gefunden, und deshalb habe ich ein wenig nachgeholfen. Zum Glück sind meine Jungs versierte Fährtenleser, Spuren verfolgen, das können sie wirklich gut. Und viele andere Dinge auch, das können Sie sich gar nicht vorstellen. Das können Sie sich nicht vorstellen, oder, mein Freund?«

»Don Manuel …«

»Nein, das können Sie sich nicht vorstellen. Wir könnten jetzt lange darüber diskutieren, was besser für Sie ist: wenn Sie es sich vorstellen können oder wenn Sie es sich nicht vorstellen können. Aber da ich keine Lust habe, hier eine erschöpfende Diskussion mit Ihnen zu führen, ja nicht einmal Lust, überhaupt mit einer anzufangen, will ich Ihnen sagen, wie es aussieht: Wenn Sie es sich nicht vorstellen können, halten Sie sich vielleicht nicht an die Prinzipien, an die Sie sich lieber halten sollten und an die Sie sich auch mit mehr Freude halten würden, wenn Sie es sich vorstellen könnten. Aber wenn Sie es sich vorstellen können, bekommen Sie womöglich einen Schreck und sind zu nichts mehr in der Lage, und das wollen wir ja nicht… Oder besser gesagt: Vorerst wollen wir das nicht.«

Sagt der dickbäuchige Buddha, knabbert, spült den Bissen mit einem Schluck Wein hinunter, grinst. Ich frage, ob ich mich auf den – kantigen, schmucklosen – Stuhl auf meiner Seite des rustikalen Tisches setzen darf. Cuitiño sagt bitte, tun Sie sich keinen Zwang an.

»Jetzt sitzen Sie, jetzt haben Sie es sich bequem gemacht. Das freut mich. Es freut mich, wenn meine Freunde sich hier wie zu Hause fühlen. Ich meine natürlich die, die ein Zuhause haben …«

Sagt er, und ich kann mein Zittern nur mit Mühe verbergen, denn die Botschaft ist angekommen: Cuitiño lässt mich beschatten oder hat zumindest ein paar Dinge über mich in Erfahrung gebracht.

»Haben Sie einmal darüber nachgedacht, wie unhöflich manche Redewendungen sind? Sich wie zu Hause fühlen zum Beispiel, finden Sie das nicht ungerecht? Ein Satz, der nur für ein paar gilt, obwohl es sich bei den paar um den edelsten Teil unserer Gesellschaften handelt. Aber es gibt eine riesige Menge armer Schweine, für die die Redewendung nicht gilt, die da rausfallen. Die können sich nicht wie bei sich zu Hause fühlen, weil sie nie eins hatten, stellen Sie sich vor, wie sollen sie wissen, wie man sich zu Hause fühlt? Aber reden wir nicht davon. Haben Sie eine Ahnung, was diese

Bombenleger mit solchen Ideen anstellen könnten? Zum Glück sind diese Sozialisten und Anarchisten und anderen Isten nicht die Hellsten, sonst …«

Cuitiño täuscht einen kumpelhaften, ländlichen Akzent vor, der zwischendurch verschwindet und ihn wieder ganz zum Städter macht, zu einem Großkotz der alten Schule. Oder, wie jetzt, zu einem etwas derben Großgrundbesitzer:

»Gut, kommen wir zum Steak, mein Freund, Kalbsbries hatten wir ja schon genug. Sie waren bei Ferreyra, wie vereinbart, aber es sieht so aus, als hätten Sie nichts von dem getan, was wir vereinbart hatten. Wozu habe ich Sie nach Junín geschickt? Damit Sie sich dort eine schöne Zeit machen?«

»Natürlich nicht, Don Manuel.«

Ich hole tief Luft, warte darauf, dass er fortfährt. Aber ausnahmsweise schweigt der Fleischberg einmal, und ich bin gezwungen, etwas zu sagen:

»Natürlich nicht. Ich war dort, weil Sie mich darum gebeten haben. Um mich um Ihre Angelegenheiten zu kümmern. Es ist nur so, dass der Mann von all dem nichts wissen will. Er hat die Schnauze voll, sagt er. Und wissen Sie was? Falls Sie die Wahrheit hören wollen …«

»Nein, Rivarola, ich will das Märchen von Dornröschen und den sieben kleinen Schweinchen hören. Hören Sie auf, sich dumm zu stellen!«

»Entschuldigung, Don Manuel. Was ich sagen wollte, ist, dass mich der Typ wirklich überrascht hat. Für einen Fußballer macht er sich eine Menge Gedanken.«

»Was für Gedanken, Rivarola?«

Fragt der Fleischberg mit honigsüßer Stimme. Und ich, na ja, vielleicht sei Gedanken nicht das richtige Wort, vielleicht sei Gedanken zu viel gesagt, und ich rede weiter um den heißen Brei herum, weil ich nicht weiß, wie ich es sagen soll. Schließlich traue ich mich:

»Er sagt, wenn Sie … wenn wir mit der Sache mit dem Koks kommen, hat er ein paar Geschichten zu erzählen, die Ihnen eine Menge Ärger machen könnten. Ich habe ihm natürlich gesagt, er soll aufpassen, aber er meinte, wenn Sie ihn den Löwen zum Fraß vorwerfen, dann macht er Sie … Na ja, Sie wissen schon.«

Cuitiño sieht mich schweigend an, den Kopf zur Seite geneigt, so wie man ein etwas dümmliches Kind ansieht, das einfach nicht kapieren will, dass zwei plus zwei vier, fünf, siebeneinhalb oder fünfhunderteinundzwanzig sein können. Er steckt sich das nächste Stück Bries in den Mund, kaut, spült wieder mit einem Schluck Wein nach. Dann brüllt er etwas, und einer der Gauchos kommt herein, geht um den Schreibtisch herum, beugt sich zu ihm hinunter. Der Fleischberg flüstert ihm etwas ins Ohr, und beide blicken mich mit seltsamer Miene an: einer Mischung aus Resignation und Entschlossenheit. Jetzt habe ich Angst.

Der Gaucho ist hinter meinen Stuhl getreten und atmet laut. Ich höre ihn schnaufen, wage aber nicht, mich umzudrehen.

»Ach, Rivarola, Rivarola … Sagen Sie nicht, Sie sind ihm mit der Kokaingeschichte gekommen?«

Fragt der Fleischberg verärgert, wie jemand, der ein etwas begriffsstutziges Kind tadelt.

»War das nicht so abgemacht?«

»Doch, aber das war, bevor die kleine Olavieta gestorben ist.«

Ich versuche es mir nicht anmerken zu lassen, aber ich habe keine große Hoffnung – ich bin am Ende. Der Buddha sollte nichts davon erfahren, die Affäre zwischen Bernabé und Mercedes war mein größter und letzter Trumpf.

»Und was hat das damit zu tun, Don Manuel?«

»Verkaufen Sie mich nicht für dumm, mein Lieber, das lässt Sie nur noch dümmer aussehen. Meine Arbeit besteht darin, alles

Mögliche zu wissen, vergessen Sie das nicht. Journalisten und andere Opportunisten glauben, ihre Arbeit hätte was mit Wissen zu tun. Wer was mit Wissen zu tun hat, sind wir. Wir, die die Dinge lenken. Die Arbeit von den Typen, die davon erzählen, besteht nur darin, was mitzubekommen, sonst nichts, sie kapieren erst, dass der Zug vorbeigefahren ist, wenn er schon im nächsten Dorf eintrifft. Wir wissen seit Langem, dass der Idiot hinter diesem armen Mädchen her war …«

Ich sehe die Lücke und versuche hindurchzuschlüpfen – vielleicht irrt sich der Buddha ja. Also krame ich meine unschuldigste Kinderstimme raus, um ihn auf eine falsche Fährte zu locken:

»Und wissen Sie, was zwischen den beiden lief, Don Manuel?«

»Natürlich. Wir wissen, dass der Idiot nicht die geringste Chance bei ihr hatte, wäre ja noch schöner: Stellen Sie sich vor, ein Mädchen aus so gutem Hause mit diesem Erdfresser …«

»Nein, klar, ich verstehe.«

Was für eine Erleichterung: Er weiß es nicht. Der unfehlbare Buddha ist gestolpert. Ich hoffe nur, die Erleichterung ist mir nicht anzusehen.

»Trotzdem, als ich zu ihm gefahren bin, war das mit dem Mord noch nicht bekannt. Sie war tot, aber das wusste noch keiner. Als Ferreyra erfahren hat, dass man sie …«

Der Buddha wirkt verwirrt, er starrt mich mit offenem Mund an. Später wird es mir so vorkommen, als hätte er das nur getan, um *mich* zu verwirren – und dass ich wie der letzte Trottel in die Falle gegangen bin.

»Und wie hat Ferreyra davon erfahren, was glauben Sie? Wie alle anderen auch, aus der Zeitung?«

»Nein, Don Manuel, ich habe es ihm erzählt.«

»Sie haben es ihm also erzählt? Sagten Sie nicht, dass es noch keiner wusste, als Sie ihn getroffen haben?«

Ich habe mal wieder zu viel geredet. Jetzt ist es zu spät:

»Ja, das stimmt, als ich ihn getroffen habe, wusste ich es noch nicht. Aber ich habe ihn später angerufen und es ihm erzählt.«

»Was haben Sie ihm erzählt?«

»Nichts, nur dass sie tot war, bevor er nach Junín gefahren ist.«

»Sie haben es ihm also erzählt? Und er wusste es noch nicht, als Sie es ihm erzählt haben?«

»Nein, wie denn auch? Es hatte ja noch keiner darüber berichtet.«

»Er wusste also nichts. Ganz sicher?«

Fragt der Buddha, zufrieden wie eine Katze nach der Sardine, und steckt sich ein Stück Bries in den Mund. Er leckt sich die Lippen, wiederholt:

»Sie haben es ihm also erzählt, und er wusste es nicht.«

»Na ja, keine Ahnung. Das hat er jedenfalls gesagt.«

»Und Sie haben ihm geglaubt.«

»Was weiß ich, Don Manuel. Ich habe nicht weiter darüber nachgedacht.«

Ich habe den Satz noch nicht beendet, als ich begreife, dass es genau das war, was ich lieber nicht hätte sagen sollen. Cuitiño bricht in polterndes Gelächter aus, ein Gelächter, das seit dem Moment auf seinen Einsatz gewartet hat, als er anfing, wie eine Katze mit der vor ihm sitzenden Maus zu spielen.

»Denken Sie noch mal darüber nach, mein Freund, ganz in Ruhe.«

Sagt er und schweigt. Ich betrachte den Fleischberg, sein Messer, die Wände und die Fotos mit Stieren, Fußballern und Frauen. Keiner sagt ein Wort. Ich höre das Schnauben des Gauchos, der weiter hinter mir steht. Plötzlich habe ich eine Eingebung:

»Er hat mich angelogen, Don Manuel.«

»Wer hat Sie angelogen?«

»Ferreyra. Er hat gesagt, er weiß nichts davon, aber er muss davon gewusst haben. Wenn er mit ihr ging, muss er gewusst haben, dass sie tot war.«

»Naja, vielleicht doch nicht. Wenn er in Junín war, wenn er sie nicht erreichen konnte …«

»Ja, gut. Aber wer soll ihm glauben, dass er nichts davon gewusst hat? Er war mit ihr zusammen, sie war seine Geliebte.«

»Sicher? Ich habe da was anderes gehört.«

Sagt der Buddha freundlich, und ich:

»Ganz sicher. Er hat es mir selbst erzählt.«

»Und sie kommt ums Leben, und er war an diesem Tag in Buenos Aires …«

»Der Arme.«

Sage ich leise, fast ohne es zu merken, und der Fleischberg fragt mich, was ich da murmele:

»Nichts, ich meine nur, vielleicht kann er ja beweisen, dass er es nicht war, aber auf den ersten Blick fällt es schwer, das zu glauben, oder?«

»Sehr schwer, mein Freund, es sei denn, er findet jemanden, der ihm hilft. Wenn nicht, wird der arme Junge …«

Sagt Cuitiño, hält inne, schlingt ein Stück Bries hinunter. Ich traue mich nicht, es zu erzählen.

»… wird der arme Junge seine Karriere bei Sportivo Cambaceres oder sonstwo fortsetzen müssen. Wenn er Glück hat. Ich wünsche keinem den Tod, Gott bewahre, nicht im Traum, ich bin ein Mann mit Prinzipien. Sie glauben mir doch, mein Freund, oder? Aber der Tod dieses Mädchens könnte ein Geschenk des Himmels sein. Und ich meine nicht für uns, für ihn. Wir müssen es zu seinem Besten tun. Können Sie sich vorstellen, was aus ihm wird, wenn er mit dem Fußball aufhört, in Junín bleibt, in den Stall zurückkehrt, aus dem er gekrochen ist? Wir müssen es für ihn tun, mein Freund. Manche Leute muss man vor sich selbst schützen. Das verstehen Sie nicht, oder? Keine Sorge, Rivarola, das macht nichts. Ich werde Ihnen erklären, was Sie zu tun haben, bis ins kleinste Detail.«

10

Fünfhundert Pesos, wenn ich's mache und es klappt; ein kaputtes Knie, wenn ich's versuche und es nicht klappt; zwei kaputte Knie, wenn ich so dumm bin, es nicht mal zu versuchen. Cuitiños Tarife waren unmissverständlich, und er hatte mir alles en détail auseinandergesetzt, mit der Gelassenheit und Autorität eines Großhändlers, der mit Fleisch zu tun hat – jeder Art von Fleisch. Doch im letzten Moment hat er noch eine kleine Zugabe draufgelegt:

»Und falls Sie auf die Idee kommen, den Schlauberger zu spielen, Rivarola... Gut, Sie sehen nicht aus, als würden Sie den Schlauberger spielen, aber man weiß ja nie. Falls Sie also doch auf die Idee kommen, sollten Sie wissen, dass Señorita Gleizer dann ein kleines Problem bekommen könnte, Sie verstehen? In diesen schwierigen Zeiten treibt sich eine Menge Gesindel auf den Straßen herum...«

Die Aufgabe ist nicht einfach, aber auch nicht allzu schwer. Oder besser gesagt: Die Schwierigkeit besteht nicht darin, es zu tun, sondern darin, mir selbst einzugestehen, dass ich es tun werde: dass ich das Leben eines Kerls ruinieren muss, der mir nie was zuleide getan hat, den ich mag, der mich fast wie einen Freund behandelt hat. Aber hin und wieder sind moralische Bedenken – und ich weiß das nur zu gut – die Ausrede der Nichtsnutze. Was mich in Wirklichkeit am meisten beunruhigt, ist, dass ich nicht die geringste Ahnung habe, wie ich die Sache angehen soll.

Als Erstes fasse ich mir ein Herz – wer hat sich bloß diese schwachsinnige Redewendung ausgedacht? – und mache mich auf den

115

Weg zu Garcías Café. Sonntag, neun Uhr morgens, nicht mal ein Köter ist unterwegs. Nur Faletti, der Kioskbesitzer, der nach einer langen Nacht gerade seine Bude an der Ecke abgeschlossen hat und hereinkommt, damit der Gallego García ihm ein großes Milanesa-Sandwich einpackt, damit er's mit zum Hippodrom in Palermo nehmen kann. Er habe da ein todsicheres Ding, sagt er, Legui im Vierten könne gar nicht verlieren, bringe zwar nur zwei zu eins, aber für das Siebte habe er einen echten Geheimtipp, der für mehr Lärm sorgen wird als die Kapelle der berittenen Grenadiere.

»Und du, Rivarola? Du bist bestimmt hier, um deine Schulden zu bezahlen ...«

Sagt García mit galicischer Häme in seinem quadratischen Gesicht, der Zweitagebart wie Stacheln, die Haare borstig wie Dornen. Bestimmt denkt er, dass ich nein sage, und ich bin versucht, ja zu sagen, nur um ihn zu überraschen, aber ich weiß nicht, wie ich den Scherz dann fortsetzen sollte, also sehe ich ihm in die Augen und sage stattdessen:

»Tut mir leid, Gallego. Du weißt, dass ich nichts lieber tun würde als das, aber ich schwöre, bis nächsten Sonntag hast du dein Geld.«

Er lächelt fast mitleidig.

»Keine Sorge, Mann. Sind ja nur ein paar Groschen ...«

Und wie an so vielen Morgen zuvor stellt er mir den Milchkaffee und drei Butterhörnchen hin. Hinter dem Tresen, zwischen den Flaschen mit Cynar, Licor de los 8 Hermanos, Hesperidina und Ferro-China Bisleri, den Zuckerrohrschnäpsen, den Gins, zeigt eine aus *El Gráfico* ausgeschnittene Fotografie Bernabé Ferreyra: »Die Bestie«, auf dem Rasen kniend, die Hände auf den Ball gestützt, ein prahlerisches Lächeln im Gesicht, das Trikot von River an der Brust aufgeknöpft. Ich beuge mich zu García hinüber und frage, ob ich ihn um einen Gefallen bitten darf. Nur eine Lappalie, komme ich ihm zuvor, als ich sein panisches Gesicht sehe.

»Ich wollte nur wissen, ob du die Zeitungen der letzten Tage noch hast, ob du sie aufhebst.«

»Klar hebe ich die auf, Mann. Warum sollte ich sie wegschmeißen?«

Sagt er, verschwindet einen Moment und kehrt mit einem Stapel zerknittertem Papier zurück: Teile von *La Nación, La Prensa, Crítica, El Mundo* und anderen Zeitungen. Ich setze mich, um sie durchzusehen.

Jetzt ist es wirklich meine Angelegenheit: Bevor ich meinen Auftrag erledige, muss ich alles wissen, was über den Fall geschrieben wurde. Ich ziehe das Notizbuch und einen gespitzten Bleistift aus der Jacketttasche, mache mir Notizen. Eine Stunde später weiß ich, dass María de las Mercedes Olavieta letzten Montag, in der Nacht des 30. Januar, kurz vor ihrem achtundzwanzigsten Geburtstag an einer tiefen Schnittwunde an der linken Seite des Halses gestorben ist. Aber keine Zeitung brachte Einzelheiten über den Todesfall bis Samstag, den 4. Februar, als sie zu berichten wussten, dass tags zuvor die Polizei bei der Familie Olavieta erschienen sei, um Carlos María de Olavieta darüber zu informieren, dass der Tod seiner Tochter kein Selbstmord, sondern Mord gewesen sei. Das war der Moment, in dem sich die Nachricht, die von den Zeitungen bis dahin – und zwar sehr diskret – als nicht weiter beschriebenes Ableben einer jungen Frau aus der Oberschicht behandelt wurde, in ein Ereignis von nationalem Interesse verwandelte.

Von da an jagte eine Meldung die andere: dass Mercedes tot in ihrem Bett lag, blutüberströmt, im Schlafzimmer des Hauses, wo sie ihr gesamtes Leben verbracht hatte, dem ihres Vaters, Don Carlos María de Olavieta, einer kleinen Stadtvilla in der Calle Ayacucho zwischen Juncal und Peña mit drei Etagen und einer Mansarde für das Dienstpersonal, einem Haus, das einmal luxuriös gewesen war, jetzt aber – »seit dem verfrühten Ableben der Hausherrin«,

117

wie aus irgendeinem Grund der Reporter von *La Nación* schrieb – gewisse Zeichen der Verwahrlosung zeigte.

Dass es Venancia war – die über sechzigjährige Hausangestellte, die die meiste Zeit ihres Lebens mit der Familie Olavieta verbracht hatte, Mercedes daher seit deren Geburt kannte und ihr jeden Morgen das Tablett mit dem Milchkaffee aufs Zimmer brachte –, die die schreckliche Entdeckung gemacht hatte; dass die Arme, als sie Mercedes sah, mit einem lauten Schrei in Ohnmacht gefallen war und dass dieser Schrei Señor Olavieta geweckt hatte, der daraufhin zum Schlafzimmer im zweiten Stock gerannt war, nicht weit entfernt von seinem eigenen, »wo er sich plötzlich« – wie aus irgendeinem Grund der Reporter von *El Mundo* schrieb – »der schlimmsten aller denkbaren Tragödien gegenübersah«.

Und dass Don Carlos, noch unter Schock, im ersten Moment noch geglaubt hatte, er könne sie wiederbeleben, sie in den Arm genommen und geschüttelt hatte, bis er »um ein Haar den durch eine tiefe Schnittwunde fast vom Rumpf abgetrennten Kopf seiner Tochter in den Händen gehalten hätte« – wie aus irgendeinem Grund der Reporter der *Crítica* schrieb. Und dass ihn das natürlich davon überzeugt hatte, dass sie tot war und er daraufhin zu schreien anfing: »Oh nein, oh nein, meine kleine Mecha, wie konntest du uns das bloß antun, wie konntest du nur, Mecha«, also sofort von einem Selbstmord ausgegangen war. Und dass er, kaum war sein anfängliches Entsetzen gewichen, den frühen Nachmittag damit verbracht hatte, »die höchsten kirchlichen Autoritäten der Diözese aufzusuchen« – wie aus irgendeinem Grund der Reporter von *La Prensa* schrieb –, um eine Sondergenehmigung zu erwirken, damit seine Tochter trotz ihres Selbstmords auf einem christlichen Friedhof zur letzten Ruhe gebettet werden konnte.

Dass die Tote mehr als drei Tage in der Leichenhalle der Gerichtsmedizin in Unfrieden ruhte, »während religiöse, polizeiliche und bestattungstechnische Einwände vorgebracht wurden« – wie der Reporter von *Últimas Noticias* schrieb, weil er weder irgendeinen Grund haben noch irgendeiner Verpflichtung nachkommen musste. Und natürlich dass keiner so recht wusste – wie sämtliche Reporter einräumten –, weswegen die Polizei dann entschieden hatte, dass es Mord war, und dass erst recht keiner wusste, wie und woher die Hypothese von einem Mord durch antinationale Kräfte rührte, eine Hypothese, die Don Carlos María de Olavieta beim Begräbnis seiner Tochter, das – wie ich eindeutig weiß – am letzten Dienstag auf dem Friedhof La Recoleta stattfand, so vehement vertreten hat. Eine Hypothese, die – darin stimmen alle überein – nach wie vor sehr vage ist, ohne konkrete Hinweise oder Einzelheiten dazu, wer eigentlich für die Tat verantwortlich sein soll, und vor allem, warum ein paar Sozialisten, Anarchisten, Juden oder andere zersetzende Elemente eine junge Frau ohne jede erkennbare politische Zugehörigkeit ermorden sollten. Es sei denn, dass ein Hinweis darauf in einer der Zeitungen gestanden hatte, die der Gallego García bereits für was weiß ich welche Bedürfnisse benutzt hat.

Últimas Noticias, zweifellos die am besten unterrichtete Zeitung – denke ich, ohne noch zu denken, denn ich kann mir nicht vorstellen, dass der Unterschied zwischen den verschiedenen Versionen nicht in der Menge an Informationen besteht, sondern darin, ob man sie veröffentlichen kann oder nicht –, schreibt etwas mehr über das Leben des Opfers: dass sie eine Frau von seltener Schönheit war, vielleicht keine Schönheit im üblichen Sinn, aber dafür eine außergewöhnliche Schönheit – berichtete der wohl fast schon lossabbernde Reporter und stützte sich dabei auf eine Fotografie, die so körnig ist, dass man kaum etwas sieht, doch man erahnt ein fein geschnittenes Gesicht mit einer Stupsnase und mandelförmigen Augen und schwarzes, zu einem Bubikopf geschnittenes Haar, wie es vor ein paar Jahren Mode war. Und dass sie »natürlich nie gearbeitet«, aber dafür Gedichte geschrieben und mit »so mancher

Größe dieser edlen Kunst« Umgang gepflegt hatte, doch ungeachtet dessen – der Reporter schrieb tatsächlich »ungeachtet dessen« – war sie lange Zeit mit einem Mann aus besseren Kreisen verlobt gewesen. Die Verlobung mit Horacio Álvarez Jonte – »diesem vom Glück begünstigten Herrn vom Land«, schrieb der Reporter –, der sie Ende letzten Jahres zum Traualtar führen sollte, war jedoch vor wenigen Wochen ohne Angabe von Gründen aufgelöst worden. Und tatsächlich »erstaunt einen« – erstaunte den Reporter von *Últimas Noticias* – »die völlige Abwesenheit des erwähnten Señor Álvarez Jonte in dieser schmerzlichen Situation.«

»Scheiße, *mecagondeu,* das tut mir echt leid.«

Señorans klingt untröstlich, katalanischer denn je; ich werde ihn nie verstehen. Hinter mir liegt einer dieser Sonntage, deretwegen ich Sonntage so hasse: Ravioli bei meiner Mutter, mein Bruder und meine Schwägerin vereint in gegenseitigem Hass, meine zwei herumkrakeelenden Neffen, das immer gleiche Gespräch über meine Arbeitslosigkeit, meine nichtvorhandene Familie, meine nichtvorhandene Zukunft – ein Gespräch, das meine Mutter und mein Bruder mit einem besorgten, kummervollen Tonfall führten, wie ihn nur selbstlose Zuneigung zustande bringt, es ist unerträglich. Ertragen konnte ich es nur dank ein paar Gläsern Wein mit Soda in der Hitze des Patios und der nachfolgenden, bis in den Abend zerfließenden Siesta, der besten Art, dem Ganzen zu entfliehen, bis um halb acht, als es endlich an der Zeit war, zurück ins Zentrum zu fahren und zu versuchen, die Familie und ihre zärtlichen Ermahnungen, den Kopfschmerz und das über mir hängende Damoklesschwert – den Auftrag – zu vergessen. Doch ich konnte weder etwas vergessen noch grade denken noch einschlafen. Im Zimmer rechts von mir war der kleine Mörder mit der tödlichen Geige mal wieder in schlimmste Raserei geraten, und im Zimmer links von mir erregte ein leises Gespräch meine Aufmerksamkeit. Mein Nachbar, der rothaarige Páez, unterhielt sich – oder besser gesagt: flüsterte – mit jemandem. Egal wie sehr ich mich bemühte, ich konnte nicht verstehen, ob es sich um einen Mann oder eine Frau handelte, es war eine undefinierbare Stimme, aber aus irgendeinem Grund hatte ich das Gefühl, es sei wichtig für mich.

Gegen elf dachte ich, dass Señorans die Redaktion vielleicht schon verlassen hatte und ins Café gegangen war – weil es Sommer war und die Fußballsaison noch nicht begonnen hatte, war die Morgenausgabe wahrscheinlich schon früh im Druck. Ich würde ihn treffen, ihm von meinen Erlebnissen mit seinem Freund Cuitiño erzählen, und anschließend würden wir eine Möglichkeit finden, ihm aus dem Weg zu gehen. Ich zog mein blaues Baumwolljackett an, setzte mir den Boater mit dem roten Hutband auf und ging langsam an den Schützengräben der Corrientes und der Avenida 9 de Julio entlang, des neuen Boulevards. An der Ecke Sarmiento und Pasaje Carabelas luden mich ein paar junge Frauen in engen Kleidern mit Blicken, Zungenschnalzern und einem »Na, einsam, junger Mann?« ein. Ich wollte nicht an ihre Beine und Pos denken und konnte nur an ihre Beine und Pos denken, bis ich endlich vor dem Tortoni stand. Die Heftigkeit meines Begehrens wunderte mich, und ich beschloss, nicht allzu lange darüber nachzugrübeln, woran das liegen könnte. Als ich das Café betrat, unterhielt sich Señorans gerade mit drei Männern, vor ihnen ein paar Gläser Gin. Er gab mir unauffällig ein Zeichen, und wir setzten uns an einen der hinteren Tische, in der Nähe der Billardtische, um ungestört zu reden.

»Tut mir leid, Mann, wirklich, das ist alles meine Schuld. Ich hab dich zu diesem Verbrecher geschickt, und jetzt schau dir den Schlamassel an, in den er dich hineingezogen hat.«

»Das ist kein Schlamassel, Katalane.«

»Wieso nicht? Ein Riesenschlamassel! Hast du nicht gesagt, er hat dich bedroht?«

»Na ja, doch, könnte man so sagen. Aber das ist nicht so wichtig. Ich kann nicht machen, was er von mir verlangt, das kann ich einem Freund nicht antun, oder jemandem, der mein Freund sein könnte, jemandem, der mir nichts getan hat. Du verstehst mich doch, Katalane?«

»Ja, ich verstehe dich, aber was kann ich …«

»Und selbst wenn ich wollte, ich bin einfach nicht der Typ, der so was tun kann. Ich will das nicht, so eine Welt interessiert mich nicht. Du musst mir helfen, einen Weg zu finden, wie ich aus der Sache rauskomme, ohne jemandem zu schaden.«

Señorans hebt die Hand, ruft den Kellner, bestellt noch zwei Bols: Schenk großzügig ein, Braulio, wir haben's nötig. Und plötzlich, mit einem ernsten Blick:

»Du weißt, wer Cuitiño ist, Pibe?«

Nicht so richtig, sage ich. Dass ich weiß, dass er eine große Nummer im Schlachthof ist, dass er ein paar schwere Jungs hat, die seine Jobs erledigen, dass er so aussieht, als wäre er es gewohnt, Befehle zu erteilen, aber viel mehr auch nicht.

»Du hast gesagt, ich soll zu ihm gehen, was weiß ich denn.«

»Ja, und du weißt nicht, wie mich das belastet. Wenn du mich lässt, versuche ich es dir zu erklären.«

Sagt Señorans und erzählt mir, dass Manuel Cuitiño, bevor er zu Don Manuel wurde, einer der großen Bosse im Frauenhandel im Süden von Buenos Aires war. Dass er Anfang des Jahrhunderts, als junger Mann, bereits mehrere Bordelle in Quilmes, Lanús und Avellaneda besaß. Dass man ihn mehrerer Morde verdächtigte, aber wer weiß, um sich Respekt zu verschaffen, müssen diese Jungs behaupten, sie hätten jemanden getötet, obwohl jemanden tatsächlich umzubringen im Grunde leichter und weniger riskant war, als einen Mord zu erfinden.

»Außerdem hatte er eine Geschichte zu erzählen. Also noch mal: Weiß du, wer Cuitiño war?«

»Nein, Mann, sagte ich doch schon, ich habe keinen blassen Schimmer.«

»Ich rede vom historischen Cuitiño, dem ersten.«

»Erst recht nicht.«

»Keiner kennt die Geschichte der Argentinier so wenig wie die Argentinier.«

Sagt Señorans und lächelt – welch eine Erleichterung. Ich sage, wenn er weiter den Wichtigtuer spielt, aber er unterbricht mich, wieder ernst geworden, entschuldigt sich. Cuitiño, sagt Señorans, habe immer behauptet, er sei der Enkel von Ciriaco Cuitiño, dem Chef der Mazorca, Rosas' Geheimpolizei, jemand, der mehr Christenmenschen auf dem Gewissen hat als alle Indios zusammen und der, als Rosas und seine Anhänger die Macht verloren, gemeinsam mit Leandro Alén, dem Vater von Don Leandro N. Alem, am Galgen endete. Dass Cuitiño immer damit geprahlt habe, von diesem angeblichen Großvater abzustammen. Dass keiner wusste, ob er wirklich sein Enkel war, aber dass niemand, der halbwegs bei Trost war, das herauszufinden versuchte, warum auch, schließlich durfte jeder behaupten, von einem Mörder abzustammen. Und dass dies Manuel jedenfalls nicht daran gehindert hatte, genau wie sein Großvater zu scheitern: Um 1920 brach sein Geschäft mit den Mädchen zusammen, als die Polen von der Zvi Migdal mit solcher Macht auf den Markt drängten, dass er nicht wusste, wie ihm geschah. Zuerst dachte er noch, es ginge darum, die Preise zu drücken, und er drückte sie so sehr, dass er aus eigener Tasche draufzahlen musste, um die Bordelle am Laufen zu halten. Er war am Ende, aber die Polen zuckten nicht mal mit der Wimper, als wären sie die Bank von England, sie verloren Geld und noch mehr Geld, ohne sich auch nur ein einziges Mal aufzuregen. Aber vielleicht verloren sie auch gar nichts, sagt Señorans, wer weiß, wie das Geschäft bei denen

läuft. Bis sie die Spielchen leid waren und vier oder fünf seiner Miezen umbrachten und eins seiner Lokale in Puente Alsina abfackelten.

»Offenbar wollte Cuitiño es ihnen Auge um Auge heimzahlen,
und sie haben ihm gezeigt, wo's langgeht. Da er ja wusste, wie
die übelsten Vorstadtgauner ticken, muss er schnell begriffen haben, dass man bei den Polen mit halben Sachen nicht weit kommt:
Entweder du bringst sie alle um oder sie machen dir das Leben zur
Hölle.«

Señorans lacht, ist doch verdammt witzig, dass einer von diesen
über-argentinischen *compadritos* gegen ein paar polnische Blond-
schöpfe, die nicht mal Lunfardo sprechen, den Kürzeren gezogen
hat. Ich überlege, etwas zu entgegnen, schweige aber, um mehr zu
erfahren. Nach dieser Schlappe, so Señorans, sei Cuitiño für ein
paar Jahre untergetaucht. Keiner wusste, ob er sich in die Provinz
oder ins Ausland abgesetzt hatte, und einige behaupteten, er sei im
Gefängnis gewesen, aber niemand konnte das bestätigen. Und 1923
oder 24, zu Zeiten der Regierung von Alvear, tauchte er dank eines
befreundeten Sekretärs irgendeines Ministers plötzlich wieder auf,
und zwar im neuen Gewand eines Viehhändlers – vom Fleisch junger Argentinierinnen zum Fleisch argentinischer Rinder, was zwar
salonfähiger, dafür aber weniger rentabel war.

»Für jeden Mann kommt das Alter, in dem er entscheiden muss,
ob er ein geordnetes Leben führen oder weiterhin jeden Tag aufs
Neue den Kopf aus der Schlinge ziehen will, und wenn dann noch
jemand kommt und einem die Möglichkeit gibt, den Kopf nicht
nur aus der Schlinge zu ziehen, sondern links und rechts noch das
Geld aufzutürmen, geraten die wenigsten ins Zweifeln – auch Cuitiño nicht. In kürzester Zeit war er eine große Nummer in Ma-
taderos. Es heißt, er hätte seine alten Methoden immer noch in
petto, und dass ihm das geholfen hat, sich unter diesen Gaunern
und Schlägern zu behaupten, denn das sind sie, auch wenn sie in
Pumphosen und Schlapphüten rumlaufen.«

Außerdem, so Señorans, sei der Fleischhandel die perfekte Tarnung für andere Geschäfte: Keiner weiß, wie viele Rinder du kaufst, was du für sie zahlst, wie viele du verkaufst, wie viel du für sie kassierst, sagt er und versucht wieder wie ein echter Argentinier zu klingen. Ich bin erleichtert – wenn er so spricht, heißt das, er hat sich wieder beruhigt. Wenn du behauptest, eine Herde sei in schlechtem Zustand angekommen, krank, und drei Dutzend Tiere seien gestorben, sagt er, wer soll da widersprechen? Die Regierung hat keine Lust, sich einzumischen und irgendwas zu kontrollieren, das Letzte, was sie will, ist, die großen englischen Kühlhäuser zu verärgern, also schaut sie lieber weg.

»Und heute ist der Mann mächtiger denn je, es heißt, er würde von seinem Büro im Schlachthof aus das Glücksspiel und die Drogenhändler in der Gegend lenken und andere Schweinereien organisieren. Manche behaupten sogar, dass Cuitiño jetzt, wo diese Polin ausgepackt und ihren Zuhältern das Geschäft vermiest hat, wieder Aktien an der Mösenbörse kauft. Einmal habe ich gehört, die Polin hätte geredet, weil Cuitiño ihr einen Haufen Gold vorgesetzt hat, aber die Leute erzählen viel, wenn der Tag lang ist. Sagt dir der Name Ruggerito was?«

Ich sage ja, natürlich, wem nicht. Und er, mit gesenkter Stimme, es gebe welche, die behaupten, dass Cuitiño sein Chef ist, aber das sei wahrscheinlich übertrieben, eine Legende.

»Und der Mann hat noch eins draufgesetzt: Als es hier mit dem Profifußball losging, hat er sofort gerochen, dass da was zu holen ist, und sich bei River in die Vorstandsetage gesetzt. Er kennt viele Leute, und viele Leute schulden ihm was und haben ihn lieber auf ihrer Seite ... Die Sache dürfte also nicht besonders schwer für ihn gewesen sein. Der Fußball ist noch einer von diesen dunklen Orten, wo keiner weiß, was gerade geschieht oder nicht geschieht, wo man Geschäfte machen kann, die keiner so genau unter die Lupe nimmt. Und er verleiht ihnen noch mehr Macht, macht sie

125

unantastbar. Wer will sich schon gern mit Leuten anlegen, die das beliebteste Spektakel in der Hand haben, das dieses arme Land zu bieten hat? Weder die Presse noch die Regierung noch sonst wer, und die Polizei am allerwenigsten.«

Ich habe eine Gänsehaut – verspäteter Schreck. Ich bestelle noch zwei Gläser Gin, versuche nachzudenken. Ich fühle mich beobachtet, bin abgelenkt. Am Nachbartisch unterhält sich ein dicker Kerl mit einer noch dickeren Zigarre mit einem jungen Mann mit sehr pomadiertem Haar. Mir kommt es vor, als hätten sie die Köpfe dichter zusammengesteckt als üblich. Der Jüngere schaut mich an, als würde er mich von irgendwoher kennen, dann zuckt er die Schultern und wendet den Blick ab.

»Und es ist alles meine Schuld, dass du dich mit diesem Verbrecher eingelassen hast. An dem Abend hab ich zu viel geredet, ich weiß auch nicht, was ich mir dabei gedacht habe. Tut mir wirklich leid, Pibe, ich hab nicht gewusst, wohin das führen kann.«

Señorans verstummt – er redet wieder wie ein Katalane. Ich streiche mir mit der Hand übers Gesicht. Ich vermisse den kleinen Schnurrbart, den ich mir vor zwei, drei Jahren abrasiert habe, als ich meine Arbeit verloren habe und das Durcheinander mit Estela losging. Wenn ich ihn noch hätte, könnte ich mich jetzt wenigstens an was festhalten.

»Und jetzt? Du musst mir helfen, Katalane. Was soll ich nur machen, um wieder aus diesem Schlamassel herauszukommen? Um nicht tun zu müssen, was er von mir verlangt?«

»Tut mir leid, Riva, aber da wird dir wohl nichts anderes übrig bleiben.«

Sagt Señorans und legt mir eine Hand auf die Schulter. Und dass es besser für mich wäre, mich nicht so anzustellen und Don Manuel seinen Gefallen zu tun, andernfalls würde ich meine Kniescheibe opfern müssen, sagt er, und dass Gleizer, die kleine Russin, dann bestimmt nichts von mir wissen will, obwohl ich so ein netter, sportlicher Bursche bin, aber dass sie mich, wenn ich hinke, nicht mal nach der Uhrzeit fragt.

»Oder vielleicht doch. Es würde mich nicht wundern, wenn sie eine von denen ist, die fasziniert sind vom Elend der Menschheit. In der Partei wimmelt es von solchen Leuten, man muss wissen, wie man mit ihnen umgeht…«

Sagt Señorans im Versuch, die Stimmung aufzulockern, merkt aber, dass der Schuss nach hinten losging.

»Entschuldigung, Pibe, was soll ich sagen, ich bin echt ein Vollidiot.«

»Du hilfst mir also?«

»Na klar. Schließlich habe ich dir den Schlamassel eingebrockt. Glaub mir, ich bitte dich tausendmal um Entschuldigung.«

»Hör auf zu flennen, Katalane. Wenn ich's machen muss, mache ich's eben.«

Ich schlage vor, eine Runde spazieren zu gehen; die Blicke stören mich. Auf der Avenida de Mayo haben noch ein paar Bars geöffnet. Nachtschwärmer, ein paar Autos, hier und da eine einsame Frau.

»Weißt du, ob das Mädchen in irgendein krummes Ding verwickelt war? Hat in der Redaktion irgendwer eine Bemerkung darüber fallen lassen? Hast du irgendwas Seltsames gehört?«

»Was meinst du mit seltsam?«

»Keine Ahnung, seltsam eben.«

»Hör zu, Pibe, zunächst einmal, ich weiß nichts über das Mädchen. Wir können versuchen, etwas herauszufinden, aber wenn du mich fragst, klingt das alles ziemlich merkwürdig. Diese ganze Geschichte, dass die Anarchisten sie ermordet hätten, halte ich für totalen Schwachsinn. Aber wer weiß das schon…«

»Wir werden sie durch den Schmutz ziehen müssen.«

»Na ja, das wird sie nicht besonders stören.«

»Außerdem habe ich nicht die geringste Ahnung, wie man so was angeht.«

»Das ist einfach. Es ist schlimm, dass es so einfach ist. Wir müssen bloß einen Journalisten finden, der schreibt, dass die Kleine mit Bernabé zusammen war und sie sich gestritten haben. Was natürlich noch lange nicht heißt, dass er sie auch umgebracht hat. Keiner sagt, dass er sie umgebracht hat. Aber der Klatsch geht los, die Gerüchte …«

»Gut. Und dann lässt Cuitiño ihm ausrichten, dass er das für ihn regeln kann. Dass er die Sache für ihn regelt, wenn er auf der Stelle zu ihm kommt.«

»So dämlich, so einfach.«

»Aber selbst wenn Cuitiño das für ihn regelt, werden Millionen von Leuten glauben, dass er sie ermordet hat. Davon erholt sich keiner, Katalane.«

»Doch, kann man schon, Pibe. Oder auch nicht.«

Wir schlurfen schweigend nebeneinander her. An der Ecke Piedras bleibe ich stehen, fasse ihn am Arm.

»Und du?«

»Und ich was?«

»Könntest du das nicht tun?«

»Ich, verdammt? Wie soll ich denn …«

Señorans fährt sich mit der Hand durch das nicht ganz blonde Haar und holt tief Luft wie jemand, der all seinen Mut zusammennimmt.

»Na ja, das darf ich nicht oder könnte ich nicht. Ich habe einen Namen, Moral.«

Sagt er seufzend, die Hand wieder im Haar und mit einer Miene, als hätte er gerade das Schlimmste überhaupt gehört.

»Aber wie kann ich mich weigern, wenn ich dich zum Schlachthof geschickt habe? Komm morgen in der Redaktion vorbei. Aber nicht zu früh, Mann.«

11

»Arlt nicht.«

»Was soll das heißen, Arlt nicht?«

»Nichts, nur dass der Deutsche der Beste gewesen wäre und dass es hieß, er will die Kolumnen, die er sich für *El Mundo* ausdenkt, an den Nagel hängen und hierher zurückkommen, um der gefeierte Held mit Lorbeerkranz zu sein, aber offenbar ist es noch nicht so weit. Deshalb Arlt nicht.«

»Katalane, was soll das heißen, Arlt nicht? Arlt was nicht?«

»Nichts, dass Arlt es nicht machen kann.«

Das Schreibmaschinengeklapper ist so laut, dass wir fast schreien müssen, was das Gespräch nicht einfacher macht. Es ist kurz vor Mittag. Eine halbe Stunde vorher hatte ich aufgeregt und nervös wie ein Anfänger das Gebäude an der Ecke Avenida de Mayo und Santiago del Estero betreten. Ich war vorher noch nie in der Redaktion der *Crítica*, der Zeitung aller Zeitungen, dem Geschöpf des großen Natalio Botana, hatte aber schon alle möglichen Geschichten gehört. Kein Café in Buenos Aires, wo man sich nicht tausendmal die Geschichte von dem dreisten jungen Mann erzählt hätte, der sich bei Botana vorstellt, um nach Arbeit zu fragen, und der Uru ist kurz davor, ihn achtkantig rauszuschmeißen, aber um sich ein bisschen zu amüsieren, schlägt er dem jungen Mann vor, einen Kommentar über Gott zu schreiben, und der junge Mann sagt, kein Problem, Maestro, aber entschuldigen Sie die Frage: pro oder kontra Gott?, woraufhin Botana ihn vom Fleck weg einstellt. Kein Café, in dem man sich nicht erzählt hätte, dass General Uriburu nach dem Putsch gegen Yrigoyen, bei dem ihn Botana tatkräftig unterstützt hatte, Botana den Botschafterposten in Paris anbot und dieser wütend antwortete, er sei nie ein öffentlicher Angestellter gewesen und habe es auch niemals vor. Kein Büro, in dem man nicht die Reportagen kommentierte, die González Tuñón aus dem Krieg im paraguayischen Chaco schickte, die großartigen Spiele, die Rojas Paz beschrieb, auch wenn die Spiele miserabel waren, oder die Unterstützung, die Botanas Frau, die berühmte Salvadora, den aus der Haftanstalt geflohenen Anarchosyndikalisten zukommen ließ. Der Mythos war allgegenwärtig. Als ich an diesem Morgen das erst kürzlich eingeweihte Art-déco-Gebäude – sechs Stockwerke, modernster Komfort, eine weitere Schrulle des großen Bosses – betreten, die Tür mit der berühmten Inschrift, die jeder kennt (»*Gott sandte mich über eure Stadt wie eine Bremse auf ein edles Pferd, um es zu stechen und aus seiner Trägheit zu reißen. Sokrates*«) durchquert und mich am Empfang erkundigt hatte, wo Jorge Señorans zu finden sei, und die Dame mich fragte, ob ich einen Termin hätte, und ich bejahte, als würde ich sie anlügen, und sie sagte, ich solle einen Moment warten, sie sage ihm Bescheid, da klopfte mein Herz, so als stünde ich gerade vor den Toren des Olymps oder zum ersten Mal vor einem Bordell. Etwas später, in der Redaktion in der dritten Etage, umgeben von kaltem Zigarettenrauch, dem Geklapper der Schreibmaschinen und dem das Geklapper der Schreibmaschinen übertönenden Gebrüll, machte Señorans dem Zauber innerhalb von drei Sekunden ein abruptes Ende: »Und ich kann es auch nicht. Tut mir leid, aber ich kann nicht. Ich habe heute Morgen mit dem Chefredakteur der Polizeimeldungen gesprochen, und er meinte, er würde mir auf keinen Fall eine Nachricht überlassen, die in seinen Bereich fällt. Du weißt, ich bin jetzt in der Außenpolitik. Dank dieser Hitler-Sache bin ich versetzt worden.«

Sagt – brüllt – Señorans, und ich schwanke, ob ich ihm auf die Schulter klopfen oder ins Gesicht spucken soll. Vielleicht hat er recht, vielleicht ist das seine Art, der Sache aus dem Weg zu gehen. Ich weiß, dass ich es nie erfahren werde – und dass ich keine große Wahl habe.

»Keine Sorge, ich werde helfen, so gut es geht, aber um die Geschichte wird sich ein Bursche von den Polizeireportern kümmern. Ich habe schon mit Regazzoni gesprochen. So einen wie Arlt werden wir nicht finden, mit dieser Fantasie eines irren Deutschen, also müssen wir ihn durch einen ersetzen, der zu allem bereit ist. Rega hat Guillermito vorgeschlagen, und ich glaube, er ist genau der Richtige.«

Guillermito ist etwa sechzig und hat den winzigsten und schmächtigsten Körper, den ich seit der Grundschulzeit gesehen habe – nach ein paar Abenden mit Pizza, Cannelloni, Brot, Torte, viel Wein mit Soda und extremer Verstopfung kommt er vielleicht mit Ach und Krach auf fünfzig Kilo. Selbst dann wären ihm die Hose und das Hemd, die er anhat, noch zu groß, jetzt, an einem gewöhnlichen Tag, hängt er in ihnen drin wie in einem Zelt.

»Du wolltest mich sehen, Seño?«

Außerdem hat Guillermito stahlgraue Haut, eine warzige Nase, Falten, die aussehen wie Schmisse, und ein paar wenige dünne weiße Haare auf der von Altersflecken übersäten Glatze. Und vor allem – hatte Señorans mich vorgewarnt – hasst es Guillermito, wenn man ihn Guillermito nennt.

»Guillermo González Galuzzi, zu Ihren Diensten. Sie können mich Guiller nennen.«

»Guille?«

»Hören Sie schlecht? Ich sagte Guiller. Zu Ihren Diensten.«

»Andrés Rivarola, angenehm.«

González Galuzzi kaut auf einem Zahnstocher herum. Die wichtigste Funktion seines Mundes scheint nicht das Reden zu sein – zu essen offensichtlich auch nicht –, sondern das Holzstäbchen zwischen seinen Lippen trotz aller Kunststückchen und gewagter Pirouetten unter Kontrolle zu halten.

»Seño meint, wir arbeiten zusammen. Ich habe nicht ganz verstanden, woher Sie kommen.«

»Woher ich komme?«

»Ja, wo Sie arbeiten, wo Sie gearbeitet haben.«

»Soll ich Ihnen meinen Lebenslauf zeigen?«

»Ganz ruhig, mein Freund, wer wird denn gleich in die Luft gehen? Im Grunde interessiert es mich einen Dreck, wo Sie gearbeitet haben. Ich wollte nur etwas Konversation machen, sonst nichts. Ich jedenfalls arbeite hier, und das seit fast zwanzig Jahren, seit der Zeit, als dieses Blatt an den besten Tagen zehntausend Exemplare verkauft hat und das hier nichts weiter als ein verlaustes Büro war und Natalio, dieser Wahnsinnige, dir eine klasse Nutte geschickt hat, eine von diesen Französinnen, wenn du was für die Titelseite hattest. Ach, das waren noch Zeiten!«

Sagt González Galuzzi mit einem tiefen Seufzer, der wie eine Kirchenorgel klingt. Er sieht uns von unten an, das Kinn herausfordernd gehoben – er reicht uns nicht mal bis zur Schulter. Ein paar Tage später werde ich entdecken, dass er unter seiner extralangen Hose Schuhe mit Plateausohlen und hohen Absätzen versteckt, immerhin vier oder fünf Zentimeter mehr.

»Wenn wir zusammenarbeiten sollen, gibt es da ein paar Dinge, die ich Ihnen gern erklären würde, mein Lieber. Ich habe eine Haltung. Manche Menschen haben zwei oder drei oder vier. Ich bin arm, also habe ich nur eine, zu mehr reicht es nicht. Die Gauner vertrauen mir, weil sie wissen, dass ich ein Mann mit Prinzipien bin, so wie sie selbst. Und die Polizei vertraut mir, weil sie keine andere Wahl hat. Die Einzige, die mir nicht vertraut, ist meine Frau – und das zu Recht. Aber Sie haben jetzt auch keinen Grund, mir zu vertrauen. Also stellen Sie mich auf die Probe, stellen Sie mich auf die Probe, so oft Sie wollen, Sie werden sehen, bei mir verbiegt sich nichts, geht nichts kaputt. Also, wenn's Ihnen nichts ausmacht, lassen Sie uns endlich anfangen, wir schwatzen hier schon länger als die kleine Jungfrau Juanita, die vor einem Hauseingang in La Boca ihren nichtsnutzigen Verehrer auf später vertröstet.«

Sagt González Galuzzi und wischt sich mit einem zerknitterten Taschentuch den Schweiß von der Stirn. Die Redaktion der *Crítica* gleicht einem Backofen.

»Seño hat mir bereits von der Sache erzählt. Aber wie gesagt, ich habe eine Haltung, also muss ich wissen: Haben wir irgendeinen Beweis, irgendeinen Zeugen?«

Ich sehe Señorans an, und er sieht mich an, die Handflächen nach oben gerichtet, die Augenbrauen hochgezogen, als wollte er sagen: Du wirst sehen, das ist noch gar nichts. Weiter hinten brüllt plötzlich ein fetter Kerl: Die zwanzigste der fünften, die zwanzigste der fünften geht raus. González Galuzzi bietet uns eine Zigarette an und bemerkt, dass ich die Schachtel filterlose Camel überrascht ansehe.

»Ja, filterlose Camel. Finden Sie das zu elegant für einen Typen wie mich? Man sieht, Sie kennen mich nicht, noch nicht. Ich habe Freunde, Kleiner, Freunde, die mich lieben.«

Ich schaue mich um: kleine Schreibtische, übersät von losen, fleckigen, zerknitterten Papieren, auf jedem Tisch eine schwarze Underwood. Achtzig, hundert Schreibmaschinen in einer langen Reihe, um mehr oder weniger interessante, mehr oder weniger glaubwürdige Geschichten zu produzieren, gemacht, um einen Tag zu überdauern. Vor ein paar Jahren hatte jemand aus Brooklyn zum ersten Mal von geplanter Obsoleszenz gesprochen – aber die Zeitungen kannten das längst.

»Einen Beweis wofür, Don Guiller?«

»Momentchen mal, um eins gleich klarzustellen: Entweder Sie nennen mich Guiller oder Don González Galuzzi, mein Freund.

133

Don Guiller klingt wie ein Schuss. Womit ich nicht sagen will, dass ich etwas gegen Schüsse hätte, aber ...«

Señorans unterbricht ihn – und sieht mich an, um mir zu zeigen, dass es nur so läuft:

»Guiller, es gibt keine Beweise, einen Scheißdreck gibt es. Wie ich dir gesagt hab: Wir schreiben nur, dass Bernabé mit der kleinen Olavieta gegangen ist. Und dafür gibt es Beweise, oder besser gesagt, Aussagen des Beteiligten.«

»Und wir ruinieren sein Leben. In ganz Buenos Aires wird es keine Katze geben, die nicht glaubt, dass der arme Junge sie ermordet hat.«

»Das ist Sache der Katzen, findest du nicht, Guiller?«

»Nein, finde ich nicht, mein Lieber. Diese Spanierlogik wird's hier nicht geben. Wir sind Kreolen, ehrliche Menschen. Entweder wir machen es nach unseren Regeln oder wir lassen den Scheiß ganz sein. Ich zumindest.«

Ich schaue mich weiter um: achtzig, hundert Männer, die sich für die Schlausten, die Glücklichsten, die Ärmsten halten, weil sie für die Zeitung schreiben, für die jeder schreiben will, und weil das ohne ein bisschen Gejammer undenkbar wäre. Achtzig, hundert Männer zwischen Anfang zwanzig und knapp über sechzig, gezeichnet von Alkohol, Doppeldeutigkeiten, Nikotin, trügerischer Macht, wahrer Macht, Eitelkeit, der Verbitterung darüber, alles Mögliche werden zu wollen und Journalist geworden zu sein, von der Hoffnung auf gar nichts. Ich betrachte sie wie ein kleiner Junge im tollsten Zoo der Welt, ein Junge, der die Löwen beneidet. Vielleicht sogar die Äffchen.

»Sie entscheiden, Don Guiller.«

»Noch mal zum Mitschreiben: Don González Galuzzi oder einfach nur Guiller. Die Sache ist simpel: Wir können diesen armen Jungen nicht einfach fertigmachen. Wir müssen ihm eine Chance geben.«

Sagt González Galuzzi und erklärt es: Wenn er die Schlagzeile veröffentliche, die er schon vor Augen hat, so was wie »Die Bestie war's«, werde der Uru ihm keine süße Kleine schicken, sondern die Salvadora persönlich, seine Frau, als Geschenk verpackt, mit zwei Flaschen französischem Champagner und einem lila Schleifchen drum herum. Das wisse er, und nichts wäre ihm lieber – nicht die Salvadora, sagt er, die sehe längst aus wie eine Aubergine, aber die Flaschen und das Schleifchen –, doch er sei eben ein Mann mit einer Haltung etc. etc., also sollten wir Folgendes machen, sagt er entschlossen und unter riskantem Einsatz seines Zahnstochers:

»Wir werden drei Tage arbeiten. Halbe Welt, falls ihr kapiert, worauf ich hinauswill.«

Señorans schweigt, ich schweige. González Galuzzi macht ein enttäuschtes Gesicht, die Augenbrauen nach unten gezogen, die Lippen gespitzt.

»Meine Güte, nicht mal ein bisschen gebildet darf man mehr sein. Nein, halbe Welt ist nicht dieses Netz, das die Fischer benutzen, um das Wasser zu sieben. Halbe Welt: Wenn dieser Bärtige, den sich der Heilige Johannes ausgedacht hat, die Welt in sechs Tagen erschuf, können wir in drei Tagen mindestens eine halbe schaffen.«

Halbe Welt, sagt er: Drei Tage lang würden wir uns den Arsch aufreißen, um herauszufinden, was passiert ist, wer sie getötet hat, was danach ablief. Daran, dass wir Bernabé drei Tage unseres Lebens opfern, könne man sehen, was für gute Menschen wir sind. Statt es einfach sofort in die Zeitung zu setzen, würden wir drei Tage damit verbringen, in der Scheiße zu wühlen.

»Dabei liebe ich das so. Heute ist Montag, wir haben Zeit bis Donnerstag. Bis dahin versuchen wir die wahre Wahrheit zu ermitteln. Und wenn wir am Donnerstag nicht weiter sind als heute, kommt die Schlagzeile ›Die Bestie war's‹ auf die Titelseite, und dann sollen sie mir den Champagner schicken und das Schleifchen nicht vergessen. Könnt ihr euch das Chaos vorstellen?«

Señorans wirft mir seinen strengsten Blick zu – ich soll ja den Mund halten. Ich bin kurz davor, aufzuspringen, aber ich reiße mich zusammen. Ich werde noch Zeit genug haben, ihn daran zu erinnern, dass es nicht abgemacht war, zu schreiben, dass Ferreyra sie getötet hat; höchstens dass Mercedes und er sich kannten, dass sie eine Affäre hatten. González Galuzzis Aufregung ist fast ansteckend. Plötzlich wirkt es, als hätte er mich gerade erst bemerkt:

»Los, Junge, an die Arbeit. Zuerst müssen wir zu Kommissar Holster, das ist der, der den Fall leitet. Ich werde Ihnen einen Presseausweis besorgen, für den Fall, dass uns die Polypen auf den Sack gehen, und morgen früh geht's zum Hauptkommissariat.«

Señorans zwinkert mir zu und geht arbeiten. González Galuzzi führt mich in die sechste Etage, wo mich ein Mann um die vierzig mit strubbeligem Haar auffordert, auf einem Stuhl vor einem weißen Vorhang Platz zu nehmen, vor mir zwei riesige Scheinwerfer und ein kleiner Fotoapparat, und drei-, viermal abdrückt.

»Du musst dir nicht die Socken hochziehen, Junge, das ist ein Passfoto.«

Anschließend kehre ich in die dritte zurück, sehe immer noch Sternchen und lasse mich auf einen halb kaputten Drehstuhl fallen, den jemand auf dem Flur abgestellt hat. Eine Weile später taucht González Galluzzi wieder auf und schaut auf seine Uhr, als wollte er mir damit etwas sagen. Sein Zahnstocher tanzt gefährlich hin und her.

»Hier, für Sie, mein Lieber. Sie werden sehen, dass der gar nichts bringt.«

Sagt er und reicht mir einen Presseausweis, auf dem *Crítica* steht. Darunter »Reporter« und, in sehr großen Buchstaben, »Provisorisch«.

»Für alle Fälle. Hat mir die Tippse vom Vizedirektor gemacht. Glaubt, sie schuldet mir noch was. Ist trotzdem falscher als die

Nachrichten in dieser Zeitung. Ich sag's nur, nicht dass Sie auf dumme Gedanken kommen.«

Ich weiß nicht, ob ich ihn umarmen oder zum Teufel wünschen soll.

12

Es bleibt mein Tag. Am frühen Morgen hatte Raquel angerufen; wenn ich mich nicht gerade in der Küche aufgehalten hätte, als Doña Norma murrend abhob – »Wer zum Teufel ruft denn um diese Uhrzeit an?« –, hätte sie mir den Hörer garantiert nicht hingestreckt, aber zum Glück gehört die frühere Lehrerin zu den Leuten, die das Prinzip des Telefonierens noch immer nicht begriffen haben, und glaubt, alle um sie herum könnten mitanhören, was durch den Hörer dringt. Sie reichte ihn mir mit einem Ausdruck des Ekels – »Eine Frau fragt nach Ihnen, Don Andrés« –, und die Russin fragte aufgeregt, ob wir uns um sechs im Richmond in der Florida treffen könnten: Sie wolle wissen, wie es in der Sache vorangehe, sie sei wahrscheinlich mit ein paar Freunden dort, ich könne aber einfach zu ihr an den Tisch kommen. Und dass ich mich nicht verspäten solle.

Während ich mit dem Presseausweis in der Tasche durch die Calle Florida laufe, habe ich das Gefühl, dass man mich mit anderen Augen anschaut. Als würden alle meinen Ausweis sehen, als würden mich alle darum beneiden. Ich muss über meine Dummheit lachen, ziehe den Ausweis aber immer wieder aus der Tasche, betrachte ihn, lache über mein verdutztes Gesicht auf dem Foto. Ich bin so zerstreut, dass ich zu weit laufe. Erst als ich rechts von mir das klotzige Gebäude von Harrod's mit seinen riesigen Schaufenstern und der Leuchtreklame sehe, bemerke ich, dass das Richmond schon mehrere Querstraßen hinter mir liegt, und drehe um.

Um sechs Uhr acht bin ich da, zumindest behauptet das die Penduluhr mit den protzigen, französisch angehauchten Bronzeverzierungen, die den Eingang des Cafés ziert. Im Salon sitzen vor allem Damen, zu zweit, dritt oder viert fest verankert an runden Tischen, auf denen Teeservice aus englischem Porzellan und diese Errungenschaften entwickelter Ingenieurskunst thronen, die aus vier übereinander montierten, auf einer vertikalen Achse aufgespießten Tellerchen bestehen, jedes kleiner als das darunterliegende – wie ein Weihnachtsbaum aus Blech – und jedes vollgestopft mit Produkten des Konditoreihandwerks: Petit Fours, Sahnebomben, Obsttörtchen, in Likör getränktes Biskuit. Doch es gibt auch ein paar einsame Männer, die ein Tässchen Kaffee zu sich nehmen, während sie Zeitung lesen, Männer zu zweit oder dritt, die Whisky oder Wermut trinken, zwei Paare mit dicht zusammengesteckten Köpfen, irgendeinen alten Knacker, der vor sich hin döst, und, weiter hinten, an einem langen Tisch vor einem großen Spiegel, zwei Frauen und sechs oder sieben Männer, die sich lebhaft unterhalten. Das rote Haar der Russin ist nicht zu übersehen, zumindest nicht für mich. Sie sitzt mit dem Rücken zu mir. Neben ihr ein Herr, der unter dem Tisch ihr Knie zu berühren scheint. Ich gehe näher heran, um es genauer zu sehen. Ich bin mir nicht sicher, aber so gut wie. Im Spiegel sehe ich, dass der Mann eine Rede hält, die er mit seiner rechten Hand gestenreich untermalt. Und ich sehe, dass seine linke Hand seitlich herabhängt und Raquel ihr rechtes Bein nicht wegzieht. Ich hole tief Luft und bleibe mitten im Salon stehen. Der Lärm wird unerträglich.

Ich schließe die Augen. Vielleicht sollte ich ja nur ins Richmond kommen, um zu sehen, was ich sehe. Bestimmt ist es das: Sie will mir zeigen, dass sie nicht zu haben ist, will mir sagen, ohne es zu sagen, dass es sich nicht lohnt, ihr weiter den Hof zu machen. Ich stoße den nächsten dieser unglaublich bescheuerten Seufzer aus, und einen Moment lang denke ich, dass ich sie liebe. Die Eleganz dieser Geste, diese Feinheit, mit der sie mir zu verstehen gibt, dass ich mich nicht länger bemühen soll, weil sie mich nicht verletzen will, berührt mich. Ich muss lächeln, oder besser gesagt: verbittert grinsen. Es ist typisch für mich, genau in dem Moment zu denken, dass ich sie liebe, wenn sie mir – mit so guten Manieren – zu verstehen gibt, dass ich mich zum Teufel scheren soll. So typisch für mich, so tangohaft. Geliebte, hast mich sitzen lassen / in der Blüte meiner Jahre / hast meine Seele verletzt … – der Ursprung von allem. Ich bin kurz davor, zu gehen, ich hab getan, was ich tun musste, hab gesehen, was ich sehen sollte, als sie sich plötzlich umdreht, mich sieht, mich herbeiwinkt. Ich gehe zu ihr, weiche Tischen und Menschen aus, breiten Stühlen und Sesseln, ihren roten Bezügen, ihren schwülstigen Armlehnen.

Als ich bei ihr bin, steht Raquel auf und reicht mir die Hand – als hätte sie mir je die Hand gegeben –, während die anderen mich von ihren Stühlen aus lässig grüßen, hallo, wie geht's, wie läuft's. Keiner lädt mich ein, mich zu ihnen zu setzen, sodass ich hinter Raquels Stuhl stehenbleibe. Der Mann neben ihr redet weiter. Ich habe ihn vor ein paar Tagen schon mal gesehen. Es ist dieser Berges, Barges, der zusammen mit diesem anderen schmucken jungen Mann auf dem Friedhof im Regen stand. Ausgerechnet mit dem da – Rusita mit dem da. Der Kerl schwingt weiter seine Rede, und das fast ohne zu stammeln:

»Nein, heutzutage lohnt es die Mühe nicht, über den Tango zu schreiben, der Tango ist nicht mehr, was er einmal war. Er ist ein Schatten seiner selbst, Platons Höhle, reine Melancholie. Ihr wisst ja: Jetzt singen ihn Operettentenöre wie dieser Gardel oder dieser Corsini, tanzen ihn Männer und Frauen, als wäre er ein Gesellschaftstanz …«

Sagt der Kerl, während er sich im Spiegel betrachtet.

»Die *compadritos* des wahren Tango, diese großmäuligen Vor-
stadtganoven, sind uns längst so fern, erscheinen uns so alt wie
Achill und Hektor, wie Cäsar und Brutus, wie Ortega und Gasset.
Wahrscheinlich ist das auch der Grund, warum mich immer wieder
das Bedürfnis überkommt, meine alte Vorstadterzählung weiterzu-
schreiben. Habt ihr gesehen? Neulich ist sie wieder in der *Crítica*
erschienen.«

»Ich habe sie gelesen und finde sie weiter ausgezeichnet. Genial, als
hättest du tatsächlich einen dieser Gauner zu Gesicht bekommen.«

Sagt ein Herr ihm gegenüber. Rundes Gesicht, fliehende Stirn,
herabhängender Mund, schelmischer Blick.

»Das habe ich, Oliverio, das habe ich. Und keine Sorge, es war
kein Verwandter von dir. Aber du hast recht, die Erzählung ist fast
identisch mit der, die in *Martín Fierro* erschien. Nur dass ich sie
diesmal ›Männer der Vorstadt‹ genannt habe, ist dir das aufgefallen? Und dann hatte ich wieder Lust, den Titel zu ändern, und
genau in dem Moment, als ich sie abgegeben habe, fiel mir ›Der
Mann von Esquina Rosada‹ ein. Ah, *l'esprit de l'escalier!*«

»Aber Georgie, wie kommst du bloß auf so einen Titel? Die Leute werden noch denken, es ginge um die Casa Rosada und den
Präsidenten.«

Mir fehlt nur noch ein Zeugnis, um als Blumenverkäufer zugelassen zu werden – keiner schenkt mir die geringste Beachtung.
Ich betrachte mich im Spiegel, ich stehe direkt hinter Raquel und
ihrem geschwätzigen Freund, wie der Leibwächter des Bösewichts
in einem schlechten Film. Plötzlich halte ich es nicht mehr aus:

»Entschuldige, Raquel. Ich wollte nur kurz vorbeikommen, jetzt
geh ich wieder.«

»Komm schon, Andrés, zwei Minuten, dann hast du mich ganz
für dich.«

Sagt sie und fängt an, sich zu verabschieden. Das *für dich* hallt in
meinem Kopf nach: Dann hast du mich ganz für dich.

Auf der Straße – die Florida ist das reinste Chaos, Angestellte strömen aus ihren Büros, schwirren in alle Richtungen aus, Zeitungsjungen brüllen, Automobile hupen und Omnibusse fahren sie fast über den Haufen – fasst Raquel mich am Arm, während wir uns an den Leuten vorbeischlängeln. Ich sage nichts, habe nichts gesagt, seit wir das Richmond verlassen haben, und lege einen Zahn zu. Raquel hat Mühe, mir zu folgen. Als wir an der Ecke Corrientes sind, bricht sie plötzlich in Gelächter aus. Mehrere Leute drehen sich nach ihr um. Ich auch.

»Was hast du, Rusita? Bist du verrückt geworden?«

»Das könnte ich dich fragen, Andrés. Du kommst mir seltsamer vor als Valentino in einem Tonfilm.«

Raquel trägt einen Herrenanzug, bestehend aus einem dunkelblauen Jackett mit weißen Nadelstreifen und einer ebensolchen Hose, das Hemd bis oben geschlossen, ohne Krawatte, dazu ihren grauen Hut. Sie sieht unglaublich aus. Und offenbar ist sie ein bisschen angesäuselt.

»Ich, seltsam? Ich bin nicht seltsam. Du wolltest, dass ich komme, um mir zu zeigen, dass du einen Kerl hast. Ich bin gekommen, ich hab's gesehen. Und jetzt? Sollen wir das vielleicht feiern?«

»Ein Kerl? Ich hab einen Kerl? Wovon redest du?«

»Wovon wohl? Von diesem Typ neben dir, der dir unter dem Tisch das Bein getätschelt hat.«

Diesmal ist das Gelächter doppelt, dreimal so laut, mit entblößten Zähnen und herumwirbelnder roter Mähne. Noch mehr Leute drehen sich um, um ja nichts zu verpassen.

»Georgie? Georgie soll *was* getan haben? Georgie soll mein *was* sein? Wie kommst du denn auf so was? Der ist doch vollkommen harmlos. Mein Gott, der arme Georgie …«

Ich bin sprachlos – überrascht, glücklich, beschämt. Raquel scheint nichts davon zu bemerken, denn sie ist nicht zu bremsen: ausgerechnet Georgie, wie ich nur darauf komme, ob ich nicht

wüsste, dass viele glauben, der arme Georgie sei noch Jungfrau, er
sei schon immer ein alter Mann gewesen, er sei alt geboren worden,
wie ich bloß auf so einen Schwachsinn käme. Um mich nicht länger zu schämen, muss ich irgendetwas sagen:

»Ist das nicht der, den wir neulich auf dem Friedhof getroffen
haben?«

»Natürlich ist er das. Er kannte Mercedes wie ... Na ja, wir alle
kannten sie. Schließlich war sie ...«

»Und was macht er so?«

»Er ist Schriftsteller, habe ich dir doch erzählt, einer von dieser
Florida-Gruppe. Ich mag's, ihnen hin und wieder zuzuhören, sie zu
beobachten, so gebildet, wie die sind, so vornehm.«

»Und du glaubst, sie dulden dich bei ihren Treffen, weil sie deine
Gedichte so toll finden?«

Sage ich, um es im selben Moment zu bereuen, nicht nur, weil
Raquels Blick eine Mischung aus Hass und Traurigkeit verrät, die
wehtut, sondern auch, weil man so etwas nie sagen sollte, erst recht
nicht zu einer Frau, die einem gefällt.

»Entschuldigung, das war Unfug.«

Sie streichelt zärtlich meinen Arm und lächelt, als würden ihr
meine Entschuldigungen gefallen, als würde ihr gefallen, dass ich
mich bei ihr entschuldigen muss, dann fährt sie fort: Er sei kein
schlechter Mensch, könne eigentlich ein guter Dichter sein, aber er
wirke immer so verloren.

»Er weiß nicht, was er will, er stürzt sich auf jede Mode, und
dann weiß er nicht, wie er wieder runterkommt und bereut es: egal
ob Ultraismus, Canyengue-Tango, Metaphysik, Vorstadtrotwelsch.
Armer Kerl, so verloren. Stell dir vor, ein Typ, der ein Buch mit
dem Titel *Die Größe meiner Hoffnung* veröffentlicht. Und mein
Onkel hat es auch noch rausgebracht.«

»Die Größe meiner Hoffnung? Gott sei Dank hat er das nicht auf
meinem Schulhof gesagt ...«

»Das heißt, du weißt gar nicht, wie wir uns kennengelernt haben?«

Ich sage nein, natürlich nicht, und ich hätte auch nicht besonders viel Lust, es zu erfahren, doch Raquel ist nicht zu halten. Sie erzählt mir von einem Treffen bei Victoria – sie sagt tatsächlich bei Victoria –, wohin Mercedes sie vor zwei oder drei Jahren mitgenommen hat, und dass er sich zu ihr auf eine Gartenbank setzte, um sich mit ihr zu unterhalten, und ihr Fragen stellte, viele Fragen, dass er jemand ist, der gut zuhören kann, und dass er, als sie ihm sagte, dass sie die Nichte von Manuel Gleizer sei, ein paar Zeilen eines bolschewistischen Gedichts rezitiert hat, das er Jahre zuvor, als er in Spanien lebte, verfasst hat.

»Siehst du, wie unschuldig er ist? Armer Georgie, versucht mich mit einem kommunistischen Gedicht zu verführen. Ich habe ihn gefragt, was Victoria von diesen Versen hält, und da wurde er nervös und wusste nicht mehr, was er antworten soll.«

»Kannte er Mercedes gut?«

»Na ja, länger als mich, wenn du das meinst.«

»Nein, das meine ich nicht. Ich meine, ob er was mit ihr hatte?«

»Was sollte er denn mit ihr haben, Andrés. Das hätte er gerne. Der Arme versucht, mit jeder was zu haben, die ihm über den Weg läuft, oder mit fast jeder, aber keine will was von ihm. Oder glaubst du, wir sind bescheuert?«

Wir laufen die Corrientes in Richtung Fluss entlang. Die Lichter der Stadt, die Farben des Sommers. Am Ende der Straße ragt das massige, unproportionierte Gebäude des Hauptpostamtes in die Höhe, gleich dahinter der Luna Park. Seitlich davon, in der Calle Bouchard, befindet sich das Napoli, das Lokal des Tano La Grotta, dem Erfinder der *milanesa napolitana*. Ich schlage vor, uns eins dieser Koteletts, einen halben Liter Wein und eine Flasche Soda zu teilen: Nicht dein Niveau, Prinzessin, ich weiß schon, aber so ist das Leben. Raquel lächelt, drückt meinen Arm, sagt na los. Unterwegs fragt sie, was mit der Geschichte von Mercedes, Ferreyra und Co. ist. Ich bringe sie auf den neusten Stand: Wenn wir bis Donnerstag nicht wissen, wer sie umgebracht hat, bringt *Crítica* die Nachricht, dass sie eine Affäre mit Ferreyra hatte.

»Und das war's dann mit dem Leben des armen Jungen …«

»Nicht unbedingt. Keiner wird schreiben, dass er der Mörder ist.«

»Ja, sie werden alles schreiben, nur nicht das. Aber die meisten werden es denken, ganz sicher. Außerdem ist ja nicht mal das sicher.«

»Dass er sie umgebracht hat? Keiner denkt das, Rusa, natürlich nicht.«

»Nein, ich meine, es ist nicht mal sicher, dass er eine Affäre mit ihr hatte.«

»Was soll das heißen? Er hat es mir selbst gesagt.«

»Ich sage nicht, dass sie nicht was miteinander hatten, das kann ja sein. Ich will damit nur sagen, dass sie noch andere Geschichten am Laufen hatte. Mercedes war keine, der einer allein ausgereicht hätte.«

Sagt Raquel und drückt sich an mich. Ich überlege, ob ich stehen bleiben, sie in den Arm nehmen und mitten auf der Straße küssen soll. Ich überlege es mir anders.

»Was willst du damit sagen?«

»Genau das, Andrés. Seit ich sie kennengelernt habe, ist sie immer mit drei oder vier Typen gleichzeitig ausgegangen. Oder warum glaubst du, hat ihr Verlobter sie verlassen, dieser Junge mit den Ländereien?«

Sagt Raquel, und ich will schon empört sein, da sehe ich ihr Lächeln, das spöttische Funkeln ihrer Augen.

»Eine seltsame Geschichte. Dem Kerl war alles egal. Im Grunde habe ich nie verstanden, warum die beiden heiraten wollten. Ich weiß nicht, ob er ein bisschen seltsam ist und nur ein Alibi brauchte, ob er dachte, dass sie viel Kohle hat, keine Ahnung, was

145

es war. Jedenfalls hat er alles hingenommen, bis zu jenem Tag. Du kannst dir nicht vorstellen, was für eine Szene er gemacht hat, als er rausfand, dass sie was mit einem von meiner Sorte hatte, einem Juden.«

Es ist seltsam, sie zu sehen und zu hören – als würde ich sie gerade erst kennenlernen. Mich wundert, wie natürlich diese Frau von den Geliebten ihrer ermordeten Freundin erzählt, sich an deren Gewohnheiten erinnert, als wären die das Normalste von der Welt. Sie scheint nichts zu bemerken:

»An jedem mochte sie etwas anderes. Sie meinte immer, es bräuchte schon zehn Männer, um einen ganzen Mann zu ergeben. Keine Ahnung, was sie an Ferreyra gefunden hat, wahrscheinlich die wilde Seite, das Barbarische …«

»Und du bist dir sicher, dass er nicht durchgedreht sein könnte, als er entdeckt hat, dass er nur einer von vielen ist? Ich könnte mir vorstellen, dass er jemand ist, der was anderes von ihr wollte.«

»Ich bin mir bei nichts sicher, mein Lieber. Bei gar nichts. Aber etwas seltsam ist das alles schon.«

Die Milanesa ist so gut wie tot, wehrt sich aber noch – ein Stück paniertes Fleisch, rot-weiß gesprenkelt mit Tomate und Mozzarella, fleht vom Blechteller auf der Tischdecke aus um Gnade. Zerstreut kaue ich das letzte Stück. Raquel legt sich eine Haarsträhne hinters Ohr, so wie immer, wenn sie etwas Ernstes sagen möchte:

»Du verfolgst irgendein Ziel, das du geheim halten willst, oder?«

»Klingt, als wäre ich der Priester einer geheimen Sekte.«

»Du verstehst mich genau, Andrés. Ich hatte immer das Gefühl, dass du was verbirgst, dass da was ist, das man auf dem Foto nicht sieht.«

Ich sage, ich kann sie gut verstehen, schenke den Rest Wein ein, atme tief durch, überlege, wie ich es ihr am besten sagen soll. Aber so schlimm ist es auch nicht, ich sage, wenn sie verspricht, nicht

zu lachen, werde ich ihr etwas erzählen, und sie verspricht es mir
lachend, und ich erzähle, dass ich in der Schule ganz gut war im
Aufsätzeschreiben, dass ich den Mädchen im Viertel Verse schickte,
dass ich davon träumte, Schriftsteller oder Dichter oder so was zu
werden, aber keine Lust hatte, mich mit fünf anderen zu treffen,
nur um uns gegenseitig zu sagen, wie toll wir sind, dass ich die
wenigen Leute aus diesen Kreisen, die ich kennenlernte, schnell
satt hatte, dass ich zwar weiterhin viel las, aber nicht mehr daran
dachte, Schriftsteller zu werden, bis ich eines Tages die Idee hatte,
Tangos zu schreiben.

»Mit einem Tango kann man alles sagen, was du in einem Sonett
oder einem Roman niemals hören wirst.«

»Und hast du viele geschrieben?«

»Ich versuch's, Rusita, ich versuch's.«

Ich schäme mich zu Tode. Der Lärm im Lokal – das Gerede, Lachen, Klappern der Teller und Bestecke, das Gebrüll der Kellner –
zwingt mich, laut zu reden: dass ich's ja versuchen würde, aber das
sei nicht so einfach.

»Der Tango ist tief gesunken. Da ist das große Geld und das
große Interesse, süßen Pudding mit Sahne, labberiges Kompott,
Opium fürs Volk aus ihm zu machen. Ist dir aufgefallen, dass es in
Tangos immer häufiger nur noch um das Gejammer von irgendwelchen Typen geht, die ihr Mädchen verloren haben, um Melancholie und die Traurigkeit der Gehörnten und anderer Idioten?«

»Doch, Andrés, aber das war immer schon so. Geliebte, hast
mich sitzen lassen …«

»Das ist der Erste von denen, die versucht haben, ihn abzuwer-
ten, aber der Tango kommt aus dem Volk und gehört dem Volk.
Tangos haben nur Sinn, wenn es Lieder des Volks sind, um zu erzählen, wie das Volk lebt, was es schmerzt und was es sucht. Dahin
will ich wieder zurück, Rusita, aber glaub nicht, dass das leicht
wäre.«

Plötzlich klinge ich nach Widerstand und Barrikaden, es ist mir peinlich, aber gleichzeitig weiß ich, dass ich so ehrlich bin wie noch nie. Es gefällt mir, es macht mir Angst.

»Das Problem ist nicht, ob es einfach ist, sondern ob es was bringt. Glaubst du, die Russen vergeuden ihre Zeit mit dem Komponieren von Tangos, oder was immer die da singen? Sind das nicht Dummheiten besorgter Bourgeois?«

»Und das sagst ausgerechnet du? Die ihre Zeit mit diesen wahren Bourgeois verbringt …«

»Ich beobachte sie, es interessiert mich, ich lerne. Eines Tages wirst du sehen, was ich damit anstelle. Aber lenk nicht vom Thema ab. Merkst du nicht, dass der Tango den Leuten, denen es wirklich dreckig geht, scheißegal ist? Die können ihn ja nicht mal hören … Kannst du dir vorstellen, was so eine Schallplatte kostet?«

»Natürlich kann ich das, Raquel. Fünf Pesos, so viel wie ein Arbeiter für einen ganzen Tag Säckeschleppen kriegt. Deshalb verkauft sich der Tango so schlecht. Und wusstest du, dass ein Orchester, das eine Schallplatte mit Tangos aufnehmen will, irgendeinen Schrott auf der anderen Seite einspielen muss, damit sie einer kauft?«

»Was meinst du mit Schrott?«

»Schrott eben: einen Walzer, eine Ranchera, einen Foxtrott … Den Schnöseln, die das Geld für Platten haben, ist der Tango scheißegal. Wenn du ihn wirklich liebst, bleibt dir meist nichts anderes übrig, als Radio zu hören.«

»Wenn du dir ein Radio leisten kannst …«

»Stimmt. Und wenn die Radiosender Tangos spielen.«

Das alles sei ziemlich kompliziert, das wüsste ich, sage ich, aber dass ich mich von so was nicht entmutigen lasse und fest daran glaube, es eines Tages zu schaffen. Auf jeden Fall – und das sage ich ihr nicht – ist es schön, mit ihr darüber zu diskutieren und mit jemandem über meine intimsten Wünsche reden zu können.

Und da schüttelt sie den Kopf, als würde sie sich an etwas erinnern, und sagt, dass sie mich vielleicht mit Discépolo bekanntmachen könne, ob ich Lust dazu hätte, und ich: natürlich, der sei richtig gut, und sie, dass sie glaube, das könne klappen, ihr Onkel kenne ihn, anscheinend habe er vor, etwas von ihm zu veröffentlichen, und sie habe ihn ein paarmal im Verlag gesehen, und so, wie er sie angeschaut habe, könne sie ihn jederzeit anrufen. Ich hasse diesen kleinen Machtbeweis, diese Art zu wissen, worin ihre Macht liegt, und sie scheint meine Gedanken zu lesen, denn sie schaut mit ihren grünen Augen fest in meine, nimmt meine Hand auf der Tischdecke, fragt, ob ich einen Ort wüsste:

»Weißt du einen Ort, wo wir hingehen können, Andrés?«

»Wenn Doña Norma uns erwischt, erschießt sie mich.«

»Du weißt, bei mir geht es nicht, ich wohne noch bei meinen Eltern.«

»Dann müssen wir es wohl riskieren.«

13

»Ihr wisst ja, wie die Sache läuft, Jungs, hier will keiner, dass man irgendwas weiß.«

Sagt Hauptkommissar Américo Holster, Leiter der Mordkommission der Policía Federal, und ich weiß nicht, ob er das ernst meint. So ergeht's mir, seit ich hier bin.

»Und am allerwenigsten die Wahrheit oder irgend so was.«

Ich bin vor knapp drei Stunden wachgeworden, als ich mit dem Gefühl hochschreckte, dass etwas fehlt, bis ich ein paar Sekunden später begriff, was es war: Raquels Körper, an meinen geschmiegt, im Bett meines Zimmers in Doña Normas Pension. Auch ihre Klamotten waren verschwunden. Sie muss mitten in der Nacht aufgestanden und lautlos gegangen sein. Einen Moment lang habe ich mich gefragt, ob nicht alles nur ein Traum oder eine schöne Illusion gewesen ist. Die zerwühlten Laken, der Geruch an meinen Händen und Lippen und mein dümmliches Lächeln verrieten mir allerdings, dass dem nicht so war. Ich stand auf, noch immer leicht benommen, duschte und sang dabei, als wäre ich nicht im Badezimmer der Pension, sondern in dem des Jockey Clubs, zog ein weißes Hemd an, eine blaue Gabardinehose und ein Paar Socken ohne Löcher und ging nach unten, um einen Kaffee beim Gallego zu trinken. Natürlich ohne ihm irgendwas zu sagen. Doch das Gefühl hielt an: Triumph, Erwartungen, Wonne. Seit Jahren, na ja, vielleicht waren es auch nur Monate, wollte ich was mit der Russin anfangen, und endlich hatte ich es geschafft. Heute Abend würde ich nach ihr suchen, und dann würde ich ihr wohl etwas mitbringen, ihr etwas

Nettes sagen müssen, all diese Sachen. Vielleicht könnte ich ihr erzählen, dass ich in Wirklichkeit Andrea heiße, aber keiner das weiß,
nur sie, und sie würde antworten, mein Geheimnis sei absolut sicher
bei ihr, und ich würde vor Freude platzen und dass ich gewollt hätte,
dass sie das weiß, aber Angst hätte, sie zu sehr zu bedrängen oder
nicht genug, und ich hätte überlegt, wie ich es ihr sagen könnte,
meine Ideen verworfen und noch einmal überlegt, ach, süße Zweifel. Doch zunächst tat ich nichts anderes, als jeden Moment noch
einmal zu durchleben, während ich an meinem Tisch am Fenster
saß, vor mir einen Kaffee und Butterhörnchen, und die Menschen,
Automobile, Omnibusse und Karren an diesem Dienstagmorgen
und seiner schon drückender werdenden Hitze vorübergehen sah.

Anschließend lief ich die acht oder zehn Blocks bis zur Ecke Moreno und Virrey Cevallos und traf mich mit Guillermo González
Galuzzi, reichte ihm die Hand und war erneut erstaunt, wie winzig
eine Hand sein kann. Gemeinsam betraten wir das riesige Hauptkommissariat – es nimmt einen kompletten Häuserblock ein –,
zeigten einer Wache am Eingang unsere Presseausweise vor, durch-
querten den berühmten Innenhof. Mein Blick war nach oben gerichtet, ich hatte so viele Geschichten von Häftlingen gehört, die
aus einem Fenster geflogen waren, dass ich fast enttäuscht war, keinen herunterfallen zu sehen. Wir fuhren in den dritten Stock hinauf und betraten das Büro von Kommissar Holster: grauer Schreibtisch aus grauem Metall, die Wände übersät von Zetteln, die mit
Reißzwecken befestigt waren, ein Fenster mit heruntergelassener
Jalousie, eine Schreibtischlampe als einzige – konzentrierte, beun-
ruhigende – Lichtquelle. Auf dem Schreibtisch ein kleiner Holz-
mast mit einem Sockel aus versilbertem Metall und einem etwas
schlaffen himmelblau-weißen Fähnchen, zwei große volle Aschenbecher aus Glas, ein mit Bleistiften vollgestopfter Porzellanbecher
und ein Tintenfass aus schwarzem Marmor mit den dazugehörigen
Schreibfedern. Der Kommissar bietet uns Mate an, macht Witze –

oder auch nicht, wer weiß. Ich bin zerstreut, unruhig. Es fällt mir schwer, mich zu konzentrieren, das Gesicht, der Körper und der Geruch der Russin sind trotz des Duftwassers und des Zigarettenrauchs allgegenwärtig. Aber ich muss mich zusammenreißen, die Sache ist wichtig, außerdem gibt es Orte, an denen man sich einfach zusammenreißt. Ich habe zwar keine Rechnung offen, zumindest nicht dass ich wüsste, aber ich bin immer der Meinung gewesen, dass es keinen gibt, der sich nichts zuschulden hat kommen lassen, weshalb ich nur hoffen kann, dass das Gesetz in meinem Fall noch nichts bemerkt hat.

»Gut, dass Sie mit Guiller arbeiten, mein Freund. Schauen Sie ihn sich an, der Mann weiß mehr über Verbrechen und Strafen als die ganze Polizei zusammen.«

»Mich anschauen? Was soll er da sehen?«

Mischt González Galuzzi sich ein.

»Na, das Gesicht eines guten Menschen.«

Sagt der Kommissar lachend, und wieder weiß ich nicht, ob er es ernst meint. Den nationalen Mythos Lügen strafend, dass alle Deutschen blond, blauäugig, stahlhart und überheblich sind, hat Kommissar Américo Holster das freundliche Aussehen eines alten Schusters: runder Kopf, seitlich von grauem Haar gerahmte Glatze, eine Brille auf der Spitze der etwas knolligen Nase. Dazu ein hübscher Anzug mit Weste, blau mit weißen Nadelstreifen, aus einem Kaschmir, der englisch wirkt und es bestimmt auch ist – die pure Eleganz. Der Mate schmeckt fad, der Kommissar entschuldigt sich.

»Keine Sorge, Jungs, ihr müsst ihn nicht trinken. Ich musste diesen Hinterwäldler aus Corrientes, der mir den Mate aufgießt, nach draußen schicken, damit wir in Ruhe reden können. Ihr habt doch Zeit mitgebracht, nicht?«

Sagt er und sieht González Galuzzi fest an. Du wirst auch langsam alt, Guiller, sagt er zu ihm, von ihm selbst ganz zu schweigen, er fühle sich schon wie eins dieser Viecher, die Florentino

Ameghino ausgebuddelt hat, wie ein Glyptodon. Aber das Alter mache ihm keine Angst, sagt er, schließlich dauere es nicht lange. Im Gegenteil, es mache ihn neugierig.

»Dich nicht, *che*? Ich bin sehr gespannt, wie ich mich demnächst bewegen werde, jetzt, wo ich alt bin. Es gibt mittlerweile so viele Krankheiten, so viele Möglichkeiten, sich in ein menschliches Wrack zu verwandeln. Und dann heilt die Medizin alles Mögliche… Früher ist man einfach gestorben und fertig. Heute erkrankt man hieran oder daran, wird geheilt und überlebt, nur um sich die nächste Krankheit einzufangen. Mein Großvater zum Beispiel. Mein Großvater ist noch an Gelbfieber gestorben, heutzutage hätte man ihn bestimmt gerettet. Versteht ihr, was ich meine? Diese Menschen sind gestorben, weil sie zu früh geboren wurden. Aber das geht uns allen so: Wir sterben, weil wir zu früh geboren wurden. Würden wir in der Zukunft geboren, sagen wir im Jahr 2000, wären wir unsterblich.«

Der Mate ist fade, aber kalt. Der Kommissar steckt sich eine filterlose Particulares an, hustet, fährt fort. Jetzt sieht er mich an, durchdringend, nimmt die Brille ab.

»Sie verstehen das nicht, Sie sind noch jung. Ist Ihnen nie aufgefallen, dass sich alte Menschen seltsam fortbewegen, so als hätte man sie nicht gut repariert? Aber noch seltsamer ist, dass sich jeder von ihnen auf eine andere Art seltsam bewegt. Einer sieht aus, als könnte er die Knie nicht richtig beugen, bei einem anderen klappt immer der Kopf runter, der nächste hat einen krummen Rücken, und wieder ein anderer kriegt den Mund nicht mehr zu… Das lässt mir keine Ruhe: Wo beginnt bei mir die Reise?«

González Galuzzi, hoch oben auf seinem Stuhl, von wo er gerade so mit den Fußspitzen den Boden berührt, holt tief und lautstark Luft – der Zahnstocher ist kurz davor, ihm aus dem Mund zu fallen. Der Kommissar sieht ihn an, als hätte er ihn vergessen, und sagt, er solle sich gedulden:

»Geduld, *che*, wir kommen gleich zu deiner Sache. Du wirst dich doch hier nicht aufspielen wie diese Trottel, die behaupten, sie seien meine Kumpels. Statt über die wirklich wichtigen Dinge wollen hier alle nur über Blödsinn reden: Verbrechen, Verbrecher, Kohle, Wut, Schüsse, Blut und noch mehr Blut. Aber einfach nur reden, wo denkt ihr hin, das nie. Wie ich bereits sagte: Vor allem will keiner, dass man irgendwas weiß.«

»Américo, ich würde sagen, die Sache ist eindeutig.«

Sagt González Galuzzi und richtet sich auf seinem Stuhl auf. Jetzt hängen seine Füße wirklich in der Luft.

»Wir haben da ein paar Dinge über diese kleine Olavieta erfahren, die dich interessieren werden. Aber vorher würde ich dich gerne bitten, mir ein bisschen was über den Stand der Ermittlungen zu erzählen.«

»Wieder dieser Blödsinn …«

»Ich bin nicht wie du, Kommissar. Ich muss arbeiten, um zu leben.«

»Guiller, geh mir nicht auf den Sack. Ich erzähle es dir, weil ich dir noch ein bisschen was schulde. Und sag artig danke, dass ich nicht Buch führe, denn ich könnte mir vorstellen, dass du mir einiges mehr schuldest. Aber ich bin ein großzügiger Mensch.«

Sagt der Kommissar, zeigt beim Grinsen seine gelben Zähne, rückt sich die rahmenlose Brille zurecht, klappt einen braunen Pappordner mit drei oder vier mit der Maschine getippten Blättern auf und sagt, sie hätten nicht die leiseste Ahnung.

»Wir haben nicht die leiseste Ahnung. Und daran wird sich auch nichts ändern, Jungs, warum auch? Der Chef meint, dass dieser Olavieta Freunde hat. Wichtige Freunde, Generäle, solche Leute. Dass der Typ am Ende ist, sie ihm aber trotzdem die Stange halten, und ihr wisst ja, Leute, die am Ende sind, sind die schlimmsten, die haben das Gefühl, zu kurz gekommen zu sein, wehren sich wie ein verletztes Tier. Wenn der Kerl unbedingt glauben will, dass seine Tochter von Linken ermordet wurde, dann haben wir damit kein Problem. Im Gegenteil, es ist…«

Ich höre ihn wie aus der Ferne, als wäre ich gar nicht da. González Galluzzi unterbricht ihn:

»Und du, Américo, was glaubst du?«

»Ich glaube an Gott, den allmächtigen Vater, den Schöpfer des Himmels und der Erde. Und an Jesus Christus, seinen eingeborenen Sohn…«

»Américo…«

»Im Ernst, Jungs, ich glaube gar nichts. Ich mache meine Arbeit, und bis jetzt hat noch nie jemand gesagt, dass meine Arbeit darin besteht, an irgendwas zu glauben. Gehorchen ja, so gut es geht. Und wenn nicht, so tun, als würde man gehorchen.«

González Galuzzi starrt ihn an, lässt den Zahnstocher nervös von einer Ecke seines Mundes in die andere wandern.

»Entschuldigung, Américo, aber ich will wirklich ungern schreiben müssen, dass die Polizei im Dunkeln tappt.«

»Und das tut sie nicht, keine Sorge, das tut sie nicht, du brauchst es also nicht zu schreiben. Aber das würdest du ohnehin nicht. So was hilft keinem von uns weiter.«

»Ich weiß, Américo. Aber dann musst du mir irgendwas erzählen.«

Holster lehnt sich zurück, holt tief Luft, stellt pantomimisch einen Mann dar, der sich geschlagen gibt. Ich habe den Eindruck, die beiden spielen ein altes Spiel, eine einstudierte Szene: Beide wissen, wie's ausgeht, trotzdem spielen sie es wieder. Das Spiel langweilt mich. In Wahrheit langweilt mich an diesem Morgen alles. Die beiden reden über das, was mich in den letzten Tagen am meisten interessiert hat, was mir wichtig war, und trotzdem schaffe ich es einfach nicht, mich jetzt dafür zu interessieren, es wichtig zu finden. Es gibt nur sie: Ich erinnere mich an ihre nächtlichen

Gesichter, schnurre im Stillen – ich bin wirklich ein Spinner. Aber was gibt es Schöneres, als dieser Spinner zu sein? Aber ich muss es für sie tun. Für sie muss ich herausfinden, wie ihre Freundin ums Leben gekommen ist. Außerdem ist es meine Chance. Ich habe mir so viele mutige Fragen überlegt, mit denen ich González Galuzzi beeindrucken, Ferreyra retten und alles herausfinden wollte, was keiner weiß oder wissen will. Stattdessen sitze ich da wie ein Trottel und schweige. Irgendwas muss ich tun, ich versuche es:

»Und wie konnten Sie diese Geschichte mit dem Selbstmord schlucken?«

»Und wer hat dem da gesagt, dass wir irgendwas geschluckt haben?«

Erwidert der Kommissar, ohne mich anzusehen. Er schlürft etwas Mate, verzieht angewidert das Gesicht.

»Jedes Mal, Guiller, schleppst du mir noch grünere Grünschnäbel an. Wo hast du den denn her? Wenn ihr hier raus seid, erklärst du ihm erst mal ein paar Dinge, ja? Und bis dahin soll er den Mund halten.«

»Verzeihen Sie, Kommissar. Ich ...«

»Schon gut, Junge, ich verzeihe dir. Und wenn du uns jetzt bitte entschuldigst, die Erwachsenen haben zu tun.«

Holster drückt den Zigarettenstummel im Aschenbecher aus und sieht mir in die Augen, als wollte er damit sagen: Diese Kippe ist mehr wert als du. Ich schlucke, schweige. González Galuzzi blickt mich mit einer merkwürdigen Art Wut an, den Zahnstocher komplett im Mund, die Zähne zusammengepresst. Der Kommissar richtet sich auf und fährt fort:

»Zuerst war da diese Erfindung vom Selbstmord. Ihr wisst, wie schnell der Vater davon gesprochen hat. Keine Ahnung, was das Mädchen für Probleme hatte, dass der Alte so schnell auf die Idee kam, sie hätte sich umgebracht. Wir haben uns zwar gewundert, die Art, wie die Leiche dalag, passte nicht dazu, aber anfänglich haben wir nichts gesagt. Bis der Rechtsmediziner eindeutig bestätigt hat, dass keiner, der ganz bei Trost ist, sich so einen Schnitt zufügen kann.«

»Ganz bei Trost? Und wenn sie verrückt war?«

Versuche ich es noch mal. Ohne mich eines Blickes zu würdigen, fährt der Kommissar fort:

»González, zum letzten Mal.«

»Machen Sie halblang, Rivarola. Ich erkläre es Ihnen später.«

»Danke, Guiller. Ganz bei Trost, das war nur so dahergesagt. Keiner, der Arzt meinte keiner. Und dass sie jemand mit einer Art Rasierklinge ermordet hat. Also auf den Müll mit der These vom Selbstmord. Und hier fangen die Probleme an. Sie wurde umgebracht, gut, aber welcher Schwachkopf war's? Und wieso?«

Gewissenhaft, wie ich bin, zähle ich mit größter Sorgfalt die Falten in meiner Hose. Es sind zehn, oder elf, wenn ich die kleine am linken Knie mitzähle. Der Kommissar steckt sich die nächste Zigarette an. Ich wage es nicht, ihn um eine zu bitten, atme den Rauch ein.

»Wenn man es mit einem bedeutenden Todesfall zu tun hat, ist das wie ein Sechser im Lotto. Das ist wie bei jedem anderen Beruf auch. Du bist zum Beispiel Apotheker, und täglich kommen vierzig Penner und wollen Aspirin oder ein Fläschchen Lebertran. Du bedienst sie einen nach dem anderen, setzt dein schönstes Danke-bitte-gern-geschehen-Gesicht auf und verfluchst Gott und die Welt, aber ab und zu kommt eine hübsche Dame herein, die die teuerste Creme haben will, so eine, wie sie die Froschfresser benutzen, und dein Tag ist gerettet, deine ganze Woche. Hier ist es genauso. Du musst dich mit Hunderten von zweitklassigen Verbrechen rumschlagen: der Itaker, der sich in irgendeinem Drecksloch mit irgendeinem Spanier anlegt und ihm ein Messer in den Bauch rammt, der Macker, der früher nach Hause kommt und die Alte mit irgendeinem Schwanz im Bett erwischt und ihnen sechs

Kugeln verpasst, der kleine Dieb, der vom Dach fällt und sich den Schädel bricht. Von so was hast du nichts: keinen Spaß, nie klopft dir einer auf die Schulter. Aber hin und wieder landet ein Juwel auf deinem Schreibtisch, so wie das hier: die Tochter eines alten Schnösels mit Verbindungen, ein hübsches Mädchen, ein Augenschmaus, und jetzt glotzen dich alle an, und die Jungs von der Presse kommen – ein Gedicht. Aber es kann auch ein Tritt in die Eier sein, um es vorsichtig auszudrücken.«

Holster brüllt etwas, und ein junger Polizist mit schläfrigem Gesicht betritt den Raum: natürlich, *che*, mein Kommissar, einen frischen Mate, aber selbstverständlich, und heißes Wasser, nein, *che*, mein Kommissar, niemand habe nach ihm gefragt, oder besser gesagt, doch, Kommissar Lugones sei da gewesen, aber er habe ihm gesagt, der Kommissar sei mit der Presse beschäftigt, und Kommissar Lugones habe gemeint, er komme später noch mal. Holster murmelt etwas, wartet auf das Wasser, gießt neuen Mate auf, trinkt, reicht ihn González Galuzzi, fährt fort: er, Guiller, wisse ja, das Erste, was man bei solchen Fällen tun müsse, sei zu überlegen, wer ein Motiv und die Gelegenheit hatte, das stehe in jedem kriminologischen Lehrbuch, sogar ein Bulle wie er könne so was herausfinden, und so viele Kandidaten, die in Frage kommen, gebe es schließlich nicht.

»Oder vielmehr, es gibt Millionen. Aber es gibt nur drei wirkliche Ermittlungslinien. Entweder hat sie einer auf dem Gewissen, der sie gut kennt. Ein Freund, jemand aus der Familie. Das wäre nicht gut, hilft keinem, also lassen wir das fürs Erste. Wenn es keiner davon war, könnte es irgendein dahergelaufener Einbrecher getan haben. Er ist zufällig in ihrem Zimmer gelandet, hat sie aus Versehen geweckt, Panik bekommen und ihr die Kehle durchgeschnitten. Aber wenn es so ist, werden wir ihn nie finden, also bringt uns das auch nichts. Die dritte Möglichkeit sind die berühmten Anarchisten. Bis jetzt konnte mir noch keiner erklären, warum sich ein paar von denen die Mühe hätten machen sollen, das Mädchen zu ermorden. Das ist komplizierter, als San Martíns Säbel zu klauen. Aber der Vater will es so, mein Chef will es so, und dann ist da noch Lugones, der meint, er hätte ein paar Vorbestrafte, die in Frage kämen und die er in die Mangel nehmen will, bis sie sogar den Mord an einem Kanarienvogel gestehen. Und der glaubt wirklich an diese Geschichte von den Anarchisten, solche Geschichten glaubt er gern. Ein Kreuzritter, völlig verrückt, wenn es nach ihm ginge, gäbe es keinen einzigen Taschendieb in Argentinien, keinen einzigen normalen Verbrecher. Nur politische, Sozialisten und Anarchisten. Auf die Weise wächst sein Geschäft, wachsen seine Beziehungen, schnauzt sein Papa ihn nicht an. Auf die Weise haben wir keine Ahnung, was wirklich passiert ist, lösen aber jeden Fall. Du wirst sehen, in drei oder vier Tagen haben wir den russischen Hurensohn, der es getan hat.«

Ich huste, räuspere mich. Herr Kommissar, beginne ich, doch González Galuzzi sieht mich finster an. Und nimmt den Zahnstocher aus dem Mund, offenbar hat er etwas Wichtiges zu sagen.

»Wie lange arbeiten wir schon zusammen? Ich finde, wir haben ein schönes Doppel abgegeben, nicht wahr, mein Kommissar?«

»Natürlich haben wir das, mein Freund. Tun wir immer noch.«

»Das will ich hoffen. Aber so kommen wir nicht weiter. Ich vermute, die Familie und die Leute im Haus habt ihr schon unter die Lupe genommen.«

»Es gibt fast keine Familie. Eine alte Hausangestellte, die nicht mal einer Fliege was zuleide tun kann, und den Vater. Damit ist die Besetzung schon komplett. Die Schwester ist mittlerweile Nonne, die Mutter seit Jahren tot, sonst wohnt niemand im Haus.«

»Weiß man, woran die Mutter gestorben ist?«

»Nein, keine Ahnung. Irgendeine Krankheit. Aber lass es uns nicht noch komplizierter machen. Im Haus ist nichts zu finden.«

»Und Freunde, Bekannte, Liebhaber?«

»Die Kleine hatte mehr Liebhaber, als ihr Alter Rinder hatte. War nicht immer so, meine ich, früher hatte der Alte noch richtig viele Rinder. Sei's drum, das Luder hatte es faustdick hinter den Ohren. Aber ins Haus hat's nie einer von denen geschafft, nie, der Alte hätte das nicht zugelassen, also konnte keiner einfach so in ihr Zimmer, ihr die Kehle durchschneiden und wieder verschwinden. Haben wir alles überprüft.«

»Und diese Geschichte, dass Bernabé …?«

»Bernabé? Welcher Bernabé?«

»Weißt du das etwa nicht, Américo? Dass die Kleine was mit Bernabé Ferreyra hatte, dass sie Streit hatten …«

In Holsters Gesicht findet ein interessanter Kampf statt, kurz aber heftig. Die Neuigkeit verwirrt ihn offenkundig, aber er will's nicht zeigen. Will nicht zeigen, dass er es nicht wusste, er reißt sich zusammen.

»Nein, mein Freund. Das ist unmöglich. Vielleicht, wenn es woanders gewesen wäre, bei ihr zu Hause auf keinen Fall. Daran gibt es nichts zu rütteln, alles spricht für Lugones.«

Ich huste wieder, versuche ihre Blicke auf mich zu lenken. Der Kommissar nickt mir kaum merklich zu: na los, sag schon.

»Wenn ich recht verstehe, haben Sie Ferreyra nicht im Verdacht.«

Holster stößt einen tiefen Seufzer aus, entschließt sich, dass es an der Zeit ist für seine gute Tat des Tages:

»Ja, mein Sohn, Sie haben recht verstanden.«

»Trotzdem werden wir in der Zeitung schreiben, dass …«

»Was ihr in der Zeitung schreibt, geht mich nichts an. Aber klar, wenn der Kerl was mit dem Mädchen hatte und sich auch noch mit ihr gestritten hat, könnte jeder gute Polizist argwöhnisch werden.«

»Darf ich dich zitieren, Américo?«

Fragt González Galuzzi. Der Zahnstocher ist wieder an seinem üblichen Platz zwischen den Lippen.

»Meinetwegen, so wie immer: ein erfahrener Ermittler …«

»Na klar, so wie immer. Und du meldest dich, sobald ihr den Anarchisten habt?«

»Natürlich, Alter, keine Sorge, ich melde mich. Wenn Lugones einmal von der Leine ist, wird das nicht mehr als drei, vier Tage dauern. Und nebenbei plaudern wir etwas über diese Stute, von der ich dir erzählt habe.«

Der Kommissar erhebt sich, González Galuzzi ebenfalls; auch mir bleibt nichts anderes übrig. Ich fühle mich wie ein Idiot – während die beiden Bernabés Begräbnis geregelt haben, durfte ich schweigend zuschauen und nicht mal eine kleine Kerze anzünden. Auf dem Flur drängt González Galuzzi mich gegen ein Fenster. Von unten, fast auf Zehenspitzen, zischt er leise, ob ich wirklich so bescheuert bin:

»Sind Sie wirklich so bescheuert, Rivarola?«

»Entschuldigung, González, ich wusste nicht …«

»Gar nichts, Sie wissen gar nichts. So können Sie nicht mit Holster reden. Was glauben Sie, wo Sie sind, Rivarola? Das hier ist Argentinien, hat Ihnen das schon mal jemand gesagt? Wissen Sie, wer Argentinien regiert? Ein fetter General, der alle anderen Kandidaten verboten und sich die Wahl schön mexikanisch hingebogen hat. Wissen Sie, wer in Argentinien das Sagen hat? Der Fettwanst, seine reichen Freunde, die schnauzbärtigen Generäle und dieser bartlose General, der zum Polizeichef ernannt wurde. Wissen Sie, wer den Stall für sie ausmistet? Der Kommissar und Typen wie der Kommissar. Und wissen Sie, was mit denen passiert, die ihnen auf die Eier gehen? Das wissen Sie, Rivarola. Oder muss ich Ihnen das auch buchstabieren?«

Ich atme tief durch und versuche an Raquel zu denken, aber es klappt nicht. González Galuzzi stellt sich auf die Zehenspitzen und flüstert noch leiser:

»Sie wissen, wie Lugones arbeitet, oder? Er hat sich da was ausgedacht, mit Kabeln, die sie den Typen anlegen, dann schalten sie den Strom ein, und die Kerle machen ein kleines Tänzchen. Das ist die elegante Methode. Wenn sie's eilig haben, stecken sie die Typen einfach mit dem Kopf in einen Eimer voll Scheiße. Das ist argentinischer. Und denen wollen Sie erzählen, was sie zu tun haben? Ich bitte Sie, Rivarola, gehen Sie mir nicht weiter auf den Sack, sonst muss ich mir mit dem Zahnstocher noch einen Einlauf verpassen.«

Er geht Richtung Toilette, sagt, ich soll mich ja nicht von der Stelle rühren. Niedergeschlagen schaue ich aus dem Fenster. Fünf Etagen tiefer glänzen die makellos sauberen Fliesen des berühmten Innenhofs. Der Gehilfe des Kommissars kommt auf mich zu. Viel wacher als vorhin wirkt er nicht.

»Entschuldigung, Chef. Ich hab da was für Sie.«

Sagt er und reicht mir einen mehrfach gefalteten Zettel. Ich stecke ihn in die Tasche. González Galuzzi kommt zurück, seine Laune hat sich gebessert.

»Es gibt nichts Schöneres, als ordentlich zu pissen, damit die Seele in den Körper zurückkehrt, nicht wahr, mein Freund?«

Ich weiß nicht, was ich dazu sagen soll. Ich fühle mich weiter unbehaglich, versuche an irgendwas zu denken, es gelingt mir nicht. Im Treppenhaus frage ich, was wir jetzt machen.

»Jetzt? Nichts. Warten, bis wir neue Informationen über den Schuldigen haben, und dann schauen wir, was wir damit anfangen können. Was sollen wir denn sonst machen?«

»Und die halbe Welt?«

González Galuzzi starrt mich an, als hätte ich zu viel getrunken: Welche halbe Welt, Rivarola? Wovon reden Sie?

»Vergessen Sie's. Aber finden Sie nicht, wir sollten versuchen, etwas mehr herauszufinden? Zum Beispiel, warum ein Anarchist sie getötet haben sollte? Sollten wir nicht weiter ermitteln? Zum Beispiel den Vater befragen?«

»Das ist Sache der Polizei, Rivarola, nicht unsere.«

»Und was ist unsere Sache, wenn ich fragen darf?«

»Das erzählen, was wir wissen, nicht das, was uns gefällt.«

Sagt González Galuzzi und erklärt das Thema für beendet. Auf der Treppe, in den Gängen, grüßt er mehrere Polizisten – manche mit einem Witz, andere mit einer Geste, einem Blick. Im Erdgeschoss nimmt er meinen Arm und zieht mich in eine Ecke.

»Stellen Sie sich nicht so an, mein Freund, es ist alles gut. Jetzt heißt's, sich am Riemen zu reißen, nicht irgendwelchen Versuchungen zu erliegen. Das ist nicht einfach, aber keine Angst, man lernt es.«

Ich starre ihn an. Er fährt fort:

»Nehmen Sie zum Beispiel mich. Sie fragen sich bestimmt, warum ich die ganze Zeit mit diesem Hölzchen zwischen den Zähnen herumlaufe. Ganz einfach: um nicht in Versuchung zu geraten, ein Mädchen zu küssen.«

»Ein Mädchen?«

»Ja, meine Frau, nicht dass Sie auf falsche Gedanken kommen. Aber schauen Sie, wenn ich das eines Tages vergessen sollte und ihr einen Kuss gebe, das wäre ein ziemliches Malheur, Rivarola, davon erholt man sich nicht.«

González Galuzzi sagt, er habe noch was zu erledigen, wir würden uns später sehen, und geht durch einen schlecht beleuchteten Flur davon. Ich trete ins Tageslicht hinaus. Auf der Straße fällt mir der Zettel wieder ein, ich nehme ihn aus der Hosentasche, falte ihn auseinander. In der Mitte stehen ein paar mit dickem Bleistift und der zittrigen Handschrift eines Halbanalphabeten geschriebene Worte: »Heute 9 Ur Plasa Gril«. Kein Name, ich habe nicht die leiseste Ahnung, von wem die Nachricht sein könnte oder worum es geht. Ich seufze, denke an Raquel – mit ein wenig Glück sehe ich sie heute Abend, und alles andere ist mir egal.

14

»Ich sehe dich kaum noch in Männerkleidung.«

»Vielleicht will ich ja, dass jemand mich für eine Frau hält.«

»Sag so was nicht, Rusita, das bricht mir das Herz.«

»Und wenn du dieser jemand bist, Andrés?«

Das ist nur einer, es gibt noch viele andere – den ganzen Vormittag verbringe ich damit, mir Dialoge mit ihr auszumalen, Begegnungen, Zärtlichkeiten. Es gibt keine Möglichkeit, sie anzurufen. Um diese Uhrzeit ist sie garantiert unterwegs und arbeitet, und ihre Nummer von zu Hause, dem Zuhause ihrer Eltern, kenne ich ohnehin nicht – heute Morgen hat sie sich so heimlich aus dem Staub gemacht, dass ich sie nicht danach fragen konnte. Mir bleibt nichts anderes übrig, als in der Pension auf ihren Anruf zu warten, aber das kann nicht mehr lange dauern. Es ist schon nach zwei, ich habe Hunger, langweile mich. Im Zimmer ist es bullenheiß, aber ich will nicht in die Küche oder ins Wohnzimmer, die Gefahr, Doña Norma in die Arme zu laufen, ist einfach zu groß. Sie könnte mich in ein Gespräch verwickeln oder, schlimmer noch, mir mit einer ihrer subtilen Anspielungen zu verstehen geben, dass sie genau wisse, dass ich letzte Nacht »Besuch« hatte, und dass sie mich nicht daran erinnern müsse, dass so etwas in ihrem Haus, dem Haus einer anständigen Familie, strengstens verboten sei, und dass der Umstand, sich etwas Geld dazuverdienen zu müssen, indem sie ein paar Herren empfange – was sage ich denn da, nicht empfange, beherberge natürlich –, der beste Beweis dafür sei, dass der argentinische Staat genauso undankbar sei wie die meisten Argentinier und sich nicht darum kümmere, einer seiner Dienerinnen, einer Dienerin, die die besten Jahre ihres Lebens damit verbracht habe, die Kinder dieses Landes zu unterrichten, ein würdiges, auch nur ein ausreichendes Einkommen zu garantieren, um sich dem immer härteren Leben in diesem undankbaren Vaterland stellen zu können. Mit Sicherheit würde Doña Norma zweimal oder dreimal oder noch öfter »undankbar« sagen, und um nichts in der Welt werde ich mich dieser Folter aussetzen. Deshalb bleibe ich trotz der Hitze, trotz der stickigen Luft, trotz der miesen Laune, die mich überkommt, je mehr Zeit vergeht, ohne dass Raquel anruft, in diesem Zimmer, während nebenan der kleine Franzose weiter unbarmherzig seine Geige zersägt – Todesstrafe.

»Ich hätte nie gedacht, dass es so schön sein würde.«

»Ich schon, Rusita. Du glaubst gar nicht, wie oft ich daran gedacht habe.«

»Zum Glück machst du noch andere Sachen als nur denken.«

»Zum Glück bist du nicht nur ein Wunschtraum.«

Noch so ein Dialog. Ich liege mit Schuhen im Bett – meine Füße baumeln seitlich herab, um die schmutzigen Laken nicht noch schmutziger zu machen –, das gefaltete Kopfkissen im Nacken, die Hände auf Höhe des Bauchnabels übereinandergelegt, die Augen halb geschlossen, und denke darüber nach, ob ich mir die Schuhe ausziehen und es mir bequemer machen soll, denke, dass ich sie lieber anlasse, denn ich bin ziemlich müde, und wenn ich einschlafe, könnte ich ihren Anruf verpassen, denke, dass es mir gut tun würde, eine Weile zu schlafen, um bei meiner seltsamen Verabredung am Abend wacher zu sein, denke, dass das die schlimmste Uhrzeit ist, weil man nicht mal spannende Geräusche aus den Nachbarzimmern hört, denke, dass mir wenigstens ein hübscher Refrain einfallen könnte, denke, dass das Zimmer ein einziges Drecksloch ist. Oder vielleicht kein Drecksloch, aber dass ich etwas tun sollte, damit es ein bisschen mehr nach meinem eigenen Zimmer aussieht: ein kleines Bild, ein Gemälde, die Romane aus der Reihe der Biblioteca La Nación, die noch in Barracas stehen, eine Fotografie von meinen Eltern oder meinen Neffen oder jedenfalls etwas mehr als die eine Fotografie von Estelita, etwas mehr als die Traurigkeit ihres süßen Lächelns, ich müsste Spuren hinterlassen, so wie es andere Leute mit den Räumen tun, in denen sie leben müssen: Die kriegen das hin, mit drei, vier mehr oder weniger gewöhnlichen Gegenständen das Gefühl eines kleinen Unterschieds zu erwecken, und dann nennen sie das ihr Zuhause.

Aber das ist eher Teil des Problems als der Lösung: Wenn ich's auch so mache, würde ich damit akzeptieren, für lange Zeit in diesem Zimmer zu bleiben. Obwohl es im Grunde egal ist, ob ich es akzeptiere oder nicht, wahrscheinlich interessiert das eh keinen. Inzwischen bin ich schon fast ein Jahr hier, ein Jahr mit dem dauernden Gedanken, dass ich nicht mehr lange bleibe. Aber mir fällt nichts ein, was ich tun könnte, um nicht hier zu bleiben. Was sollte ich sonst tun? Wieder neun Stunden täglich in irgendeinem Büro verbringen? Am Monatsende ein Gehalt, um eine Wohnung zu mieten und sesshaft zu werden? Ich bin doch nicht blöd. Aber wer weiß, was ich der Russin antworten würde, wenn sie mich darum bäte? Dass ich doch nicht blöd bin? Nie im Leben, Raquel, oder glaubst du, ich will ein Leben führen wie alle anderen, glaubst du, ich bin wie alle anderen? Keine Ahnung, ob ich wirklich nie im Leben sagen würde, ob ich nein sagen würde, wenn sie mich darum bäte. Und falls ich ja sagen würde, würde es mir dann am Ende vielleicht doch gefallen? Gefällt mir die Vorstellung einer kleinen Wohnung nur für uns beide nicht sogar jetzt schon, ein Ort nur für uns zwei, an den ich abends zurückkehre und an dem sie lächelnd auf mich wartet, um bis ans Ende aller Tage solche Nächte wie gestern mit mir zu verbringen?

»Du bist echt ein Trottel.«

Beschimpfe ich mich laut, in zärtlichem Ton.

»Lässt dich bis zu den Weichteilen von einer kleinen Russin und ihren fünfhundert Sommersprossen einwickeln.«

Ohne es zu wollen, fällt mein Blick auf den Wecker. Fast vier, und sie hat immer noch nicht angerufen. Wenn es schon so spät ist, muss ich eingeschlafen sein. Vielleicht hat sie angerufen, und ich habe es nicht gehört, und keiner ist drangegangen. Vielleicht hat Doña Norma in dem Moment ihre Siesta gehalten. Oder sie hat das Läuten nicht gehört – die Geige, die Geige ist an allem schuld! Geige lernen sollte verboten werden, entweder man kann's von Geburt an oder man spielt Orgel oder klappert ein bisschen mit den Kastagnetten. Vielleicht ist sie auch noch unterwegs und arbeitet, und genau das sollte ich auch tun, ich sollte mich auf den Weg zur *Crítica* machen, schauen, was González Galuzzi mit dem, was ihm der Kommissar erzählt hat, anstellen will, vielleicht kann ich mit Señorans sprechen, an der Sache dranbleiben. Aber eine halbe Stunde warte ich noch, sie wird schon anrufen. Und währenddessen kann ich noch ein bisschen über die seltsamen Dinge nachdenken, die mir in den letzten Tagen passiert sind. Ich habe völlig andere Leute als sonst kennengelernt, ich habe eine erste Nacht mit dieser Frau verbracht, die mich um den Verstand bringt, bin mitten in den Mordfall-Ermittlungen von Zeitungen und Polizei gelandet, und plötzlich liegt das Schicksal des bekanntesten Fußballspielers des Landes in meinen Händen. Na ja, nicht ganz. Aber nichts davon ergibt irgendeinen Sinn, trotzdem passiert mir das alles, und ich muss mich darum kümmern, und jetzt ist es wirklich an der Zeit, wenn ich noch zur *Crítica* will, länger kann ich nicht warten. Bestimmt hat sie angerufen, während ich geschlafen habe, na ja, Künstlerpech. Nächstes Mal hinterlässt sie bestimmt eine Nachricht. Und wenn nicht, finde ich sie auch so.

Señorans ist nicht da, sagt das strenge, wachsame Fräulein am Empfang, der Hals länger als ein Tag ohne Brot, und starrt mich mit ihrem Der-Nächste-bitte-Ausdruck an. Es gibt viele Nächste: Hinter mir hat sich eine lange Schlange von Frauen und Männern gebildet, die darauf warten, einen Anwalt oder Arzt oder sonst einen der Dienste der Zeitung in Anspruch zu nehmen. Ich werde nervös, bis ich mich plötzlich an den Presseausweis erinnere. Ich zeige ihn vor. Das Fräulein betrachtet mich mit einer Mischung aus leichtem Ekel, Misstrauen und Langeweile: Und warum sind Sie dann zu mir gekommen, warum gehen Sie nicht endlich weiter.

»Ich hoffe, du hast den Schreck verdaut, mein Freund. Ich glaube, du hast eine Menge gelernt.«

Sagt Guillermo González Galuzzi. In der Redaktion im dritten Stock ist es geradezu ruhig, die sechste Ausgabe des Tages, die gegen acht auf die Straße kommt, ist gerade fertig geworden, und eine siebte gibt es heute nicht. Die Redakteure, die für die erste Morgenausgabe zuständig sind, haben noch ein paar Stunden Zeit und telefonieren an ihren großen schwarzen Telefonen, lesen, laufen herum, tippen auf ihren großen schwarzen Schreibmaschinen, unterhalten sich zwischen den Schreibtischen, schütteln die Köpfe, trinken gemeinsam Gin aus kleinen weißen Teetassen. González Galuzzi steht neben seinem Schreibtisch, das Kinn emporgereckt, der Zeigefinger der rechten Hand in Angriffshaltung, die kleinen, gestreckten Beinchen in den extra hohen Schuhen.

»Das wird dich weiterbringen, das heute Morgen wird dich weiterbringen. Das sind schwierige Leute, und man muss lernen, mit ihnen umzugehen. Manche denken, an Informationen zu kommen, sei kompliziert. Dabei ist das Komplizierteste hier, die Leute so zu behandeln, dass sie dich auch gut behandeln, dass sie dir geben, was du brauchst: Fleisch für die Raubtiere. Eins darfst du nie vergessen: Da draußen warten die Raubtiere, und wenn du ihnen kein Fleisch zum Fraß vorwirfst, dann fressen sie dich.«

Am liebsten würde ich ihm antworten, das Problem sei nicht der Kommissar – was kann man schon von einem Kommissar erwarten –, sondern er, González Galuzzi, der sich kein bisschen vor mich gestellt hat, als Holster mich den Löwen zum Fraß vorgeworfen hat. Aber ich will mich nicht streiten. Stattdessen bitte ich ihn um eine Zigarette, bin überrascht, dass es keine Camel sind, sondern irgendeine unleserliche Marke, und frage, was wir mit Bernabé machen. Erst jetzt fällt mir auf, dass der Knirps mich geduzt hat – offenbar sind wir jetzt Freunde.

»Ob du's glaubst oder nicht, ich habe darüber nachgedacht. Ich würde sagen, jetzt wo wir Holsters Versprechen haben, uns den Schuldigen zu nennen, sobald sie ihn haben, sollten wir einfach nur abwarten und bereit sein. Wir haben gesagt, wir warten bis morgen, aber da wir wissen, dass wir ihn kriegen, spielt es keine Rolle, ob wir zwei oder drei Tage länger warten, findest du nicht?«

Ich hole tief Luft und sage ja, na klar. Ich sage nicht: Was für eine Erleichterung, Gott sei Dank. Auch an Cuitiño und seine Vorstadtgangsterdrohungen denke ich kaum, ich hab schließlich die *Crítica* an meiner Seite, die mächtigste Zeitung des Landes. Wir werden schon einen Weg finden, das zu regeln.

Das Chaos schreitet voran: Neben dem Plaza Hotel klafft ein Loch, so groß wie der ganze Häuserblock. Maschinen, Materialien, Bauschutt, aufgeschüttete Erde. Angeblich soll hier der höchste Wolkenkratzer Südamerikas entstehen. Das Hotel stemmt sich beeindruckend dagegen: seine Säulen, seine Voluten, seine Pilaster, seine Kronleuchter, die durch die bunten Fenster sogar von draußen zu sehen sind, seine Portiers in Cutaways und Zylinder, die aufpassen, dass alle, die es nur von draußen sehen sollen, auch wirklich draußen bleiben. Ich trage meine feinste Sommerkleidung: eine weiße Baumwollhose, den blauen Zweireiher, ein weißes Hemd, statt Krawatte ein Tuch aus bordeauxroter Seide, meinen Boater mit dem roten Hutband – und befürchte trotzdem, dass ein Portier mich aufhält. Also rauche ich gegenüber erst mal eine Zigarette, an der Ecke zur Plaza San Martín, und überlege, wie ich die Sache am besten angehe. Um mich herum ragen die Schlösschen der reichsten, oder der protzigsten, Reichen auf: das Schlösschen der Familie Ortiz Basualdo, das Schlösschen der Familie Paz, das Schlösschen der Familie Anchorena. Vielleicht könnte ich dem Platz ein kleines Ständchen bringen: »Geliebter Befreier, San Martín / Ach, wo ist dein Erbe hin? / Das Blut deiner Gauchos und Indianer / nur noch fahler Glanz und Zierrat aus Marmor…« Ich notiere es mir, obwohl ich weiß, dass ich es wegschmeißen werde. Das ist kein Tango, das ist gar nichts. Gesellschaftskritische Lieder sind das eine, plumpe Bolschewistenpamphlete etwas ganz anderes. Als eine Gruppe von fünf, sechs Amerikanern aufgeregt schwatzend die Calle Florida zum Hotel zurückkehrt, mische ich mich unter sie. Der Plan geht auf. Im Foyer, zwischen noch mehr Kronleuchtern und Pilastern, Cutaways und Zylindern, habe ich das Glück, sofort ein Schild mit der Aufschrift »Grill« zu sehen. Ich steuere das Restaurant an, als hätte ich nie woanders gespeist.

»Guten Abend, der Herr, herzlich willkommen. Wie viele Personen?«

»Vielen Dank, nur ich. Ich suche einen Freund. Wenn Sie erlauben…«

Ein rascher Blick in den Saal: drei Dutzend Tische mit drei Dutzend blütenweißen Tischdecken, darauf Gedecke mit Silberbesteck, eine Vase mit Nelken in der Mitte, gläserne, etwas überflüssige Tischlampen unter dem gut ein Dutzend strahlender, von der hohen stuckverzierten Decke herabhängender Kronleuchter. Nur vier oder fünf Tische sind besetzt, offenbar ist es noch zu früh. Ich habe keine Ahnung, wen ich suche. Ich habe eine Vermutung, aber mehr auch nicht. Bis ich ihn sehe und begreife, dass ich es doch wusste. Don Manuel Cuitiños Fleischmasse ist in einen winzigen Smoking gepresst, und sein rechter Arm – der Rüssel eines trägen

Elefanten – hebt sich gemächlich, um mir zu bedeuten, dass ich kommen soll.

»Wie ich sehe, haben Sie meine Nachricht erhalten, Rivarola.«

Der Buddha sitzt an einem großen quadratischen Tisch mit nur einem – seinem – Stuhl an der einen Tischseite und jeweils zwei leeren Stühlen an den anderen drei Seiten. Auf dem Teller vor ihm die Reste einer Ente. In der linken Hand hält der Buddha noch den Knochen eines Beins mit ein paar Fleischfetzen daran. Er schwingt ihn, um mir zu sagen, dass ich mich setzen soll, wischt sich mit der riesigen, aus seinem Kragen hängenden Serviette den Mund ab und lächelt mir zu.

»Kommen Sie, *che*, lassen wir die Förmlichkeiten. Fühlen wir uns wie zu Hause. Einen Kaffee, ein Glas Kognak?«

Ich setze mich ihm gegenüber, richte mir Tuch und Haar, erinnere mich, dass ich die Hände parallel auf die Tischdecke legen muss, atme tief ein.

»Kognak ist ein treuer Freund. Wussten Sie, dass die Alten ihn den Herzlichen genannt haben? Der Herzliche, einer fürs Herz, ein herzstärkendes Mittel. Aber seit diese verrückten Amerikaner sich in den Kopf gesetzt haben, ihn zu verbieten, gibt es eine Menge Schwachköpfe, die Alkohol für etwas Schlechtes halten, aber für gewisse Dinge gibt es nichts Besseres.«

Ich weiß nicht, was ich sagen soll. Ein Kellner kommt an den Tisch. Cuitiño bestellt zwei Kaffee, zwei Kognak und seine *île flottante*.

»Mit viel Baiser, Recalde, so wie immer. Was ist, Rivarola, wollen Sie mich gar nicht fragen, von welchen gewissen Dingen ich spreche?«

Ich starre ihn weiter an, als spräche er chinesisch. Cuitiño stößt ein Geräusch aus, eine Mischung aus Husten und überheblichem Lachen, und nimmt eine Panatella aus einem silbernen Zigarrenetui. Mir bietet er keine an.

»Für welche Dinge der Alkohol das Beste ist, meine ich, *che*. Sie wirken ein bisschen gehemmt heute Abend. Offenbar ist Ihnen die Atmosphäre im Schlachthof besser bekommen. Aber wie ich bereits sagte, fühlen Sie sich wie zu Hause. Oder wie bei mir zu Hause, das hier ist nämlich mein Zuhause.«

Ich bin hier, es lohnt sich nicht, so zu tun, als wäre ich es nicht. Mit einer beiläufigen Bemerkung versuche ich, zurück ins Spiel zu kommen: Man behandelt Sie hier also, als wären Sie zu Hause, wie schön. Nein, schneidet Cuitiño mir das Wort ab:

»Nein, man behandelt mich nicht, als wäre ich zu Hause. Das *ist* mein Zuhause.«

Ich ziehe die Augenbrauen hoch. Cuitiño fasst es als den Ausdruck der Verwunderung auf, den er braucht, um seinen Monolog fortzusetzen.

»Wo sollte ich denn Ihrer Meinung nach wohnen, in einem Viehstall? Ich wohne hier, esse früh zu Abend, denn ich gehe früh schlafen, denn ich muss früh aufstehen, um in den Kampf zu ziehen. Und ab und zu habe ich Gesellschaft. Ich spreche nicht von Ihrer, wirkliche Gesellschaft, Gesellschaft, die eine Menge kostet.«

Ich muss an seinen Neffen Alberto denken und will gerade etwas sagen, merke aber, dass ich besser schweigen sollte.

»Aber heute Abend nicht, heute habe ich ein kleines Problem zu lösen, bevor ich ins Bett gehe. Und ich muss um neun Uhr vierzig im Bett sein, das ist eine feste Gewohnheit von mir.«

Sagt Cuitiño mit dem Anflug eines Lächelns. Als er den Kopf senkt, um einen Blick auf die goldene Uhr zu werfen, die er aus seiner weißen, mit glänzenden Knöpfen besetzten Weste zieht, schwappt das Doppelkinn über seine Fliege.

»Neun Uhr achtzehn. Sie wissen doch, was weise Männer über Gewohnheiten sagen, oder, mein Freund? Jede Gewohnheit, mit der wir brechen, ist ein Ast weniger am Baum, auf dem wir sitzen. Ist das nicht schön? Haben Sie nicht sofort einen kahlen Baum vor Augen, nur noch ein Stamm ohne Äste, auf denen Sie sich ausruhen könnten, und die armen Vögel flattern verzweifelt umher, ringen mit dem Tode, bis sie vor Erschöpfung leblos zu Boden fallen? Sehen Sie da nicht sofort sich selbst, Rivarola, als einen dieser Vögel?«

Der Kaffee kommt mir kalt vor, der Kognak lau. Ich rühre beides kaum an. Ich betrachte die Leute an den Nebentischen, habe wieder das Gefühl, beobachtet zu werden, aber das kann nicht sein. Ich sehe Cuitiño an, der Fleischberg lehnt sich auf seinem Stuhl zurück, lässt seine baumstammdicken Arme auf die Lehnen sacken, seufzt, blickt mich unendlich bekümmert an.

»Und das wollen wir doch nicht, oder, mein Freund? Aber es scheint so, als wüssten wir nicht, was wir wollen. Es gibt Menschen, die ihre Knie nicht so schätzen, wie ihre Knie es verdienen. Ich kenne einige von ihnen, ein ganzes Bataillon von Hinkenden. Aber ich bin kein Sturkopf, Rivarola. Wenn ich etwas gelernt habe im Leben, dann, dass ich nicht sturköpfig sein darf. Könige, Potentaten, Generäle dürfen sturköpfig sein. Aber was soll ich machen, ich bin nur ein bescheidener Diener, der nicht das Recht hat, sturköpfig zu sein. Ich bin unendlich biegsam, ein Bambus, ein im Wind tanzender Halm. Und daher kann ich Ihnen mit dem gesunden Stolz und der Bescheidenheit, die mich auszeichnen, versichern: Wenn Ihnen Ihr Knie egal ist, ist es mir auch egal. Aber ich vermute, die Augen Ihrer kleinen Polin sind Ihnen nicht egal. Ich wette, Sie fänden es schön, wenn sie weiter diese hübschen grünen Augen hätte, und zwar da, wo sie jetzt sind, in ihrem Gesicht. Darauf wette ich mit Ihnen, um was Sie wollen, Rivarola.«

Cuitiños Stimme ist in ein geflüstertes Schreien übergegangen: Darauf wette ich mit Ihnen, um was Sie wollen, sagt er noch einmal, und wenn diese beschissene, von sozialistischen Hurensöhnen, billigen Strauchdieben, korrupten Schweinen und Drei-Peso-zwanzig-Erpressern gemachte Zeitung übermorgen, am Freitag, nicht veröffentlicht, was sie über unseren Freund veröffentlichen muss, wird dieses Mädchen nie wieder Ihr Gesicht sehen.

»Und nicht nur Ihres, Rivarola, vielleicht will sie Ihres ohnehin nicht mehr sehen, wenn sie herausfindet, was Sie so treiben, nein, sie wird kein einziges Gesicht mehr sehen, sie wird überhaupt nichts mehr sehen, nie wieder. Sie wollen doch nicht schuld an so einem Unglück sein, mein Freund? Aber ich habe den Eindruck, Sie kapieren nicht ganz, um was es bei alledem geht. Und das sind die Schlimmsten, diese armen Würstchen, die nie kapieren werden, was sie in den Abgrund gerissen hat. Kapieren Sie es, Rivarola?«

Ich sehe weg, und aus irgendeinem unverständlichen Grund bekomme ich plötzlich Angst, die anderen könnten hören, was der Buddha zu mir sagt.

»Ich glaube nicht, also erkläre ich es Ihnen noch einmal, ganz langsam, damit selbst Sie es kapieren. Sie verdienen keine Erklärung, weil Sie ein Trottel sind, der nichts kapiert. Vor drei Tagen habe ich Ihnen dies und das gesagt, und Sie haben geglaubt, ich hätte Ihnen das und dies und scheiß drauf gesagt. Sie verdienen keine Erklärung, aber für alle Fälle erkläre ich es Ihnen trotzdem. Wissen Sie, worum es bei dem Ganzen geht, Rivarola? In diesem Land ist *football* eine Staatsangelegenheit, und es gibt einen Minister, der sehr besorgt ist. Der Mann weiß: Wenn Bernabé, dieser Idiot, nicht zurückkommt, wird ihm der Pöbel an den Bart gehen, und verstehen Sie mich nicht falsch, der Minister hat keinen Bart, oder doch, aber nur, damit sein Diener ihn jeden Morgen rasiert, aber er weiß, wenn die Jungs bei dem Elend und Hunger nicht wenigstens regelmäßig ihre Spiele bekommen, dann wird es brenzlig für ihn. Also hat der gute Mann mich wissen lassen, dass er mir, keine Ahnung woher, die Kohle gibt, die ich brauche, damit der Idiot uns nicht länger auf die Nerven geht. Was sind schon vierzig- oder fünfzigtausend Pesos, wenn sie dabei helfen, die Bestien, die wahren Bestien, ruhigzuhalten?«

Ich will gerade fragen, warum vierzig oder fünfzig, wenn Bernabé dreißig verlangt hat, doch der Buddha kommt mir zuvor:

»Und wir, wofür arbeiten wir, für die Ehre? Sie kapieren nichts,
Rivarola, aber vielleicht können Sie ja wenigstens rechnen. Zuerst
einmal: Mit dreißigtausend regele ich die Sache mit dem Idioten,
die restlichen zwanzig sind für anfallende Unkosten. Aber es geht
noch weiter: Wenn der Idiot weiter rumzickt und die Kohle nicht
annimmt, kostet mich der Spaß einiges mehr als zwanzig- oder
fünfzigtausend. Können Sie sich meine Probleme vorstellen, wenn
der Minister sauer wird? Können Sie sich vorstellen, wo ich lande,
wenn der Minister sauer wird? Das wollen Sie gar nicht wissen, Rivarola. Weil Sie garantiert kapieren, dass ich, wenn ich falle, ein paar
andere mit mir in den Abgrund reißen werde. Und Sie, mein lieber
Freund, werden nicht erst der zweite oder dritte von denen sein …«

Ich schweige weiter, suche nach Worten, finde keine. Mir gehen
schreckliche Bilder durch den Kopf, aber vor allem bin ich zu der
schmerzhaften Einsicht gekommen, dass das, was ich für ein Spiel
gehalten habe, kein Spiel ist.

Keine Ahnung, wie ich in einen solchen Schlamassel geraten konnte. Keine Ahnung, für wen ich mich gehalten habe, wen ich mit
meinen drittklassigen Tricks verblüffen wollte. Keine Ahnung, ob
ich eines Tages dafür bezahlen muss, dass ich ein solcher Idiot war
und mich für den schlausten Kerl im Viertel gehalten habe. Ich
habe das Halstuch abgenommen, das Jackett ausgezogen, mir den
Schweiß von der Stirn gewischt, aber er ist sofort wieder da. Ich
trotte die Santa Fe in Richtung Paraná entlang und denke daran,
was gerade passiert ist, an meine Ahnungslosigkeit, an meine Fragen ohne Antwort. Obwohl die Fragen im Augenblick das Wichtigste sind, nicht der Versuch, sie zu beantworten.

Ja, ich habe Angst. Es ist nicht leicht, das zu sagen. Niemand
sagt gern, ich habe Angst. Noch schlimmer ist es zu sagen, ich bin

verzweifelt, aber wenn ich schuld daran bin, dass dieses fette Arschloch Raquel etwas antut, werde ich mir das nie verzeihen. Ich muss
zu ihr, sie warnen, so schnell wie möglich eine Lösung finden. Ich
muss González Galuzzi bitten oder überzeugen, das mit Bernabé so
schnell wie möglich zu veröffentlichen, und dann soll geschehen,
was geschehen muss. Es ist immer dasselbe: Immer will ich mich
um alles und jeden kümmern. Ich kann mich ja noch nicht mal um
mich selbst kümmern und will die Probleme anderer lösen. Doch
diesmal habe ich begriffen, dass es nicht geht. Nicht dass ich nicht
wollte, nicht dass ich ein Arschloch wäre – es geht einfach nicht.
Ich kann nicht zulassen, dass jemand meinetwegen leidet, besser gesagt: dass die Russin meinetwegen leidet. Alle anderen soll ruhig ein
Güterzug überrollen, denke ich und schäme mich und denke es immer noch, ohne mir einzugestehen, dass ich es denke: ein Güterzug.

Als ich in der Pension ankomme, ist es schon fast halb elf. Ich trete leise ein, versuche kein Geräusch zu machen, um Doña Norma
nicht zu wecken. Ich muss unbedingt wissen, ob Raquel angerufen
hat, trotzdem kann ich sie nicht fragen. Auf dem Bord mit dem
Telefon liegt keine Nachricht für mich oder sonst wen. Das muss
nichts heißen, Raquel kann angerufen haben, und keiner ist drangegangen, oder sie hat angerufen, und jemand ist drangegangen
und hat vergessen, mir eine Nachricht zu hinterlassen oder hatte
keine Lust dazu. Ja, genauso muss es gewesen sein: Raquel hat angerufen, und wer auch immer drangegangen ist – Doña Norma,
der rothaarige Páez, der bescheuerte Handlungsreisende, der Neue
im mittleren Zimmer, die Französin –, hat nichts notiert. Es ist wie
ein schlechter Witz: Jetzt kann ich behaupten, meine Sorge wegen
des ausgebliebenen Anrufs hätte nichts mit der Verzweiflung, Un-
sicherheit oder Angst eines Frischverliebten zu tun, sondern nur
damit, dass ich um ihr Wohl fürchte, ihre Sicherheit, ihre Ruhe.
Jetzt kann ich mir einreden, dass ich ihretwegen mit ihr sprechen
muss – es ist wirklich ein schlechter Witz.

Ich muss abwarten. Ich ertrage die Tapete nicht, die Schatten, die
stickige Hitze, das geschlossene Fenster in meinem Zimmer, aber
ich will das Fenster auch nicht öffnen, um keine Mücken reinzu-
lassen. Ich muss abwarten. Ich warte ab. Es ist fast elf. Um diese
Zeit wird sie nicht mehr anrufen. Ich sollte mich hinlegen. Als ob
ich jetzt schlafen könnte. Ich höre die Stille, die leisen Provoka-
tionen der Nacht. Ich muss abwarten, ich muss schlafen, ich muss
mich beruhigen, ich muss. Ein paar Zeilen tauchen vor mir auf,
vielleicht kann ich sie fassen: »Gehen, um zu gehen / durch die
Straße, die zu dir spricht. / Bis selbst die Laterne erlosch / jetzt
wo du allein Schatten bist.« Wieder nichts – der sozialkritische
Tango wartet, und ich stecke fest wie ein Trottel. »Ich sah dich. /
Ich sah dich, doch ich wusste nicht / dass ich das Leben sah / das
mir aus den Händen glitt. / Ich sah dich. / Ich sah dich, doch
du wolltest schon gehen / und ich, ich werde nie verstehen…«
Wie geht es weiter? Mit irgendwas, das sich auf »glitt« reimt. Nicht
litt noch schritt, auch nicht ritt. Mir wird schon noch was einfallen.

»Was willst du mir damit sagen, Gorrión, eine Ewigkeit?«
   »Was willst *du* mir sagen, Pibe, wo hast du die ganze Zeit ge-
steckt? Ich hab dich seit Tagen nicht gesehen.«
   »Na ja, so lange nun auch wieder nicht, oder?«
   »Du weißt doch, meine Liebste, jede Nacht ohne dich ist wie ein
Jahrhundert.«
Sagt Gorrión Ayala mit einer Falsettstimme, die ich nicht be-
sonders witzig finde, und umarmt mich. Aber es ist eine seltsame
Umarmung, schlaff, gezwungen. Trotzdem tut es gut, hier zu sein,
auf vertrautem Terrain – die Stöße der Queues, das Geschrei der
Spieler, der Qualm und das Bier, die sich träge windenden Ventila-
toren. Aufzustehen und ins Los 36 Billares zu gehen, war einfacher,
als mich weiter im Bett hin und her zu wälzen. Gorrión ringt sich

ein Lächeln ab, das recht dürftig ausfällt. Er versucht, sich nichts anmerken zu lassen.

»Wie sieht's aus, Pibe? Lust auf ein Spielchen?«

»Ich? Mit dir?«

»Nein, mit dem König von Spanien.«

»Hast du nicht mitbekommen, dass sie den zum Teufel gejagt haben?«

»Den auch? Der Arme, genau wie das Gürteltier Yrigoyen. In letzter Zeit sollte man lieber nicht auffallen, oder?«

»Komm, lass uns spielen ...«

Wir wählen die Queues, holen die Kugeln, legen sie auf den Billardtisch. Gorrión beginnt mit einer Karambolage. Er lässt vier, fünf weitere folgen.

»Lässt du mich auch mal spielen, Gorrión?«

»Wozu?«

Antwortet oder fragt er, ohne mich anzusehen, und in seiner Stimme schwingt etwas mit, das mir sagt, dass ich ihm von der Wette erzählen sollte. Ich weiß nicht, wie. Was soll ich ihm sagen? Dass ich es vermasselt habe, dass ich seine Information zu meinem Vorteil nutzen wollte und stattdessen in der Scheiße stecke und es mich jetzt am allerwenigsten interessiert, mein Versprechen ihm gegenüber zu erfüllen? Dass ich es vermasselt habe, dass ich genauso viele Möglichkeiten habe, Bernabé dazu zu bringen, dass er seine Schulden bei ihm begleicht, wie ihn als Nummer Neun von River zu ersetzen? Dass ich, als ich mich entscheiden musste, ob ich meinem verzweifelten Freund helfen oder lieber einen kleinen Vorteil aus der Sache schlagen wollte, nicht eine Sekunde gezögert habe? Dass ich ein mieser Drecksack bin? Ich gehe zu ihm, nehme sein Queue, sage, er soll einen Moment warten, ich hätte ihm was zu erzählen. Gorrión schaut mich mit einem seltsamen Funkeln in den Augen an. Wenn ich nicht wüsste, dass es nicht sein kann, würde ich sagen, er hat Angst, ist verzweifelt.

»Reg dich bitte nicht auf, Andrea. Ich konnte nichts machen. Ich schwöre, ich konnte nichts machen. Diese Typen…«

Ayala verstummt. Er merkt, dass ich nichts begreife, und versucht es noch mal. Das Lächeln gerät ihm falscher als ein Vierpesofünfzigschein.

»Na ja, du weißt ja, wie das läuft. Die Typen wollten mir keinen Kredit mehr geben, aber am Ende…«

»Schluss, Gorrión, hör auf, mich zu verarschen. Bei was konntest du nichts tun?«

»Ich konnte nichts tun, Andrea, ich schwöre.«

»Verdammte Scheiße, Gorrión.«

»Ich konnte nichts tun, wirklich. Die Typen waren bewaffnet, die haben mir gedroht, ich schwör dir, die meinten es ernst. Aber ich hab kaum was gesagt, fast gar nichts, Bruder. Sie wollten nur wissen, wo du wohnst, und ich dachte…«

»Ist das dein Ernst?«

Ich muss mich nicht mal verstellen. Später, als ich die Situation noch einmal durchgehe, werde ich mich wundern, mit welcher Leichtigkeit ich vom Beleidiger zum Beleidigten werden konnte, wie aufrichtig ich mich von dem Freund verraten fühlte, den ich selbst verraten hatte – wie verletzt ich war, wie leer. Ich trete zwei Schritte zurück, sehe ihn verächtlich an, rede, als würde ich ihn anspucken:

»Was hast du ihnen sonst noch gesagt, verdammte Scheiße?«

»Nichts, gar nichts. Sie wollten nur wissen, ob du eine Freundin hast, ich hab nein gesagt, aber dass es da eine kleine Russin gibt, die dir gefällt, dass das aber nichts Ernstes ist, wirklich Bruder, ich habe gesagt, dass das nichts Ernstes ist…«

Ayala redet, als könnte er durch Reden irgendetwas wiedergutmachen, als würde irgendetwas zu Boden fallen, wenn er schweigt. Ich höre nicht weiter zu, versuche, nicht weiter zuzuhören. Ich lege das Queue auf den Tisch, gehe zur Tür. Es ist kindisch, Cuitiños

Schläger hätten mich auch so gefunden, ohne Gorrión in die Sache zu verwickeln, aber so ist alles noch schlimmer, schmutziger, brutaler. Sie wollten mich nicht einfach finden, sie wollten mir zeigen, dass ich allein bin.

15

Um neun Uhr morgens sitze ich bereits auf der Kante von González Galuzzis leerem Schreibtisch. Ich warte auf ihn, fertig mit den Nerven. In der Zeitung steht ein Artikel, der bestimmt von ihm ist; ich werde ihn danach fragen. Der Artikel nimmt eine komplette Seite ein, die Schlagzeile, die über sechs Spalten geht, lautet: »Nonne mit dem Ehemann einer verstorbenen Patientin geflohen«. Die ersten Sätze lauten: »Heute Morgen setzte sich einer unserer vielen anonymen Reporter mit unserer Redaktion in Verbindung und erklärte: ›Kommen Sie schnell ins Hospital Rawson, hier ist etwas Interessantes passiert. Eine der Barmherzigen Schwestern, María Luisa, hat sich gemeinsam mit einem jungen Mann abgesetzt, dem Ehemann einer Patientin. Sie sollten Nachforschungen unter den Patienten anstellen, aber fragen Sie nicht die Verwaltung oder die kirchliche Leitung, denn die versuchen, den Vorfall zu vertuschen.‹«

Die von *Crítica* schreiben immer, dass die Leute ihnen was erzählen, sie anrufen, sie sehen wollen. Keine Ahnung, ob das stimmt. Jedenfalls fährt der Journalist – Guillermo González Galuzzi? – fort, er sei dem Hinweis gefolgt und zum Hospital gefahren, wo ihm eine Krankenschwester erzählte, dass es sich nicht lohne, nach Schwester María Luisa zu suchen, denn »die Mönche sind bereits alle hinter ihr her und können sie nicht finden. Sie war eine gute Frau, wir haben sie alle sehr geschätzt, keine Geheimniskrämerin wie viele andere. Sie hat gesagt, sie hätte das Leben als Nonne satt, und wenn alle es am wenigsten erwarteten, würde sie ihr Habit an

181

den Nagel hängen. Ich glaube, der Mann hat ihr versprochen, sie zu heiraten ...«

Die Nonne oder Ex-Nonne, schreibt González Galuzzi etwas sabbernd, sei blond, blauäugig, habe eine schmale Taille, eine gute Figur und sei jung: »Sie gehört nicht zu denen, die sich der Welt entziehen, weil sie keinen haben, der sie liebt.« Sie habe sich um eine junge Patientin gekümmert, Señora Martina, deren Zustand sich vor den Augen ihres verzweifelten Mannes immer weiter verschlechtert habe, bis »der Tod sie in ihrem Krankenbett überraschte, während der Ehemann auf der einen und die blasse Schwester auf der anderen Seite standen und ihre Hände hielten.« Eine gewisse Zeit später, schreibt González Galuzzi, sei der Witwer ins Krankenhaus zurückgekehrt und habe wohl – auch wenn das derzeit keiner mit Sicherheit wisse – Schwester María Luisa seine Liebe gestanden. Weitere Besuche folgten, die Romanze habe ihren Lauf genommen, bis die Nonne den anderen am letzten Samstag erzählte, dass sie für ein paar Tage Ausgang habe. Doch einer der Nonnen habe sie die Wahrheit gebeichtet: In jener Nacht werde der Witwer sie am Zaun erwarten, und dort, im Schutz der Dunkelheit, werde sie ihre Tracht ablegen und auf die Straße schmeißen. Sie werde den Käfig hinter sich lassen und frei sein. Endlich frei. Eine Frau wie alle anderen, ihre eigene Herrin. Sie werde einen Mann haben, ein Haus voller Blumen und blonde Kinder, die sie behüten und mit mehr Grund vergöttern werde als die Heiligenbilder in der Kapelle. Und statt Kranke zu pflegen, werde sie sich nur noch um die von Süßigkeiten verschmierten Hände und Gesichter ihrer Kleinen kümmern, schrieb – stelle ich mir vor – González Galuzzi, der Zahnstocherkönig. Einen Moment lang denke ich an Schwester Soledad, daran, wie es wohl wäre, mit ihr zu fliehen.

Ich bin erstaunt, wie viele Menschen sich zu dieser unmöglichen Uhrzeit in der Redaktion befinden. Und wie viel Krach sie machen können – mein Kopf dröhnt wie eine Bombo-Trommel. Als ich heute Nacht aus dem Billardsalon zurückkam, konnte ich immer noch nicht einschlafen. Ich hab es mit dem Grappa versucht, den ich im Nachttisch aufbewahre. Ich vertrage keinen Alkohol, wenn ich ausgehe, trinke ich weniger, als es den Anschein hat. Ich habe gelernt, so zu tun, als würde ich mehr trinken, als ich tatsächlich trinke, denn ich habe Angst, die Kontrolle zu verlieren, aber vor allem davor, was die Leute denken könnten, wenn ich das tue. Aber letzte Nacht, nach dem Treffen mit Cuitiño, nach meinem immer verzweifelteren Warten auf Raquel, nach Gorrións Verrat, dachte ich, dass ich ein bisschen Schlaf nur in der Flasche finden würde, und ließ mich gehen. Und heute früh habe ich es gerade so geschafft, mich ins Bad zu schleppen, das Gesicht nass zu machen, halbherzig den Mund auszuspülen, mir eine graue Hose und ein fast graues Hemd überzustreifen und – ohne Jackett und Hut – die Pension zu verlassen, um die Prinzessin aus den Klauen des grässlichen Ogers zu befreien.

»Was hat dich denn so früh hierhergeführt, Rivarola?«

»Nichts, González, ich hab auf Sie gewartet.«

Jedes Wort, das ich sage, hallt in der Höhle wider, die irgendwer in meinen Kopf gegraben hat; jedes Wort, das ich höre, hallt noch viel schlimmer wider. González Galuzzi kennt kein Erbarmen – und merkt es nicht mal.

»So, so, du kannst also schon nicht mehr ohne mich leben. Das ging aber schnell mit uns.«

Sagt er und steckt sich eine Zigarette an.

»Die erste des Tages. Es gibt nichts Schöneres als die erste Zigarette des Tages, den Augenblick, in dem man wieder einmal das unwiderrufliche Urteil unterschreibt, sich selbst das Leben zu versauen. Als wäre es nötig, das dauernd neu zu unterschreiben …«

»González, wir müssen reden.«

»Machen wir das nicht gerade?«

»Doch, schon, oder nein, keine Ahnung. Ich wollte Ihnen sagen, dass …«

»… wir das mit Bernabé und dem Mädchen noch heute veröffentlichen müssen. Du hättest mir sagen sollen, dass es für Cuitiño ist, Rivarola. Wenn es ihm hilft, machen wir es, ganz ruhig, Junge. Er ist ein anständiger Kerl, einer, der weiß, wie man gute Arbeit belohnt. Ich hab aber auch gehört, dass es ziemlich ungemütlich werden kann, wenn er sich über schlechte Arbeit ärgert, aber das betrifft mich natürlich nicht.«

Wieder einmal ist mir jemand zuvorgekommen, und zurzeit ist es immer derselbe Jemand. Im letzten Moment versuche ich, noch auf den abfahrenden Zug aufzuspringen:

»Ja, so was in der Art wollte ich sagen. Es kostet uns ja nichts. Wir schreiben, dass die Kleine mit Bernabé ausgegangen ist, aber natürlich ohne zu erwähnen, dass er sie ermordet haben könnte oder sonst was. Und morgen oder übermorgen, wenn Holster uns den Schuldigen nennt, ist die Bestie wieder sauber wie ein Babypopo.«

»So ist es, Rivarola, wie ein Babypopo.«

Sagt González lachend und drückt die erste Zigarette des Tages im Aschenbecher aus.

»Du hast keine Kinder, oder? Ich auch nicht. Aber was soll's. Die Metapher ist schief, aber die Idee dahinter trifft's. Falls du mal keine Arbeit hast, kann ich hier immer einen Lehrling brauchen. Lass dir das nicht entgehen. Ich red gleich mal mit Regazzoni. Wenn das nicht auf die erste Seite kommt, bin ich die Königin von Saba. Oder diese russische Prinzessin, die mit ihren Lebenserinnerungen …«

Ich versuche zu lächeln, aber es gelingt mir nicht recht. Ich bin völlig erschlagen, und das liegt nicht nur am Kater und den Kopfschmerzen – in wenigen Stunden wird Bernabé Ferreyra, der an mich geglaubt, der mir vertraut hat, ein Grillhähnchen sein. Ich versuche, mir einzureden, dass es das Beste ist, was ich tun konnte, das Einzige, damit Raquel nichts passiert. Ich versuche es, aber auch das gelingt mir nicht.

In der Telefonzentrale an der Ecke Rivadavia und Salta teilt mir eine ungeduldige Angestellte mit Muttermalen – vielen Muttermalen – mit, dass es fünfzehn, zwanzig Minuten dauern werde, um eine Verbindung nach Junín herzustellen, ob ich warten wolle. Ich sage ja, na klar, dass ich mich da vorne hinsetze und sie Bescheid sagen soll, wenn es so weit ist. Es ist fast zehn, die Russin müsste gerade mit ihrer Runde durch die Buchhandlungen im Zentrum beginnen. Sobald ich mit Ferreyra gesprochen habe, werde ich sie suchen gehen. Bis dahin kann ich mir Gedanken machen, was ich zu ihr sagen werde, wenn ich sie finde. Bis dahin kann ich mir – voller Angst, voller Unruhe – Gedanken machen, was *sie* zu mir sagen wird.

»Der Anruf nach Junín, Kabine sechs.«

Ich versuche, es mir in dem Sarkophag aus Holz und Glas bequem zu machen, während ich den Hörer abnehme und hallo, hallo in die Sprechmuschel brülle. Junín, mit wem möchten Sie sprechen?, fragt die Telefonistin am anderen Ende. Ich nenne den Namen, Stille, ein paar Sekunden Knistern in der Leitung.

»Hören Sie, ich weiß nicht, ob ich Ihnen das sagen darf, aber Señor Bernabé befindet sich nicht in Junín.«

»Sind Sie sicher?«

»Was sollte ich sonst sein? Ganz sicher. Ich habe mit eigenen Augen gesehen, wie er gestern Nachmittag mit seinem Bruder abgereist ist. Im Wagen eines Freundes, und sie haben mir ausrichten lassen, dass sie nach Buenos Aires fahren und dass ich das keinem sagen soll, falls jemand sie sucht. Keinem.«

Ich sage, ich könne gut verstehen, dass sie mir nichts sagen wolle, dass sie aber, wenn sie irgendeine Möglichkeit habe, sich mit Bernabé Ferreyra in Verbindung zu setzen, ihm doch bitte ausrichten möge, dass ich ihn dringend sprechen müsse. Mein Name sei Rivarola, und meine Telefonnummer laute 35-4629. Er solle bitte so schnell wie möglich anrufen, es sei äußerst dringend.

»Das sagten Sie bereits, Señor. Und ich habe Sie schon beim ersten Mal verstanden. Aber keine Sorge, ich werde es ihm ausrichten. Keine Sorge.«

Ich lege auf, zwänge mich aus dem Sarkophag, zahle, verlasse die Telefonzentrale. Draußen in der Hitze beginnt die Luft bereits zu schmelzen. Ich hasse den Gedanken, in die Pension zurückzukehren, aber ich muss auf Bernabés Anruf warten. Raquel werde ich später suchen. Falls sie keine Nachricht in der Pension hinterlassen hat. Eigentlich hätte ich der Dame in Junín auch die Nummer der *Crítica* geben können, aber ich hab die von Doña Norma vorgezogen. In dem Moment dachte ich, ich hätte es getan, damit Bernabé mich nicht mit der Zeitung in Verbindung bringt. Jetzt weiß ich, dass ich nur sehen wollte, ob Raquel eine Nachricht hinterlassen hat.

Hat sie nicht. Als ich Doña Norma danach fragte, hat sie mich mit dieser Grimasse angesehen, die sie für den Gipfel der Verachtung hält – das Gesicht leicht zur Seite geneigt, das Kinn nach vorne gereckt, die Nasenflügel gebläht, die Lider nach unten gezogen –, und gemeint, das hier sei kein Büro und sie nicht meine Sekretärin, und wenn ich auf Nachrichten wartete, solle ich zur Post gehen. Ich hatte erst neulich einen sehr ähnlichen Satz gelesen, hielt mich aber nicht lange damit auf, zu überlegen wo.

»Ich erwarte einen Anruf, Doña Norma. Ich gehe auf mein Zimmer, um nicht zu stören, aber sagen Sie doch bitte Bescheid, wenn jemand anruft. Wären Sie so freundlich?«

»Frechheit …«

Murmelt die Wirtin mit einer Geste, die sie offenbar für geistreich hält. Ich fliehe ins Zimmer – der Geruch nach ungelüftetem

Zimmer, Einsamkeit, das ungemachte Bett, die um den Stuhl verstreute Kleidung von gestern, die Angst um Raquel, die den ganzen Raum ausfüllt. Was mache ich, wenn Cuitiño sie entführt hat, um sicherzugehen, dass ich seine Befehle befolge? Das ergibt keinen Sinn: Wenn er sie in seiner Gewalt hätte, um mich unter Druck zu setzen, hätte er mir das gesagt. Was, wenn Raquel auf irgendeine Weise, die ich mir nicht vorstellen kann, kapiert hat, was los ist, wer weiß wohin geflohen ist und beschlossen hat, mich nie wieder zu sehen? Das wäre seltsam, aber es hätte den Vorteil, dass es ihr zumindest gut ginge und sie in Sicherheit wäre. Aber was, wenn sie einfach nur bei irgendeinem Verehrer ist, einem dieser Georgies, einem dieser Kommunisten, einem dieser Typen, mit denen sie sich herumtreibt? Das ist viel wahrscheinlicher. Aber das kann nicht sein, darf nicht sein, kann nicht sein.

»Don Andrés!«

Brüllt, hinter der Tür, Doña Norma, wie immer mit einer höflichen Anrede auf den Lippen.

»Kommen Sie, da ist wer für Sie.«

»Telefon?«

»Ach wo. Ein Herr an der Tür.«

Sagt Doña Norma und senkt die Stimme zu einem Flüstern: Beeilen Sie sich, der Kerl gefällt mir überhaupt nicht. Als ich unten ankomme, ist die Haustür verschlossen, der Riegel vorgeschoben. Doña Norma sperrt auf. Auf dem Fußabtreter steht ein junger Mann in einem verschlissenen, zu großen braunen Anzug, das Hemd über der Brust offen, ein brauner Hut bis zu den Augenbrauen in die Stirn gezogen, die Wangen dunkel von einem mehr als Dreitagebart. Der Mann hebt den Kopf, schiebt den Hut aus der Stirn, lächelt freudlos.

»Sag nichts, Alter. Halt einfach den Mund.«

Bernabé Ferreyra wirkt verängstigt.

Als wir die Bar des Gallego betreten, springt uns das Foto des River-Spielers mit der Nummer Neun ins Auge, auf dem Rasen kniend, die Hände auf den Ball gestützt. Bernabé tut so, als würde er das Bild nicht sehen, lässt den Hut aber für alle Fälle auf. Wir setzen uns an meinen Stammtisch am Fenster und bestellen zwei Kaffee. Der Gallego bringt sie, ohne uns weiter zu beachten.

»Tschuldigung, dass ich dich so überfalle, aber mit deiner Telefonnummer war's nicht besonders schwer, deine Adresse rauszukriegen. Und weil die Alte in Junín meinte, du würdest auf meinen Anruf warten, dachte ich, ich schau einfach mal vorbei.«

»Kein Problem, Bernabé. Im Gegenteil, ich wollte ja mit dir reden.«

»Jetzt reden wir. Nur eins noch: Ich bin nicht hier. Ich verstecke mich immer noch in Junín. Ich bin nie in Buenos Aires gewesen. Kapiert?«

»Klar, kapiert. Aber wie soll das gehen? Was glaubst du, wie lange du das geheim halten kannst? Dich kennt hier jeder Pflasterstein, Bernabé.«

Ferreyra macht ein genervtes Gesicht und schnalzt mit der Zunge: Ich solle nicht übertreiben, so schlimm sei es auch wieder nicht. Mit einer Kopfbewegung deute ich auf das Foto hinter dem Tresen.

»Das bin ich nicht, Bruder, das ist irgendein Typ in Fußballklamotten, eine verkleidete Marionette. Schau mich an: Sehe ich dem etwa ähnlich?«

Sagt er und lacht leise unter seinem Hut.

»Und wenn schon, sollen sie doch machen, was sie wollen, die können mich alle mal. Wollen doch mal sehen, ob ich nicht nach Buenos Aires kommen kann, wann immer ich Lust habe.«

Seine Stimme klingt weniger herausfordernd als vielmehr traurig, erschöpft.

»Ich hab's nicht mehr ausgehalten, in dem Kaff rumzuhängen und zu wissen, dass Mercedes tot ist. Dass keiner was tut, keiner was weiß, dass es alle einen Scheißdreck interessiert. Wir kriegen die Zeitungen dort ja auch, etwas später, aber wir kriegen sie. Das war's, die Sache ist durch, kein Mörder, kein gar nichts, alles schon wieder vergessen. Nicht ein einziges Wort, Bruder, als wäre nie was passiert.«

Während ich krampfhaft versuche, an nichts zu denken, rattert es pausenlos in meinem Kopf: Was wäre, wenn sie Raquel umbringen? Wenn es keinen interessieren würde? Wenn sich alles in einer Staubwolke verliert? Ihre Augen für immer geschlossen, und die Welt dreht sich weiter, ihr Mund, der einmal mir gehörte … Noch so ein Witz: Meine Gedanken gleichen immer mehr Sätzen aus Tangos.

Ferreyra spricht langsam, als würde es ihn Mühe kosten:

»Ich hab's nicht mehr ausgehalten. Ich will, dass die Wahrheit ans Licht kommt. Es geht nicht darum, dass *ich* sie erfahren will, alle sollen sie erfahren. Ich weiß nicht warum, aber ich muss die Wahrheit erfahren. Ich weiß, ich kann nichts machen, aber dort in Junín, so weit weg …«

»Und was hast du vor?«

Frage ich und fühle mich ein bisschen wie ein Schuft. Das ist erst der Anfang, der Höhepunkt kommt noch.

»Keine Ahnung. Mit ihrem Vater reden, aber das alte Arschloch wird mich nicht empfangen. Mecha wollte nicht, dass ich ihn kennenlerne, glaube ich zumindest. Der Kerl ist so ein beschissener feiner Pinkel, Ländereien, Jockey Club, Liga Patriótica, und ich, Bruder, stell dir vor, ich bin ein Eisenbahner, ein Balltreter, mein Alter war ein spanischer Erdfresser …«

»Und wie willst du dann die Wahrheit herausfinden?«

»Ich? Keine Ahnung. Ich kann überhaupt nichts herausfinden. Aber vielleicht kann ich ihnen so auf den Sack gehen, dass die, die was rausfinden müssen, was rausfinden. Ich weiß nicht, vielleicht auch mit den Bullen reden …«

Einen Augenblick lang stelle ich mir vor, wie er vor Holsters Schreibtisch sitzt, hab Holsters zynischen Blick, seine stille Verachtung vor Augen und versuche, das Bild zu verscheuchen. Ungewollt schließe ich die Augen, Ferreyra bemerkt es.

»Was hast du?«

»Nichts, was soll ich haben?«

»Kannst du mir helfen?«

»Ich? Wie soll ich dir denn helfen?«

Wir haben unseren Kaffee ausgetrunken. Vom Tresen aus macht der Gallego mir seltsame Zeichen: Zwinkern, ein Finger, der auf das Foto zeigt. Ich sehe ihn mit gerunzelter Stirn an und verziehe den Mund: Hör auf zu nerven.

»In ein paar Stunden weiß jeder, dass du hier bist. Die von River …«

»Und was zum Teufel geht mich das an? Die Kohle interessiert mich nicht mehr. Die Kohle war für sie, damit ich ihr das Leben bieten kann, das sie gewohnt war, die Arme. Jetzt ist mir scheißegal, was sie zahlen. Ich will sowieso nicht mehr für diesen Scheißverein spielen. Eine Bande von Neidern, sonst nichts. Glaubst du, meine Kameraden haben irgendwas für mich getan? Letztes Jahr hab ich für sie die Meisterschaft gewonnen, und jetzt wollen sie zehn- oder zwanzigtausend Pesos sparen. Die sollen zur Hölle fahren, alle.«

Ferreyra ist aufgebracht, gekränkt, seine Wut schwankt zwischen verschiedenen Adressaten. Er kriegt sich gar nicht mehr ein: Es sei ihm egal, wenn sie ihn nicht wollen, dann spiele er eben mit seinen Neffen Tischfußball oder fange wieder in den Eisenbahnwerken an oder gehe sonst wohin und fertig.

»Oder hat einer geglaubt, hier kommen die Schiffe an und bleiben für immer? Ich hab gehört, in Italien zahlen sie den Argentiniern eine Menge Kohle. Orsi ist nach Italien gegangen und verdient dort ein Schweinegeld, Monti auch, die spielen dort für die Nationalmannschaft, die behandelt man wie Menschen. Außerdem haben die dort angeblich eine richtige Regierung, eine, die sich Respekt verschafft, auf die die Leute sich verlassen können.«

Ich weiß nicht, was ich sagen soll, hole tief Luft, suche nach Worten, mir fällt nichts ein. Oder besser gesagt, ich weiß nicht, wie ich ihm sagen soll, was ich ihm sagen muss. Der Gallego kommt mit einem Tablett mit zwei Gläsern Rotwein.

»Der ist vielleicht nicht aus Frankreich, aber es ist der beste, den ich habe. Sagen wir, ich möchte zwei Freunde zu einem Glas einladen, zwei Freunde, die mir viel Freude bereitet haben.«

Sagt er und zwinkert uns mit der Sensibilität eines Nashorns zu. Ferreyra nimmt den Hut ab, murmelt etwas wie leck mich doch und lächelt ihm zu.

»Danke, Maestro. Genau das habe ich gebraucht.«

Sagt er und reicht ihm die Hand. Der Gallego schüttelt sie mit beiden Händen. Dann, plötzlich ganz diskret, mit einem so breiten Grinsen, dass es sein Gesicht fast zerreißt, verschwindet er wieder an seinen Platz hinter dem Tresen. Bernabé lässt seinen braunen Hut auf dem Tisch liegen, neben den zwei Gläsern. Ich nehme meins, halte es hoch und proste ihm zu:

»Auf die arbeitende Bevölkerung, auf Leute wie dich und mich.«

Ferreyra stößt mit mir an. Wir trinken, sehen uns an. Ich weiche seinem Blick aus.

»Ich muss dir was sagen, Bernabé.«

»Sag schon.«

»Die werden dich fertigmachen.«

»Erzähl mir was Neues, Bruder.«

»Im Ernst, die machen dich fertig. Jeden Moment wird die Nachricht erscheinen, dass du was mit Mercedes hattest.«

»Was soll das heißen: wird die Nachricht erscheinen?«

»Genau das. Dass sie erscheinen wird. In der Zeitung, irgendwo.«

»Wie kommst du darauf?«

»Na ja, hat mir ein Freund erzählt, der bei *Crítica* arbeitet.«

»Und woher wissen die das?«

»Was weiß ich? Jemand hat gequatscht, jemand hat euch zusammen gesehen. Ich hab keinen blassen Schimmer.«

Sage ich und betone meine Ahnungslosigkeit etwas zu sehr. Ferreyra blickt mich seltsam an, die Lippen aufeinandergepresst, die Augen zusammengekniffen.

»Klar, du hast keinen blassen Schimmer.«

Sagt er mit belegter Stimme und leert sein Glas in einem Zug. Am liebsten wäre ich längst davongerannt, aber es fehlen noch ein paar Schritte.

»Und wenn in der Zeitung steht, dass du in jener Nacht mit ihr zusammen warst …«

»War ich nicht.«

»Und du glaubst, dass das dann noch jemanden juckt?«

»Hör auf, Junge. Sei nicht so ein Arschloch.«

»Das bin ich nicht, oder nicht mehr, Bernabé, verzeih. Ich erzähl dir nur, was die Leute sagen werden.«

»Sie werden sagen, dass sie irgendeine Frau war, die was mit Männern hatte, was weiß ich, was sie sagen werden.«

Sagt Ferreyra und schweigt. Er schließt die Augen, als würde er jeden Moment losheulen. Wahrscheinlich denkt er an sie, sieht sie vor sich, aber ich kenne kein Pardon:

»Das ist nicht das Problem, Alter, mach die Augen auf. Das Problem ist, dass sie dir den Mord anhängen werden.«

Ferreyra starrt mich an, als würde er nichts kapieren. Er kapiert wirklich nichts, zumindest ein paar Sekunden lang. Dann sagt er, jedes Wort einzeln ausspuckend, als würde es schlecht schmecken:

»Spinnst du? Wer soll denn glauben, dass ich so was tun könnte?«

»Hältst du das für so unmöglich? Die werden sagen, sie hätte dich zurückgewiesen und du hättest das nicht ertragen, oder dass du sie mit einem anderen gesehen hast oder dass sie schwanger war oder sonst irgendeine miese Geschichte. Die machen dich fertig, Bruder.«

»Und du wirst mir helfen.«

Sagt Ferreyra mit noch belegterer Stimme, mit all seiner Verbitterung, seiner Enttäuschung, seiner Wut: Du wirst mir helfen.

»Ich werde tun, was ich kann, wenn du mich lässt. Ich werde alles tun, was ich kann.«

16

An der Ecke Corrientes und Libertad, zwischen dem Bauschutt der Erweiterungsarbeiten, betteln zwei in Lumpen gehüllte Obdachlose die vorbeihastenden Passanten an.

»Kein Brot, keine Arbeit, meine Familie muss hungern.«

Sagt einer der beiden, ein großer, kräftiger Mann, mit osteuropäischem Akzent. Der andere, untersetzt, dunkel, versucht es lauter:

»Bin Argentinier und habe keine Arbeit. Bin Argentinier und habe keine Arbeit.«

Ein Stück weiter ruft ein Zeitungsjunge – noch keine fünfzehn, kurze Hose, verdreckte Knie, die weite, schmutzige Mütze schief auf dem Kopf, das Zeitungsbündel seitlich unter den Arm geklemmt – die fünfte Tagesausgabe der *Crítica* aus:

»Nächster Volltreffer der Bestie, nächster Volltreffer der Bestie! Das Mädchen aus gutem Hause war seine Geliebte! Lesen Sie die neuste Ausgabe der *Crítica,* die Rückkehr der Bestie! Die Tote war seine Geliebte!«

Ich kaufe ein Exemplar. Die Schlagzeile auf Seite eins lautet: »Die Bestie und ihre Dompteurin«. Die Meldung von Guillermo González Galuzzi – sein Kürzel G.G.G. sticht sofort ins Auge – besteht aus kaum mehr als der Nachricht von der Beziehung zwischen María de las Mercedes Olavieta und Bernabé Ferreyra. Ohne Ferreyra an irgendeiner Stelle mit dem Tod der jungen Frau in Verbindung zu bringen, ergötzt sich der Artikel an der Metapher von der Zirkusbestie und ihrer Dompteurin und dem rätselhaften Fall: »Es ist *vox populi,* dass der edle Wilde, die Bestie aus Rufino,

194

Heerscharen von jungen und nicht mehr ganz so jungen Damen anzog, die davon träumten, ihn zu zähmen. Wie inzwischen bekannt wurde, war Mercedes die erfolgreichste von ihnen, auch wenn es unangebracht ist, angesichts ihres tragischen Endes von Erfolg zu sprechen. Offenbar verlor die Dompteurin irgendwann die Kontrolle über ihre Peitsche und sah sich von einer blutrünstigen Bestie überrascht, die keine Skrupel hatte, ihr mit unmenschlicher Brutalität die Kehle aufzuschlitzen. Um wen es sich bei dieser Bestie handelt, bleibt jedoch ein Rätsel.«

»Was für ein Arschloch.«

Presse ich zwischen den Zähnen hervor und weiß nicht, ob ich González Galuzzi meine.

Ich gehe weiter, betrete zwei Buchhandlungen, finde sie nicht. In der dritten sagt mir Londoño, der einäugige Besitzer, sie sei vor etwa einer halben Stunde da gewesen und jetzt wahrscheinlich in der Buchhandlung von Don Manolo, einen Block weiter. Ich treffe genau in dem Moment ein, als Raquel den Laden verlässt, in der Hand ihre Aktentasche mit Rechnungen und Büchern. Sie sieht hinreißend aus: weite beigefarbene Hose, schwarze Stiefeletten, weißes Rüschenhemd, das Haar voll Pomade, das Gesicht glänzend vor Schweiß. Ich gehe mit offenen Armen auf sie zu. Raquel sieht mich voller Überraschung an – echter oder gespielter – und begrüßt mich ohne einen Kuss:

»Andrés, wie geht's?«

»Rusita, weißt du, wie lange ich dich schon suche?«

Frage ich aufgeregt, glücklich, überstürzt.

»Ich hab mir Sorgen gemacht, weil du nicht angerufen hast, ich hatte Angst, dass dir was zugestoßen ist, und dann bin ich in der Pension geblieben und habe auf deinen Anruf gewartet, aber du …«

Raquel starrt mich an, als würde sie meine Aufregung nicht verstehen. Oder sie versteht sie, tut aber lieber so, als würde sie nichts verstehen. Ihre Antwort jedenfalls ist so trocken wie eine getrocknete Tomate.

»Mal langsam, Andrés. Was soll diese Geschichte, dass ich dich anrufen sollte und das alles?«

Wir gehen neben dem aufgerissenen Bürgersteig der Corrientes entlang und gelangen zur Uruguay. Das Gebrüll der Arbeiter und die lauten Schläge der Spitzhacken gesellen sich zum Staub und der Hitze. Plötzlich fühle ich mich sehr hilflos, fehl am Platz.

»Müssen wir das hier diskutieren?«

»Ich glaube nicht, dass wir irgendwas diskutieren müssen.«

»Aber, Rusita, ich dachte …«

Sage ich und komme mir vor wie ein Idiot. Was wollte ich ihr sagen? Dass ich dachte, das zwischen uns hätte eine Bedeutung, wir hätten was miteinander, sie würde mich lieben? Dass ich an den Weihnachtsmann glaube? Raquel scheint die Situation zu genießen, sie spricht mit mir wie mit einem kleinen Jungen:

»Was hast du gedacht, *che*? Na, los, sag schon. Was hast du gedacht?«

»Vergiss es.«

Sie scheint Mitleid zu bekommen – sie lächelt, sagt, ich soll ihre Aktentasche tragen, die an die hundert Kilo wiegt, es sei doch alles in Ordnung, nur ein Missverständnis, aber es sei alles in Ordnung. Natürlich lasse ich es nicht dabei bewenden – wieder diese Fallstricke der Blamage, wieder dieser Drang, mich in ihnen zu verheddern.

»Hat dir was nicht gefallen, hab ich was falsch gemacht?«

Raquel fragt, wann, verstummt aber gleich wieder – offenbar will sie es auch nicht übertreiben mit der Erniedrigung. Aber so ganz gelingt ihr das nicht:

»Neulich Nacht?«

»Natürlich, was sonst?«

»Nein, Liebster, keine Sorge, du hast alles gut gemacht, im Großen und Ganzen.«

»Rusa, sei nicht …«

»Was?«

»Nichts, entschuldige. Ich dachte, wir könnten uns wenigstens wie anständige Menschen unterhalten.«

»Du hast recht, Andrés, ich muss mich entschuldigen. Wir sind anständige Menschen, glaube ich. Aber vielleicht sind wir zu verschieden. Die Nacht mit dir war schön, ja sehr schön war das, eine gute Zeit zu zweit. Aber gestern war's wieder Nacht, und heute ist ein anderer Tag und so weiter, verstehst du? Hast du Heraklit gelesen?«

Fragt sie, wieder auf der Beleidigungsschiene. Ich weiß nicht, ob ich sagen soll na klar oder für wen sie sich hält oder sie kann mich mal und starre sie nur schweigend an. Sie klärt mich auf:

»Heraklit hat gesagt, dass alles sich wandelt, dass man ganz schön schnell sein muss, wenn man zweimal im selben Fluss baden will. Mehr wollte ich damit nicht sagen.«

»Und von wem hast du das? Von Georgie, Jimmy, Stanislaus, Pelopidas?«

»Hör auf, Andrés, das führt doch zu nichts. Wir sind Freunde, vorgestern hatten wir eine schöne Zeit miteinander, vielleicht wiederholen wir das eines Tages. Was willst du? Dass wir uns aneinanderketten? Willst du wie einer dieser braven Bürger sein, die sich mit ihrem armseligen kleinen Leben abfinden, nur weil man das so macht? Was würde denn mit uns passieren, mit dir und mir? Sehen wir uns ein paar Jahre lang dreimal die Woche, bis wir einander satt haben? Oder noch schlimmer: Wir versuchen uns einzureden, dass wir einander nie satt haben werden, und kratzen Geld zusammen und heiraten und dann kriegen wir mit etwas Glück vielleicht einen Jungen und ein Mädchen, ach, wie schön, die sehen Papa und Mama aber ähnlich, und reißen uns den Arsch auf, um den Brei für die Gören zu bezahlen? Und ich würde Windeln waschen, und all unsere Wünsche, alle Träume, die wir je gehabt haben, schmeißen wir auf den Müll, damit's mit diesem kleinen Leben klappt, das …«

»Hör auf, Rusa, ich hab's kapiert. Beruhig dich. Was soll ich machen, ich habe mich eben getäuscht. Ich hab's wieder mal vermasselt. Aber ich hätte nie gedacht, dass du eine von denen bist.«

»Was soll das heißen, eine von denen?«

»Keine Ahnung, eine von denen eben, du weißt schon. Hast du keine Angst, dass man dich ständig mit einem neuen Typen sieht?«

»Und du, hast du keine Angst, dass man dich ständig mit einer neuen Frau sieht?«

Fast hätte ich gesagt, da bestehe keine Gefahr, aber einen kleinen Rest Würde sollte ich mir bewahren. Stattdessen entgegne ich, natürlich, das sei ja auch nicht dasselbe.

»Ach nein? Und warum nicht?«

»Na ja, entschuldige, dass ich das so sage, aber es ist nicht dasselbe, weil ich ein Mann bin.«

»Stimmt, davon habe ich gehört. Und das ändert alles?«

»Das ändert alles, natürlich ändert das alles. Hast du nie gehört, was die Jungs über Mädchen sagen, die mit mehr als einem Kerl ausgehen, mit ihnen ins Bett gehen?«

Ihr Blick ist tödlich. Wenn ich wüsste, was das Beste für mich ist, würde ich auf der Stelle schweigen – wüsste ich es, würde ich genau genommen schon seit einer ganzen Weile schweigen. Stattdessen steuere ich weiter auf den Abgrund zu:

»Freies Taxi, so nennt man solche Frauen, weil sie jeder nehmen kann. Oder Omnibus, wenn man sie mit noch mehr Typen sieht. Da darf jeder rein.«

Sie bleibt abrupt stehen. Du bist wirklich ein Idiot, sagt sie und reißt mir die Aktentasche aus der Hand. Ich sage erschrocken, sie soll warten: »Warte, Rusita, geh nicht. Ist alles in Ordnung mit dir, gab es keine Probleme?«

»Was für Probleme, Andrés?«

»Drohungen, meine ich, irgendwas in der Art?«

»Wovon redest du, *che*?«

»Warte, ich erzähl's dir. Und verzeih, wenn ich was Dummes gesagt habe. Hast ja recht, ich bin ein Idiot.«

Wir gehen in Richtung Callao. Ich versuche meinen Stolz runterzuschlucken – und verschlucke mich. Sage mir, dass es nur Stolz ist, Idiotenstolz, dass es keinen Sinn hat, gekränkt zu sein, dass ich einen Mann, der gesagt hätte, was Raquel gerade zu mir gesagt hat, für einen klasse Typ halten würde, und ich frage mich, warum ich so etwas bei ihr nicht genauso akzeptieren kann, aber sie ist kein Mann, genau deshalb, eine Frau macht so was nicht, egal wie jung und modern sie sein mag, und wenn sie es doch partout nicht lassen kann, dann soll sie es halt tun, aber dann soll sie sich hinterher auch nicht beschweren, wenn die Leute sie ... Oder meinetwegen soll sie es ruhig tun, aber ohne mich, es ist nicht gerecht, auf diese Weise mit meinen Gefühlen zu spielen, denke ich und versuche nicht daran zu denken, denn ich sehe mich einen Abhang in Richtung Niederlage hinunterrutschen, einen Abhang aus immer unwürdigerem Selbstmitleid, und dabei muss ich ihr unbedingt erzählen, was los ist, und frage mich, warum ich ihr das erzählen muss, warum ich sie nicht einfach dahin schicke, wo sie hingehört, und mich allein um alles kümmere, sie vergesse, sie aus meinem Leben streiche, weil sie es nicht wert ist, meine Zeit und gute Laune zu vergeuden, indem ich an sie denke, doch dann gehen mir plötzlich ein paar Verse durch den Kopf: »Sie war mies wie ein Mann. / Von einer Frau / hatte sie nicht mehr als den Namen / um diese Falle zu sein / in die du nur zu gerne tappst ...«

»Andrés, wolltest du mir nicht was erzählen?«

»Entschuldigung, ich war mit den Gedanken woanders.«

Sage ich und frage, ob sie die Zeitungen gesehen hat.

»Ja, eben beim Einäugigen lag die *Crítica*. Irgendein Arschloch hat zu viel geredet.«

»Irgendein Arschloch hat zu viel geredet. Deshalb habe ich dich gesucht. Wir müssen ihren Mörder finden, das ist die einzige Möglichkeit.«

»Wir müssen? Wer muss? Für wen hältst du uns, für Sherlock Holmes?«

»Wer?«

»Nichts, vergiss es. Wir können niemanden finden, Andrés. Das ist Sache der Polizei.«

»Rusita, du hast selbst gesagt, wir müssen ihn suchen.«

»Was weiß ich, *che*, wahrscheinlich hatte ich getrunken oder einen Anfall. Wie sollen wir das denn anstellen? Wie gesagt, wir sollten das den Bullen überlassen.«

»Und wenn die Bullen keine Lust haben?«

»Es ist schrecklich, aber das geht nicht, wir können das nicht, wir…«

»Ich weiß, du hast recht. Trotzdem wollte ich dich um einen Gefallen bitten.«

Wir bleiben an der Ecke Callao und Lavalle stehen, direkt vor dem Los Galgos. Ob sie mich nicht zu Olavieta begleiten will, frage ich. Dass der Typ mir allein nicht mal die Uhrzeit sagen würde, aber wenn sie mitkommt, wäre das vielleicht was anderes.

»Ich weiß nicht, Andrés. Ich kann dir gerne meine Nummer geben, du rufst morgen oder übermorgen an, und dann sehen wir weiter.«

»Das ist zu spät, Raquel. Wir müssen jetzt hin.«

»Zu spät wofür, *che*? Worüber reden wir hier?«

»Ich weiß nicht. Ich weiß es wirklich nicht. Aber wenn wir ihn treffen, finden wir bestimmt was raus. Komm schon, bitte.«

»Wo wohnt er?«

»Keine Ahnung, ich dachte, du wüsstest das. Barrio Norte, in der Ayacucho oder Riobamba, oder? Das ist nicht weit weg. Bitte.«

Es ist fast ein Flehen, ich weiß, aber dann flehe ich eben. Raquel gibt nach, vielleicht will sie mich nicht weiter erniedrigen. Vielleicht bereut sie es sogar ein bisschen.

»Na gut, gehen wir. Ich war ein paarmal bei Mercedes, ich denke, ich müsste das Haus wiedererkennen.«

»Danke, Rusita, vielen Dank. Ich gehe dir auch nie wieder mit meinen Dummheiten auf den Geist. Versprochen.«

Sie sieht mich seltsam an – ihre Enttäuschung ist so viel härter als ihr Ärger.

»Du bist ein Idiot, Andrés. Und ich dachte, du bist anders …«

17

Die Fassade wirkt sehr solide: drei Stockwerke aus grauem Stein, hohe Balkone, vergitterte Fenster. Die Haustür besteht aus zwei großen Flügeln aus dunklem, solidem Holz – der Art von Holz, die Respekt einflößen soll. Die Beschläge – ebenfalls solide – sind aus Bronze. Die Klingel ist schon etwas abgenutzt, funktioniert aber. Wir zergehen in der Mittagsonne, bis sich einer der Flügel einen Spaltbreit öffnet und das dunkle, schmächtige, von den Jahren gezeichnete Gesicht einer älteren Frau erscheint.

»Was kann ich für Sie tun?«

»Guten Tag. Señora Venancia?«

Fragt Raquel mit ihrem schönsten Lächeln.

»Zu Diensten. Was kann ich für Sie tun?«

»Wir müssten dringend mit Señor Olavieta sprechen.«

»In welcher Angelegenheit, wenn ich fragen darf?«

Señora Venancia wirkt erschrocken. Ihr Gesicht ist angespannt, die Augen weit aufgerissen. Bevor wir etwas sagen können, fragt sie mit ihrem Akzent einer Frau vom Land:

»Sie sind doch keine Journalisten, oder? Bitte gehen Sie, lassen Sie uns, tun Sie uns nicht noch mehr weh. Wir haben schon genug gelitten.«

»Ich bin … ich war Mercedes' Freundin, ich würde gern mit ihrem Vater sprechen.«

Sagt Raquel zögerlich, und Señora Venancia antwortet, dass der Doktor ausgegangen sei.

»Bitte, es ist wichtig.«

Mische ich mich ein.

»Er ist nicht da, Señor, was soll ich machen.«

Sagt die Hausangestellte, als plötzlich drinnen jemand brüllt:

»Lass sie rein, *che*, sag ihnen, ich bin gleich da!«

Venancia sieht uns verlegen an, seufzt, zieht die Augenbrauen hoch.

»Er war wohl doch zu Hause, treten Sie ein. Aber bitte tun Sie uns nicht noch mehr weh.«

Das Vorzimmer würde knapp ausreichen, um eine kleine Familie unterzubringen, der Salon hingegen gut und gerne für drei oder vier Generationen von Kalabriern inklusive allen *nonnas* und *nonnos* und Enkelchen in der Wiege: ein acht mal acht Meter großer Raum mit hoher Decke und mehreren Balkonen, die auf einen Garten mit wuchernden Pflanzen hinausgehen. Es gibt einen Kamin, in den ein großer Mann oder ein kleines Pferd passen würden, davor eine dreiteilige Chesterfield-Sitzgruppe aus braunem, abgewetztem Leder, einen niedrigen Holztisch mit Porzellannippes und gläsernen Aschenbechern darauf und mehrere abgenutzte Teppiche. An den gräulichen Wänden sind hellere Rechtecke zu erkennen, wo einmal Bilder hingen. Venancia führt uns zu den Sesseln am Kamin, fordert uns auf, Platz zu nehmen.

»Guten Tag, die Herrschaften. Den haben Sie doch hoffentlich.«

Begrüßt uns in strammer Haltung ein großer, hagerer Mann um die sechzig mit grauem Zehn- oder Fünfzehntagebart von der Tür aus. So, aus der Nähe und in häuslicher Umgebung, hat er nicht viel von dem Mann, der auf dem Friedhof die Faschisten angeheizt hat. Er trägt einen Morgenmantel aus bordeauxroter Seide, der von einem nicht dazu passenden schwarzen Band gehalten wird, darunter einen cremefarbenen Seidenpyjama, Hausschuhe. Und um den Hals ein Tuch aus weißer Seide, das neu aussieht. Je näher er kommt, desto mehr verschlechtert sich der Eindruck: Flecken und Falten werden sichtbar. Carlos María de Olavieta schenkt uns ein Lächeln aus gelben Zähnen und nimmt im Sessel gegenüber Platz, auf der anderen Seite des Couchtischs.

»Bitte, machen Sie es sich bequem, nur keine Umstände. Du bist also die berühmte Raquel. Ich habe mir dich anders vorgestellt, ich weiß nicht, etwas … rothaariger. Und Sie, wer sind Sie?«

»Gestatten, Andrés Rivarola.«

Ich stehe auf, richte meinen Hemdkragen und reiche ihm die Hand. Nur keine Umstände, wiederholt Olavieta.

»Andrés Rivarola … Was mit Enrique zu tun? Ich habe ihn länger nicht gesehen, aber früher war er oft im Club.«

»Na ja, er ist ein Vetter meines Vaters.«

Sage ich und denke, dass ich »von Papa« hätte sagen sollen, ein Vetter von Papa. Ich sollte an meiner Spontaneität feilen.

»Ah, ein Vetter deines Vaters. Eine echte Type. Ich kann mich erinnern, dass er manchmal Mate im Club getrunken hat. Stellt euch vor, Mate! Wir mussten uns der Belagerung durch fanatische Matetrinker erwehren. Diese Matetrinker sind wie Schmeißfliegen, genauso lästig. Und so dreist, dass sie es manchmal gewagt haben, sogar mir einen anzubieten. Wie kann man bloß auf die Idee kommen, ich würde dieses widerliche Gesöff trinken, diesen billigen Tee für ungehobelte Tagelöhner und ausländische Hungerleider?«

Wir sehen ihn schweigend an. Olavieta ist nicht zu bremsen, offenbar hat er viel über das Thema nachgedacht:

»Eine Plage, eine richtiggehende Plage. Und jetzt wollen sie dieses Gesöff doch tatsächlich zum Nationalgetränk erheben. Mein Gott! Stellt euch vor, was für ein Vaterland das wäre! Aber der Gipfel ist, dass sie uns überzeugen wollen, unsere Menschen vom Land hätten schon immer Mate getrunken. Dieses schmutzige Wasser!

Die wahren Männer vom Land haben so was nie getrunken. Wenn sie meinem Vater, Gott hab ihn selig, einen Mate angeboten hätten, hätte er sie auf der Stelle zum Katzenmelken geschickt.«

Offenbar gefällt ihm das Bild – den Kopf in den Nacken geworfen, die Hände nach oben gestreckt, bricht er in theatralisches Gelächter aus. Raquel bringt ein makelloses Lächeln zustande, neigt den Kopf zur Seite und erklärt, er müsse sich keine Sorgen machen, so etwas wäre uns nie in den Sinn gekommen. Und dass wir ihn nicht belästigen wollten, aber kurz über etwas mit ihm reden müssten, das mit dem Tod seiner Tochter zu tun habe.

»Du bist doch keins von diesen Mädchen, die sich bei Victoria herumtreiben, oder?«

»Na ja, nicht wirklich, ich …«

»Ich will es gar nicht wissen. Diese Schreiberlinge waren das, die haben ihr all die Flausen in den Kopf gesetzt, mein armer Engel. Sie müsse ihr Talent nutzen, haben sie gesagt, sie müsse sich dem ganz hingeben. Eine Señorita, verdammt, eine wahre Señorita, eine Señorita, die einen Namen und einen Ruf zu verteidigen hat, die einen anständigen Ehemann finden und eine Familie gründen muss, so wie ihre Mutter, ihre Großmutter, ihre … Aber wozu erzähle ich euch das alles. Und Sie, Rivarola, woher kannten Sie Mercedes?«

»Ich hatte leider nie die Ehre, sie persönlich kennenzulernen, Doktor. Aber wir sind hier, weil Sie uns helfen müssen, eine Frage zu klären.«

Ich stehe auf, um ihm die *Crítica* zu reichen. Olavieta zögert einen Moment und nimmt sie, ohne zu wissen, wozu. Bis er sie auseinanderfaltet, hochhält, die Schlagzeile liest.

»Diese verdammten Drecksschweine … Das werden sie mir büßen, diese miesen Ratten, diese Hundesöhne.«

Platzt es mit der Wut eines tosenden Orkans aus ihm heraus, in seinen Beleidigungen wimmelt es nur so von Tieren. Olavieta ringt zitternd nach Luft und liest immer wieder die Schlagzeile und den Artikel.

»Denen muss man eine Bombe in die Redaktion schmeißen.«

Sagt er leise, entschlossen: Hundert Bomben muss man auf diese verdammten Anarchisten schmeißen. Dann blickt er uns an, als wäre er überrascht, uns hier zu sehen.

»Und warum zeigt ihr mir diesen Schund, wenn ich fragen darf?«

»Na ja, ich arbeite für diese Zeitung …«

»Sie arbeiten dort? Sie arbeiten für diese Söhne schlecht gefickter Schweine? Verlassen Sie auf der Stelle mein Haus!«

Ich versuche, mich zu wehren:

»Wenn Sie mir einen Moment Zeit geben, kann ich Ihnen alles erklären, Doktor …«

»Da gibt es nichts zu erklären. Verschwinden Sie, oder ich lasse die Hunde von der Kette.«

Brüllt Olavieta. Er ist aufgesprungen und bindet wütend den Gürtel seines Morgenmantels fest – einen Augenblick lang ist er nicht mehr der Prokonsul der Liga Patriótica, der gerechtigkeitsliebende Mann von La Recoleta. Aber die Hunde kommen nicht.

»Bitte, Doktor, hören Sie mir einen Moment zu.«

Sage ich und stehe auf. Und dass ich genau deswegen hier bin, bei der Zeitung gebe es einen Kollegen, der solche Bomben schmeißt, und ich bräuchte seine Hilfe, um diesen Kollegen aufzuhalten.

»Wir brauchen Ihre Hilfe, Doktor. Nur Sie können uns helfen, die Wahrheit ans Licht zu bringen, den Namen Ihrer Tochter reinzuwaschen.«

»Ihren Namen reinwaschen?«

»Ja, Doktor, deshalb sind wir hier.«

Olavieta sieht uns an, als würde er sich fragen: Welches Recht haben die beiden, mir zu sagen, mein Name müsse reingewaschen werden, wie sollen die in der Lage sein, irgendetwas reinzuwaschen.

Dann sagt er, wir sollen uns wieder setzen. Er atmet immer noch hektisch.

»Setzt euch. Du auch, Mädchen, bitte. Setzt euch, ich höre. Und entschuldigt meine Wut, aber was erwartet ihr von einem anständigen Vater, der so etwas lesen muss …«

Olavieta geht zu einer verschnörkelten Anrichte in französischem Stil, öffnet die Tür und nimmt eine Flasche aus geschliffenem Glas und ein Likörgläschen heraus.

»Entschuldigt, dass ich euch nichts anbiete, nicht zu dieser Uhrzeit, noch nicht. Der Arzt hat mir verschrieben, ein Tröpfchen zu trinken, wenn es mir so geht wie gerade. Ich möchte mich noch einmal entschuldigen, ich habe mich gehen lassen. Aber die Presse ist das Verderben dieses Landes, alles Diebe, gewissenlose Wiesel. Seit Jahren predige ich, dass wir ohne diese Verbrecher weitaus besser dran wären.«

Olavieta füllt das Glas mit einer roten Flüssigkeit und leert es in einem Zug. Er sieht alt aus, das Gesicht spitz, die Haut, die mit den Knochen kämpft, der Bart struppig, der Wulst unter dem Kinn, der ihm herabhängt wie der Kropf eines Hahns. Von der Anrichte aus hält er mit verschränkten Armen seine Rede:

»Früher war der Journalismus noch etwas für anständige Menschen, ehrbare Menschen, die alles dafür gaben, um ein paar Seiten zu veröffentlichen, auf denen sie ihre Ideen und ihre politischen Lösungen zum Nutzen der Republik verbreiten konnten. Heutzutage ist er ein Geschäft für Schweine und Nichtsnutze, denen die Republik so egal ist wie mir die bolivianische Poesie, wenn ihr mir den Vergleich gestattet. Verdammte Plapperpapageien. Die wollen doch nichts anderes, als der lechzenden Meute immer noch mehr Blut zu liefern, um ihr auch noch den letzten Groschen aus der Tasche zu ziehen. Dem Pöbel Mist verkaufen und ihn nebenbei an der Nase herumführen, das wollen sie. Ich sage immer: Um die Probleme dieses

Landes zu lösen, müsste man nur die Verleger von drei oder vier Zeitungen auf die Plaza de Mayo schleifen und sie an der nächsten Laterne aufknüpfen, so wie es unsere Großväter getan haben... Oder Kühe melken schicken, damit sie wenigstens zu irgendwas taugen.«

Die Rede beruhigt ihn. Wir lauschen ihr mit unserem schönsten Wachsgesicht. Olavieta lächelt zufrieden.

»Gut, meine Freunde, dann wollen wir mal schauen, wie wir uns gegenseitig helfen können.«

Sagt er und nimmt wieder in seinem braunen Sessel Platz. Ich räuspere mich, spreche mit kehliger Stimme – ein passabler Abklatsch des vermeintlichen Jockey-Club-Akzents meines vermeintlichen Onkels.

»Wenn Sie erlauben, Doktor, würden wir Ihnen gerne zwei, drei Fragen stellen.«

»Wenn es sein muss.«

»Wir wollen Sie natürlich nicht belästigen.«

»Schießen Sie los.«

Sagt Olavieta und starrt mit leerem Blick an die Wand gegenüber, als betrachtete er das Bild, das einmal dort hing, als spräche er mit jemandem, der längst verschwunden ist.

»Zuerst einmal, und bitte verzeihen Sie mir, dass ich darauf zu sprechen komme: Warum war Ihr erster Eindruck, dass Mercedes sich umgebracht hatte?«

Fragt wie aus dem Nichts Raquel, und Olavieta starrt sie an, als hätte er sie ganz vergessen. Auch ich sehe sie überrascht an. Es ist die beste aller Fragen, die mir nicht eingefallen sind.

»Eigentlich...«

Carlos María de Olavieta reibt sich den Bart, als müsste er sich kratzen, denkt einen Moment lang nach, sagt, er wisse es nicht.

»Ich weiß es nicht, das war das Erste, was ich gedacht habe. Ihr wisst ja, in solchen tragischen Situationen glaubt man, dass das, was geschehen ist, das Schlimmste ist, was geschehen konnte.«

»Und Selbstmord wäre das Schlimmste?«

Fragt Raquel etwas zu schnell, etwas zu entschlossen, die Gelegenheit beim Schopf zu packen. Olavieta starrt sie wieder erstaunt an.

»Was glaubst du denn? Kannst du dir etwas Schlimmeres vorstellen als eine gesunde junge Frau, aus guter Familie, gläubig, die plötzlich beschließt, ihrem Leben ein Ende zu setzen, zu verschwinden, sich für immer zu verdammen? Kann man sich etwas Schlimmeres vorstellen als den Schmerz dieses Mädchens?«

»Bitte verzeihen Sie, Doktor, aber ich hätte nie gedacht, dass Mecha sich eines Tages umbringen könnte. Warum sollte sie das tun, wo sie doch alles hatte? Sie war jung, gesund, genau wie Sie sagen, und was Sie nicht gesagt haben: Sie war schön, intelligent, voller Pläne. Natürlich kannte ich sie nicht so gut wie Sie, aber gut genug, dass ich nie im Leben damit gerechnet hätte, dass sie sich umbringt. Aber manchmal täuscht der Eindruck, und Sie sind ihr Vater und wissen bestimmt vieles, was wir nicht wissen, deshalb frage ich Sie, warum Sie sofort an diese Möglichkeit gedacht haben?«

Sagt Raquel und schweigt in Erwartung von Olavietas Antwort. Die nicht kommt. Der Hausherr reibt weiter seinen Bart, starrt ins Leere, macht ein Gesicht, als wollte er uns am liebsten wieder rausschmeißen. Schließlich antwortet er, er wisse es nicht.

»Ich weiß es nicht. Ich weiß es wirklich nicht. Ich müsste darüber nachdenken. Wer weiß schon, was im Kopf einer Frau vorgeht, nicht wahr?«

Ich glaube ihm kein Wort.

Peinliche Stille tritt ein. Olavieta sieht uns an – erst mich, dann Raquel, dann einen Punkt irgendwo zwischen uns. Einen Augenblick später macht er Anstalten, aufzustehen.

»Es tut mir leid, wenn ich euch nicht ...«

»Entschuldigung, Doktor. Ganz kurz noch. Wussten Sie, dass sie diesen Bernabé Ferreyra kannte?«

»Woher sollte ich das wissen, *che*, ich wusste von nichts. Es ist nicht einfach, zwei Mädchen großzuziehen, versteht ihr? Ihre Mutter starb vor langer Zeit, ließ mich allein zurück mit den beiden, und das war alles andere als einfach. Ich habe mich bemüht, so gut ich konnte, aber schauen Sie. Die eine habe ich ans Kloster verloren, die andere an den Friedhof.«

Olavieta verstummt, den Kopf gesenkt. Dann, sehr leise:

»Ich habe immer schon geahnt, dass mein Name aussterben würde. Jetzt weiß ich, dass auch mein Blut…«

Sagt er ins Leere und schweigt wieder. Ich traue mich nicht, das Schweigen zu brechen. Im Gegensatz zu Raquel:

»Ich nehme an, es hat Ihnen nicht besonders gut gefallen, dass sie mit ihm zusammen war…«

»Was willst du damit sagen? Etwas mehr Respekt bitte. Natürlich hat es mir nicht gefallen, genauso wenig, wie es deinen Eltern gefallen würde. Aber ich bezweifle, dass die Geschichte überhaupt stimmt. Ich kannte sie gut, sie hatte nichts mit solchen Kerlen, verwaisten Rindern ohne Stammbaum, ohne Rasse. Aber was bringt es uns, mit dieser Komödie weiterzumachen? Mechita ist tot, und es ist doch glasklar, wer sie ermordet hat. Wenn die uruguayische Schlange, die diese Kanaillenzeitung leitet, das nicht begreifen will, werde ich ihr meine Anwälte auf den Hals hetzen – oder gleich meinen Sekundanten schicken.«

Ich bin kurz davor zu fragen, ob er Anwälte und Sekundanten hat, kann mich aber gerade noch beherrschen. Stattdessen versuche ich das Gespräch wieder in ruhigere Bahnen zu lenken:

»Wir haben Sie auf dem Friedhof gehört, Don Carlos. Ihre Rede war sehr bewegend, sehr einleuchtend. Sie sind also überzeugt, dass es ein Anarchist war, der…?«

»Natürlich bin ich das. Sonst würde ich so etwas nicht sagen, *che*. Wieso sollte ich nicht davon überzeugt sein?«

»Natürlich, aber warum sollten sie das getan haben? Warum sollte ein Anarchist in Ihr Haus eindringen, um eine junge Frau zu töten, die keinem was getan hat?«

Kommt Raquel mir zuvor. In ihrer Stimme klingt ein Anflug von Wut mit, von Hass, den der Mann in ihr auslöst.

»Warum? Du fragst mich ernsthaft, warum? Ihr sitzt hier und fragt mich, warum?«

»Ich bitte vielmals um Entschuldigung.«

Sage ich. Dass wir ihn vielmals um Entschuldigung bäten und es bestimmt vieles gebe, wovon wir nichts wüssten, und er solle uns bitte verzeihen und sagen, falls wir etwas gesagt haben sollten, das wir nicht hätten sagen sollen, das hätten wir nur getan, um ihm zu helfen. Raquel blickt mich mit kaum verhohlener Wut an. Wie ein verständnisvoller Patriarch hebt Olavieta die rechte Hand.

»Keine Sorge, mein Freund. Das konnten Sie nicht wissen, das stimmt. Aber die Antwort liegt auf der Hand: weil ich für das Wenige stehe, was vom Guten und Edlen in diesem von ausländischen Horden überfluteten Land noch übrig ist. Hier leben doch fast nur noch Fremde, und sie sind unser Untergang. Ihr habt uns ja gesehen, wir sind die Speerspitze der rechtschaffenen Leute, die, die unser Vaterland mit ihren Händen aufgebaut haben, die ihr Blut geopfert haben, damit dieses Land wachsen kann, die sich wehren, die es nicht dieser atheistischen, zersetzenden, machtgierigen Meute überlassen wollen. Ungeziefer, alles Ungeziefer.«

Olavieta ist in seinem Element. Als würde er sie aus einem unsichtbaren Buch ablesen, sprudeln die Worte nur so aus ihm heraus: Als sich die ganze Nation diesem ausländischen Pöbel auslieferte, waren wir die Einzigen, die weiter für unsere christlich-abendländische Tradition gekämpft haben, und wenn jetzt ein paar argentinische Offiziere aufgewacht sind und den rechten Weg eingeschlagen haben, dann deshalb, weil sie unser Signalhorn

gehört haben, doch damit, sagt Olavieta, ist unsere Aufgabe noch
nicht erfüllt – wir müssen weiter wachsam sein, damit das Militär
nicht wieder der Schlaffheit und Täuschung verfällt, und deshalb
wissen die wahren Feinde Argentiniens, die sozialistische und anarchistische Subversion, diese gottlosen Materialisten, die uns alles
nehmen wollen, dass es keinen schlimmeren Feind gibt als uns,
sagt er, und jeder würde denken, dieses »uns« sei reiner Pluralis
majestatis, ein Plural, der nur ihn selbst meint.

»Also frage ich euch: Kann es eine grausamere Rache geben, als
sich heimtückisch im Schutz der Dunkelheit in mein Haus zu
schleichen und mir das Wertvollste überhaupt zu entreißen, das
Leben meiner Tochter? Ihr wisst es: Ein Kind zu verlieren, ist das
Schlimmste, was einem passieren kann. Aber ich bin katholisch,
ich glaube an den Herrn, und wenn er so entschieden hat, wird das
seinen Grund haben. Außerdem beruhigt es mich zu wissen, was
dieser Legat des Papstes gesagt hat.«

Ich sehe ihn fragend an, um ihn zu ermutigen. Ein Lächeln
huscht über sein Gesicht, als hätte ich darauf kommen müssen.

»Ihr wisst es wirklich nicht? Amaury, der Gesandte von Papst
Innozenz, der die Ketzerei der Katharer beenden sollte… Als der
Mann befahl, eine Stadt einzunehmen und alle Ketzer zu töten,
fragte sein Hauptmann, wie sie die Ketzer von den anderen unter-
scheiden sollten, und Amaury antwortete: ›Tötet sie alle, der Herr
wird die Seinen schon erkennen‹. Man hat ihm gehorcht und mehr
als zwanzigtausend Menschen umgebracht. Wenn auch Mercedes
in diesem Blutbad sterben musste, in dem unser Vaterland versinkt,
weiß ich, dass der Herr sie erkennen und ins Himmelreich aufnehmen wird.«

Olavieta schließt seine Rede mit der verstaubten Pose eines
schlechten Schauspielers, der einen Klassiker verhunzt: das Kinn
nach vorne gereckt, die rechte, zu einer Faust geballte Hand in
die Höhe gestreckt. Aber seine Rede voller Kreuze und wehender

212

Fahnen will einfach nicht zu seinem seidenen Morgenmantel und dem geborgten Gürtel passen.

»Das heißt, wir könnten die Leute von *Crítica* dazu zwingen, jede Beteiligung von Ferreyra zu dementieren?«

»Aber natürlich, mein Freund, jede. Dieses arme Schwein dürfte Mechita nicht einmal kennengelernt haben. Diese widerlichen Gerüchte lenken in Wahrheit nur vom eigentlichen Problem ab, sie spielen den Vaterlandsverrätern in die Karten.«

Mir fällt nichts mehr ein, was ich noch sagen könnte, wir bewegen uns im Kreis. Wieder überrascht Raquel mich mit der passenden Frage:

»Und wissen Sie schon, wie der Anarchist in Ihr Haus gelangen konnte, Doktor?«

»Erstens verstehe ich nicht, warum du *der* Anarchist sagst. Es könnten auch zwei oder drei gewesen sein, wer weiß, die haben ihre Methoden. Und zweitens weiß ich das nicht, aber es ist auch nicht meine Aufgabe, das herauszufinden. Dafür haben wir ja eine der besten Polizeibehörden der Welt. Und Kommissar Lugones, der sich auf solche Sachen versteht wie kein zweiter.«

»Aber Sie müssen doch irgendeine Idee haben ...«

»Keine, Señorita. Und das ist auch nicht meine Aufgabe.«

»Von außen betrachtet wirkt Ihr Haus ziemlich sicher.«

»Die Ahnungslosen waren schon immer besonders dreist.«

Olavieta ist kurz davor zu explodieren. Ich versuche, seinen Ausbruch gelassen zu nehmen, aber es gelingt mir nicht. Außerdem reicht es mir langsam, dass Raquel alles abkriegt:

»Ich war bei Kommissar Lugones, Don Carlos, und ich glaube, er hat so viel Interesse daran, das Verbrechen an Ihrer Tochter aufzuklären, wie Sie, Suaheli zu lernen. Er wird es dem erstbesten eingewanderten Analphabeten in die Schuhe schieben, am besten einem, der nicht mal Spanisch spricht, damit er erst recht nichts sagen kann.«

»Kommissar Lugones ist ein rechtschaffener Mann, genau wie sein Vater. Er wird seine Arbeit machen, wie es sich gehört. Viel wichtiger als der konkrete Schuldige sind ohnehin die Hintermänner. Der Schuft, der mein geheiligtes Heim geschändet und mir das Wertvollste überhaupt genommen hat, wurde bestimmt schon von seinen eigenen Kameraden beseitigt, damit er nicht redet.«

»Glauben Sie das wirklich, Doktor?«

»Ich glaube es nicht nur, ich weiß es. So machen das diese Leute. Diese Leute haben Methoden, die Sie sich nicht mal vorstellen können.«

»Wer sind diese Leute?«

»Diese Leute, verdammt. Anarchisten, Russen, Sozialisten, Bombenleger, Juden. Diese Leute eben. In welcher Welt leben Sie eigentlich? Das ist das zwanzigste Jahrhundert, Mann, das Zeitalter der Katastrophen.«

»Sie müssen ihn verstehen, der Doktor ist sehr aufgeregt, Sie können sich ja vorstellen, der Tod des Mädchens… So ist er sonst nicht, Sie müssen ihn verstehen.«

Verabschiedet Venancia uns an der Tür, während sie sich mit einem ausgeblichenen Taschentuch den Schweiß von der Stirn wischt.

»Das waren sehr schwierige Tage für uns. Gut, eigentlich ist es schon seit Jahren schwierig…«

Sagt sie, seufzt und schaut zu Boden. Dann, als würde sie erschrecken oder ihre Worte bereuen, schlägt sie uns plötzlich die Tür vor der Nase zu. Raquel nimmt meinen Arm, und wir laufen ein paar Meter die Ayacucho hinunter. Die Hitze ist immer noch drückend wie ein Felsbrocken im Nacken.

»Was zum Teufel machen wir hier eigentlich, Andrés?«

»Nichts, was sollen wir schon machen? Wir waren da, um ein paar Fragen zu stellen, wir wollten ein bisschen mehr erfahren. Wolltest du das nicht?«

»Klar wollte ich das, aber ich verstehe nicht, was *du* willst. Was willst du beweisen? Ich begleite dich, mache, was ich kann, aber ich verstehe nicht, was du willst.«

»Nichts, ich versuche es nur zu begreifen. Ein Freund ist in die Sache verstrickt, ich will ihm helfen, damit ihm das Ganze nicht auf den Kopf fällt.«

Ich kann schlecht sagen, dass ich das alles ihretwegen mache, um sie vor dem blutrünstigen Buddha zu retten. Bestimmt würde sie mir nur ins Gesicht lachen.

»Bernabé hat nichts damit zu tun, Rusita, wir können nicht …«

»Natürlich hat Bernabé nichts damit zu tun. Das weiß jedes Kind. Das Problem ist ein anderes: Alles, was uns dieser Mann erzählt hat, ist völliger Blödsinn. Wie soll ein Bombenleger mitten in der Nacht in so ein Haus eindringen, ohne dass jemand etwas davon mitbekommt? Das ist unmöglich. Wie soll er das anstellen? Soll er die Fassade fünf Meter hochklettern bis zum Balkon im ersten Stock, mitten auf der Calle Ayacucho und mit dem Polypen da vorne an der Ecke? Dieser patriotische Opa will uns doch für dumm verkaufen.«

»Beruhig dich, Raquel. Natürlich kann der Typ nicht wissen, ob es einer von Malatestas Anarchisten, einer von Väterchen Stalins Sozialisten oder ein verwirrter Hühnerdieb war, aber irgendwer muss ins Haus eingestiegen sein und deiner Freundin Mercedes die Kehle durchgeschnitten haben.«

»Ach ja? Ist das so? Dass jemand ins Haus eingestiegen ist und sie ermordet hat?«

»Na klar, was sonst? Oder glaubst du, die Leiche war nicht echt, und sie ist an die Côte d'Azur gezogen?«

»Nein, *che*, sei nicht albern. Sie ist tot und begraben. Aber dass jemand ins Haus eingedrungen ist …«

»Jemand ist eingestiegen, Rusita. Wir wissen doch, dass es kein Selbstmord gewesen sein kann.«

Raquel stößt einen tiefen Seufzer aus, lässt meinen Arm los, macht Anstalten, etwas zu sagen, schweigt. Dann sagt sie, jetzt müsse sie es tun, öffnet die Handtasche und drückt mir einen gefalteten Zettel in die Hand.

»Meine Telefonnummer, für alle Fälle. Ich hoffe, du hast einen guten Grund, wenn du anrufst.«

Sagt sie und lächelt, und das Lächeln bohrt sich mir mitten in die Brust.

»Du weißt viel mehr, als du mir erzählt hast. Und ich glaube, du würdest lieber viel weniger wissen.«

»Tu nicht so geheimnisvoll, Rusa, das steht dir nicht.«

»Und du tu nicht so abgezockt, Andrés, denn du weißt ja nicht mal, wie man das buchstabiert.«

Sagt sie, streicht mir sanft über die Wange und verschwindet in einem Wirbel aus rotem Haar und dem melodiösen Geklapper ihrer Stiefelettenabsätze.

18

Es gibt kaum etwas Seltsameres als diese Oasen vermeintlicher Ruhe. Es gibt Momente, in denen alles rasend schnell geschieht, doch gestern, nachdem Raquel mich stehen gelassen hatte, schaute ich in der Redaktion vorbei, ohne González Galuzzi zu treffen, ging ins Los 36 Billares, wo niemand war, den ich kannte, irrte ziellos durch die Straßen, war kurz davor, die Straßenbahn nach Barracas zu nehmen, um bei meiner Mutter zu essen, verwarf den Gedanken gerade noch rechtzeitig und ging schließlich aus reiner Langeweile um elf Uhr abends ins Bett. Ich konnte nicht einschlafen, also habe ich das Notizbuch aufgeschlagen, um zu sehen, ob ich am »Feigling« weiterschreiben kann. Der Anfang gefiel mir noch immer: »Marionette mit nagelneuen Fäden / Zinnsoldat, der nach der Pfeife tanzt / eine Klage, schweigend gebrüllt / ein Murren, das sich verschanzt. / Feigling / du bist ein Feigling und machst auf hübschen Stenz / bist ein Trottel in Draufgängerpose / du bist, was du bist, hast nichts in der Hose / ein Frosch bist du, kein Märchenprinz …«

Das Problem ist, dass es nur eine Beschreibung ist. Es passiert nichts. Es fehlt die Handlung. Ich versuchte es: »Deine arme Mutter ist einsam und traurig / und du spielst den Macker und großen Herrn …« Nein, das war genauso, und außerdem war das Versmaß zum Teufel gegangen. Zu viele Silben, also noch mal: »Deine Mutter ist einsam und traurig / und du machst auf großer Herr …« Die Silben waren in Ordnung, aber irgendwas fehlte immer noch.

Es ging nicht, ich gab auf und knipste erneut das Licht aus. Die Zeit, die ich letzte Nacht verloren habe, könnte mir jetzt oder später oder morgen sehr nützlich sein, aber als ich sie hatte, konnte ich sie nicht nutzen. Alles ist auf eine vollkommen ungerechte Weise verteilt – sogar die Zeit.

»Don Andrés, ein Telegramm für Sie.«

Ein Telegramm ist eine seltsame Sache. Eine Minute voller Befürchtungen, voller Drohungen. Niemand schickt ein Telegramm, wenn er nicht etwas Schlimmes oder Endgültiges zu sagen hat: Ich muss sofort an meine Mutter denken, ihre Gesundheit, ihr Leben, und gehe schnell ins Wohnzimmer, um es zu holen. Als ich Manuel Cuitiños Unterschrift sehe, beruhige ich mich – obwohl das Gegenteil der Fall sein sollte. Ich öffne das Telegramm. Auf dem groben Papier sind Heftpflaster mit dem Nachrichtentext aufgeklebt: »Frauen mit zwei Augen sind die besten Stopp Gratuliere weiter so Stopp Vorsicht Stopp Unter Blinden ist der Einäugige immer noch einäugig Stopp Ich sehe Sie.« Ich glaube, verstanden zu haben, und beschließe, nach unten zu gehen, um einen Kaffee zu trinken. Der Gallego García dreht fast durch:

»Rivarola, sag nicht, du kennst ihn.«

»Wen soll ich kennen, Gallego?«

»Wen wohl, Mann? Bernabé, sag nicht, du kennst ihn …«

»Nein, den kenn ich nicht. Wir haben uns nur an denselben Tisch gesetzt, weil alle anderen frei waren und uns das Angst gemacht hat.«

García starrt mich an, ohne zu wissen, ob er beleidigt sein oder über den Witz lachen soll. Während er nachdenkt, wendet er sich ab, um den Kaffee zu machen. Ich nutze die Zeit, um einen Blick in die Zeitungen zu werfen, die sich auf dem Tresen stapeln. *La Nación* und *La Prensa* ignorieren die vulgäre Geschichte des Sportlers und der ermordeten Señorita offenkundig. Im Gegensatz zu *El Mundo* und *Últimas Noticias*, die aber nichts bringen, was nicht schon in *Crítica* gestanden hätte. Die ist den anderen wieder einmal einen Schritt voraus: »Tödlicher Prankenhieb der Bestie?«, fragt sie auf der ersten Seite, und im Innenteil gießt eine Notiz von González Galuzzi weiter Öl ins Feuer: »Infolge unserer gestrigen Enthüllungen befragten wir einen erfahrenen Ermittler in den Reihen der Policía Federal, der uns versicherte, die Lösung des Falls stehe kurz bevor. Die Polizei gehe weiterhin von der Tat einer anarchistischen Gruppierung aus, so der Ermittler weiter, obwohl bislang ›keine Hypothese ausgeschlossen werden kann‹. Auf die Nachfrage, ob auch Bernabé Ferreyra zu den Verdächtigen zähle, antwortete der Kommissar wörtlich: ›Wenn besagte Person eine Beziehung zu dem Mädchen unterhielt und sich außerdem mit ihr gestritten hat, sollte jeder gute Polizist argwöhnisch werden.‹«

»Was für ein Arschloch.«

Murmele ich erneut, und wieder weiß ich nicht, wen ich eigentlich meine. Besser nicht darüber nachdenken, denke ich, als auf der Straße drei-, viermal kurz hintereinander laut gehupt wird. Bestimmt wieder so ein ungeduldiger Idiot, der hinter einem Milchkarren feststeckt. Neben dem Aufmacher gibt es noch eine kurze Nachricht mit der Schlagzeile »Am Tatort?«, in der steht, dass Bernabé zurück in Buenos Aires sei. »Vielleicht um die rechtliche Situation zu klären«, heißt es, »auch wenn sich das bisher nicht bestätigen ließ.«

»Was für ein Arschloch.«

Das Gehupe hört nicht auf, ich schaue aus dem Fenster: Direkt neben dem Bordstein steht der riesige schwarze Packard, ganz Kurven und Chrom, Weißwandreifen und goldene Figuren, und im hinteren Seitenfenster die dunkle Masse von Manuel Cuitiño, der mir Zeichen macht und etwas brüllt, das ich nicht verstehen kann.

»Sie glauben gar nicht, wie sehr ich meine Jugend vermisse, damals, als ich mir sämtliche Krankheiten eingefangen habe, die es gibt. Sie können das nicht verstehen, Rivarola, weil Sie noch jung sind.

Ein Mann merkt, dass er alt ist, wenn er niesen muss und ihm das Angst macht. Ist es vielleicht Krebs? Oder das Herz? Geht jetzt alles zu Ende? Sie glauben gar nicht, wie sehr ich die Zeit vermisse, als eine Krankheit nur eine Krankheit war und nicht gleich der Todesengel.«

Der Packard rollt langsam und gebieterisch dahin, wie jemand, der genau weiß, wer der Herr im Haus ist. Cuitiño nimmt zwei Drittel der Rückbank ein, mir bleibt das restliche, winzige Drittel. Der Fond gleicht einem kleinen, durch eine Scheibe vom Fahrer und seinem Elend getrennten Salon. Gäbe es keine Scheibe, wäre das auch nicht weiter schlimm – die Distanz zwischen Chauffeur und Herr würde verhindern, dass Ersterer auch nur ein einziges Wort verstehen kann. In diesem kleinen Salon gibt es eine kleine Bar aus poliertem Holz, zwei zusätzliche, an den Vordersitzen befestigte Klappsitze, einen flauschigen Teppich und einen schwarzen Hund, der wie der Kadaver eines schwarzen Hundes aussieht. Die Fenster sind geschlossen. Trotz der zwei Ventilatoren zu beiden Seiten rinnt Cuitiño der Schweiß nur so herunter.

»Und, Rivarola, gefällt Ihnen die kleine Spritztour? Sagen Sie, sieht die Stadt aus diesem beweglichen Wohnzimmer nicht anders aus? Natürlich tut sie das. Kommt sie Ihnen nicht wie eine Lüge vor, so als wäre das hier drinnen die einzige Wahrheit? Und vielleicht ist das ja gar keine Täuschung, mein Freund, wer weiß.«

Draußen, in der Lüge, sehe ich Schiffe, Kräne, ölverschmierte Arbeiter, die riesige Kisten ausladen – im Puerto Nuevo, dem neuen Seehafen, herrscht reger Betrieb.

»Sie fragen sich bestimmt, was wir hier wollen, und die Wahrheit ist, ich habe nicht die geringsten Ahnung. Ich sage unserm Käpt'n hier nicht, wohin ich will. Er fährt los, und ich lasse mich überraschen. Anscheinend ist ihm heute nach Seeluft, keine Ahnung, was in seinem Kopf vorgeht. Und Sie, mein Freund, was geht in Ihrem vor?«

»Was soll da vorgehen, Don Manuel? Ich habe getan, was Sie von mir verlangt haben, ich hoffe, das wissen Sie und …«

»Und was? Dass ich Sie in Ruhe lasse? Nein, stimmt, dass ich Sie entschädige. Keine Sorge, Rivarola, Sie bekommen Ihren Lohn, und Ihr Augenstern wird seine Äuglein behalten. Allerdings fehlt noch eine Kleinigkeit, um die Sache zu Ende zu bringen. Dieser Idiot ist kurz davor, unterzugehen. Sehen Sie sich das Wasser an, sehen Sie sich an, was für eine Brühe das ist. Wer da reinfällt, kommt nicht lebend raus. Na gut, unser Freund ist kurz davor unterzugehen, deshalb ist es genau der richtige Augenblick, dass Sie es ihm begreiflich machen. Zuerst müssen Sie es ihm erklären, denn der Junge ist etwas schwer von Begriff. Dann sagen Sie ihm, dass nicht nur seine Karriere, sondern auch seine Freiheit auf dem Spiel steht. Dass er, wenn er noch länger den Schlauberger spielt, nie wieder irgendetwas spielen wird, nicht mal Truco. Aber dass er sich keine Sorge machen muss, dass wir gute Menschen sind, barmherzige Christen und so weiter. Er soll den Vertrag unterschreiben, in drei Tagen haben wir einen Schuldigen, und er kommt sauberer aus der Sache raus als ein Babypopo.«

Ich muss an die Sauberkeit von Babypopos denken, dass ich nicht der Einzige bin, der diese Metapher benutzt. Und dass ich also nicht so falsch damit lag. Cuitiño ruft mich zur Ordnung:

»Wo sind Sie mit Ihren Gedanken, *che*? Auf dem Mond? Sie gefallen mir, Rivarola, Sie können zuhören. Nicht wie diese Hohlköpfe, die reden und reden und glauben, sie hätten was zu sagen. Es gibt so viele Leute, die reden … Es müsste ein Studienfach geben: Um reden zu dürfen, müsste man erst einen Abschluss machen, Prüfungen bestehen. Wer keinen hat, muss schweigen oder darf höchstens antworten, wenn jemand mit Diplom ihn etwas fragt. Aber das soll nicht heißen, dass Sie weiter abwesend sein sollen, mein Sohn. Obacht, hier steht eine Menge auf dem Spiel, für uns alle. Für einige allerdings mehr als für andere.«

»Entschuldigung, Don Manuel. Und verzeihen Sie, wenn ich das sage, aber der Tod des Mädchens kommt Ihnen wie gerufen, oder?«

»Sie wollen damit aber nicht behaupten, ich könnte etwas mit der Sache zu tun haben, das wollen Sie nicht, oder?«

Fragt der Buddha eher belustigt als wütend.

»Nein, wie kommen Sie darauf?«

»Ach nein?«

Cuitiño gibt mir einen Klaps auf den Oberschenkel, begleitet von einem herzhaften Lachen, das etwas spitz klingt, nicht ganz zu seinen Dimensionen passt. Ich nehme all meinen Mut zusammen:

»Und Sie sind sicher, dass man den Schuldigen so schnell findet?«

»Ach, Junge, manchmal kommen Sie einem fast intelligent vor. Den Schuldigen finden kann jeder. Wir werden einen neuen besorgen, jemanden, der sein Debüt als Schuldiger gibt: den perfekten Schuldigen. Aber das soll nicht Ihre Sorge sein. Sie gehen zu Bernabé, reden mit ihm und bringen ihn her, damit er unterschreibt. Um den Schuldigen kümmere ich mich schon.«

Ich überlege, ihm zu sagen, das sei nicht nötig, Lugones habe das schon übernommen, es sei alles geregelt, aber ich ziehe es vor zu schweigen – ausnahmsweise habe ich mal eine Information, die mir vielleicht helfen kann, auch wenn ich noch nicht weiß, wobei. Ich stochere ein bisschen nach:

»Und wer wird das sein, ein Anarchist, wie Olavieta sagt?«

»Anarchisten sind zu kompliziert, die leugnen alles, machen einen Riesenaufstand, sind besessen davon, für ihre Sache zu sterben. Ein armer Schlucker ist einfacher, für tausend Pesos für die Familie singt der Ihnen die Bibel von vorne bis hinten.«

»Das wird Olavieta nicht gefallen.«

»Bei allem Respekt, mein Lieber: Señor Olavieta kann mich mal.«

»Entschuldigung, Don Manuel, wo wir schon dabei sind: Hat Olavieta viel Kohle?«

»Viel? Nicht eine Rupie. Sogar die Ländereien seiner Frau hat er verloren. Der Kerl hatte mehr Schulden als Deutschland, er musste alles abgeben. Der Typ ist völlig pleite. Aber es gibt Leute aus besten Kreisen, allerbesten Kreisen, die ihm unter die Arme greifen, damit er weiter die Bewegung leiten kann. Ich halte das für einen Fehler, habe ich denen auch gesagt. Sie haben nichts davon, wenn der Chef ein bürgerlicher Schnösel ist, einer von der alten Schule. Sie brauchen jemand, der näher am Volk ist. Typen wie Olavieta haben die Zeichen der Zeit nicht erkannt, die glauben immer noch, dass ein Führer gebildet, kultiviert sein muss. Sie kapieren nicht, dass man den Pöbel nur mit Leuten lenken kann, die genauso unkultiviert sind wie der Pöbel selbst. Oder zumindest in der Lage sind, als unkultiviert durchzugehen, die die Sprache dieser Leute sprechen. Es ist zum Heulen, und wer weiß, was uns das kosten wird, aber das ist die einzige Möglichkeit. Wir dürfen dieses Land nicht dem Pöbel überlassen, mein verehrter Freund, das dürfen wir nicht tun. Wir haben es dahin gebracht, wo es ist, und jetzt können wir es nicht einfach aufgeben. Wer weiß, was passiert, wenn wir das machen, nicht wahr, mein Freund?«

Sagt der Buddha und starrt bekümmert aus dem Fenster. Er will noch etwas sagen, schweigt aber. Draußen, in der Lüge, schleppen Hafenarbeiter irgendwelche Gegenstände, schwitzen, machen Lärm, brüllen. Was ich nicht kapiere und was mich stört, ist, warum Cuitiño mich immer noch als Vermittler braucht. Die Frage rutscht mir so taktvoll heraus, dass es kaum noch eine Frage ist:

»Und warum gehen Sie nicht selbst zu Bernabé, Don Manuel?«

»Ich weiß, Sie haben mich nicht darum gebeten, aber ich werde Ihnen trotzdem einen Ratschlag geben. Manche finden, man soll nur Ratschläge geben, wenn man darum gebeten wird. Ich hingegen finde, die einzigen Ratschläge, die was taugen, sind die, um die einen niemand gebeten hat. Also hören Sie zu: Fragen Sie nie etwas, das Sie nicht wissen wollen. In diesem Fall wollen Sie nicht

223

wissen, warum, also fragen Sie nicht. Um Ihnen zu zeigen, warum, werde ich antworten. Sehen Sie mich wegen diesem eingebildeten Erdfresser bis nach Junín fahren?«

Ich bin kurz davor, die Beherrschung zu verlieren. Ich habe große Lust, diesem aufgeblasenen Buddha an den Kopf zu schleudern, er habe keine Ahnung, er wisse ja nicht mal, dass Bernabé in Buenos Aires sei, er solle aufhören, so geheimnisvoll zu tun. Aber wieder einmal ziehe ich es vor zu schweigen. Der Fleischberg hat nichts bemerkt:

»Bis nach Junín, stellen Sie sich das vor. Selbst wenn es hier um die Ecke wäre. Für so was bin ich nicht zuständig, Rivarola. Wenn ich vor ihm stehe, wird der Junge auf falsche Gedanken kommen, verstehen Sie, er wird denken, er kann mit mir reden, und wer zum Teufel soll ihn davon abhalten? Wenn er aber mit Ihnen redet, weiß er, wo sein Platz ist, bleibt alles schön klar. Sie sind der Richtige, um ihm zu sagen, wer er ist, um ihn auf seine wahre Größe zurechtzustutzen. Aber gut, genug gequatscht, wir haben nicht ewig Zeit. Heute ist Donnerstag. Spätestens Samstag will ich ihn hier sehen, mit unterschriebenem Vertrag und eingezogenem Schwanz.«

Cuitiño klopft mit einem Spazierstock mit silbernem Knauf – ein Totenkopf mit Augen aus Rubinen – gegen die Scheibe: Käpt'n, anhalten. Der Wagen bleibt stehen, die Hundeleiche wacht auf und bellt, Cuitiño sagt, war mir ein Vergnügen, bis zum nächsten Mal. Ich steige aus, höre das infernalische Brüllen: Rinder und noch mehr Rinder, die widerwillig ein großes Schiff besteigen. Ich frage mich, warum sie lebend verschifft werden – es gibt Orte, an die gewisse Körper nur tot gelangen. Ein Polizist kommt zu mir und fragt, was ich hier zu suchen hätte. Ich antworte, das wüsste ich nicht, ich hätte wirklich keine Ahnung, aber er müsse sich keine Sorgen machen, ich würde auf der Stelle verschwinden.

Ich irre lange über das verschlungene Hafengelände – Kais, Lagerhäuser, eine Klappbrücke, unbefestigte Straßen, die am Wasser enden, Arbeiterkolonnen, zerlumpte Arbeitslose auf der Suche nach Anstellung, verbrauchte Frauen –, bis ich irgendwann auf eine heruntergekommene Kaschemme stoße. Neben der Tür drei Tische unter einer Weinranke. Ich bestelle ein Sandwich mit Mortadella und eine Flasche Soda und frage, ob ich einen Anruf machen dürfe, es sei sehr wichtig. Eine dicke Frau antwortet mir mit einem Akzent von Irgendwoher, was ich glauben würde, was das hier sei, das Plaza Hotel vielleicht, und dass sie weder Telefone noch Flugzeuge noch Kloaken noch helle Zigaretten hätten. Ich esse mein Sandwich auf und gehe weiter. Als ich schon durch El Bajo laufe, finde ich in einer anderen Bar – dem Anchor's mit Matrosen aus aller Herren Länder und Frauen an ihren Tischen – endlich einen Apparat.

»Ja. Spreche ich mit dem Büro von Gleizer? Ja, danke, ich würde gerne mit Raquel sprechen, falls sie da ist. Ah, noch nicht. Später? Gut, danke, danke.«

Ich verlasse die Bar, gehe weiter. Ich bin müde, habe alles satt. Ich kann nicht glauben, dass ich schon so viele Tage in dieser merkwürdigen Geschichte stecke. Ich versuche, optimistisch zu bleiben, sage mir, dass es bald vorbei ist. Ich wüsste nur allzu gerne, was bei der Sache für mich herausspringt, aber ich habe keine Ahnung, wahrscheinlich nichts, so wie immer, ich dämmlicher Idiot. Vielleicht hat Cuitiño recht – wenn ich was gelernt habe in diesen Tagen, dann zu schweigen. Egal ob es mir gefällt oder nicht. Es gefällt mir nicht.

19

Der Qualm ist dicht wie Nebel, der Lärm ohrenbetäubend, das geschäftige Treiben das reinste Chaos. An diesem Nachmittag hat die Redaktion der *Crítica* nichts Magisches an sich. Sie wirkt wie eine Fabrik für Belangloses und Erfundenes, ein Betrieb, wo fleißige Arbeiter nach einem Weg suchen, Lügen zu erzählen, die wie die Wahrheit aussehen, und umgekehrt – ich weiß auch nicht, wie ich zu solchen moralischen Urteilen, solchen Gewissheiten komme. Ein Klaps auf den Rücken reißt mich aus meinen Gedanken. Señorans fragt, wie es mir geht, und führt mich in einen leeren Gang. Er ist blass, seine Augen verquollen. Ich frage, was los ist, aber der Katalane gibt keine Antwort. Ohne Vorwarnung schlägt er zu:

»Der alte Guiller hat dich also hübsch verpackt und für zwei zwanzig verkauft.«

»Wovon redest du, *che*?«

»Von der Titelseite heute. Bernabé quasi schuldig, quasi verurteilt, quasi öffentlich gelyncht. Ein Kunstwerk des Quasi, eine Glanzleistung. Da wieder rauszukommen, wird nicht einfach werden für den armen Jungen. Cuitiño ist bestimmt zufrieden. Und Don Guillermito erst – gestern haben sie ihm zugesagt, dass er im Mai endlich Ressortleiter wird. Du glaubst nicht, wie er vor Freude in die Luft gesprungen ist. Mindestens so hoch ...«

Sagt Señorans und hält die Hand auf Höhe seines Unterleibs. Ich bin beleidigt wie eine versetzte Fünfzehnjährige – die Kanaille hat nicht mal angerufen, um es mir zu sagen. Dann muss ich über meine Reaktion lachen und kehre zu meiner üblichen zurück:

»Was für ein Arschloch.«

Und diesmal weiß ich genau, wen ich meine. Señorans bietet mir eine Zigarette an und sagt, ich solle mich nicht aufregen, man müsse es nehmen, wie es ist, von so einem Mord hätten alle was.

»Oder quasi alle, um beim Stil des Hauses zu bleiben. Die Tote hat nichts davon, die Ärmste, aber alle anderen stehen Schlange, um Nutzen daraus zu ziehen: derjenige, der sie getötet hat, natürlich, denn aus irgendeinem Grund hat er sie ja getötet – er ist der offensichtlichste und gleichzeitig am schwersten auszumachende Nutznießer. Kommissar Holster natürlich, denn dem steckt mehr als einer so viel zu wie nötig, damit die Sache unter Kontrolle bleibt. Meine heilige Zeitung, die sich im Namen der kühnen und entschlossenen Information verkauft wie warme Semmeln, damit Botana sich weiter seine Rolls-Royce, seine Havannas und seine Erfrischungen leisten und seine anarchistische Frau weiter in ihren Salons agitieren kann. Von denen, die Bernabés Platz einnehmen wollen, ganz zu schweigen. Und der Vater der Kleinen, der davon träumt, zum Pampa-Duce zu werden, und eine etwas flittchenhafte Tochter hatte, die gern mit Linken, Juden und Eisenbahnangestellten flirtete, hat jetzt stattdessen eine Märtyrerin, die für seine Ideale gestorben ist. Und sogar du, wer weiß, wie. Ich kann's mir denken, na klar, aber ich will es lieber gar nicht wissen.«

»Und das ist alles deine Schuld, Señorans. Wenn du an dem Abend nicht davon geredet hättest …«

»Was dann? Es ist immer einfach, einem Freund die Schuld in die Schuhe zu schieben.«

»Bei einem Freund ist es gar nicht so einfach. Entschuldigung, ich bin spät dran.«

Sage ich und gehe in die Redaktion zurück, durchquere den Raum, ohne irgendjemanden anzusehen, nehme die Treppe. Am Empfang wartet heute niemand. Die Frau mit dem Hals sieht mich vorbeihasten und fragt gelangweilt, ob ich schon Feierabend hätte.

Ich beachte sie nicht weiter, trete auf die Straße hinaus, schwitze, mache mich auf den Weg zum Fernsprechamt der Unión Telefónica. In Gleizers Büro teilt mir eine Frau mit Raucherstimme mit, Raquel habe ihr ausgerichtet, ich solle um sechs im Richmond sein, sie werde allein auf mich warten.

»Das hat sie gesagt: dass sie allein auf Sie warten wird.«

»Ja, ja, das ist ein alter Witz zwischen uns.«

Erkläre ich ihr, ohne zu wissen warum.

An diesem Nachmittag um sechs ähnelt das Richmond stark dem Richmond an jenem anderen Nachmittag um sechs – es gibt Orte, die sind, was sie sind, weil sie es fast immer sind. Ich trete ein, werfe einen Blick auf die Pendeluhr mit den protzigen Bronzeverzierungen, sehe, dass es zwei nach sechs ist, sehe Raquel, die mir von einem Tisch in der Nähe des Fensters aus zuwinkt, gehe zu ihr. Raquel klappt das Buch zu – ein Sherlock Holmes, veröffentlicht bei Tor, ein halber Raubdruck – und steht auf, um mir zur Begrüßung einen Kuss auf die Wange zu drücken.

»Ich wusste nicht, ob du die Nachricht bekommst.«

»Welche Nachricht? Ich bin nur zufällig hier.«

»Na klar, Andrés. Das ist deine Stammkneipe, oder?«

Wir lachen, setzen uns. Sie müsse mir etwas Unglaubliches erzählen, sagt Raquel.

»Ich muss dir was Unglaubliches erzählen. Ich hab gerade noch mal mit Mercedes' Schwester gesprochen. Das wusstest du nicht.«

»Nein, natürlich wusste ich das nicht. Aber du hättest mir ruhig Bescheid sagen können, oder? Findest du es richtig, einfach so zu ihr zu gehen, ohne …?«

»Hör auf, *che*, das nervt. Willst du mir nicht lieber zwei Minuten zuhören, bevor du wieder rumnörgelst?«

Ich schnaube, sage ja, meinetwegen. Raquel will gerade loslegen, als jemand an den Tisch tritt und uns unterbricht:

»Entschuldigung, ich wollte euch nicht stören.«

»Unsinn, Georgie, du störst überhaupt nicht. Im Gegenteil, schön, dich zu sehen.«

Sagt Raquel, und ich nicke ohne große Begeisterung. Borges reicht uns die Hand, sie ist schlaff, als hätte man die Knochen entfernt. Neben ihm steht eine junge Frau, zwanzig, einundzwanzig. Etwas stotternd stellt er sie vor:

»Elsa Astete, eine Freu-Freu-Freundin.«

Sagt er, und das Mädchen – rotbraunes Haar, nicht sehr groß, dunkle Augen, spitze Nase in einem runden Gesicht – versucht zu lächeln und schaut verlegen zu Boden. Borges fragt, ob wir was Neues über die arme Mercedes wüssten: Ich habe gehört, es habe in der Zeitung gestanden, sagt er, ein verzweifelter oder betrunkener oder eifersüchtiger *football player* habe sie umgebracht. Die junge Frau tritt einen Schritt zurück, deutet an, dass sie gehen will, doch Borges schenkt ihr nicht die geringste Beachtung.

»Weißt du, dass ich neulich an ihren Vater gedacht habe, Rachel?«

Fragt er und spricht Rachel mit affektiertem englischen Akzent aus. Er habe an ihn denken müssen und sich an die Erzählung erinnert, die er vor Kurzem in der *Crítica* veröffentlicht habe, über einen Engländer, der sich als reicher Erbe ausgibt, und es gelingt ihm, weil er dem Mann, der er zu sein behauptet, nicht im Geringsten ähnelt. Die Geschichte habe er aus einer Enzyklopädie und sie »Der unwahrscheinliche Hochstapler Tom Castro« genannt. Ich versuche ihn zu bremsen – warum muss dieser Schnösel auch kommen und uns von seinen dämlichen Geschichtchen für dicke Damen erzählen. Borges schenkt mir keine Beachtung:

»Olavieta hat die Geschichte offensichtlich nicht gelesen.«

Sagt er, und dass sein Vater den Vater von Olavieta gekannt habe. Er sei Mathematiklehrer am Colegio Nacional gewesen, ein Mann aus guter Familie – »aus guter Familie«, sagt Borges –, aber ohne jedes Vermögen, und Olavieta habe sich sein Leben lang gewünscht, ein argentinischer Patrizier zu sein, und um dieses Ziel zu erreichen, habe er – statt ungewöhnliche, andere Dinge zu tun, die Sache also »à la façon Tom Castro« anzugehen – alles getan, was Patrizier eben so tun. Am Anfang sei ihm das gelungen, er habe eine reiche Frau geheiratet, die bald an irgendwas gestorben sei und ihm die Villa hinterlassen habe, wo er seitdem wohne, und jetzt behaupte er, Ländereien besessen und alles wegen diesen Einwanderern verloren zu haben, aber wenn er je ein einziges Rind besessen habe, dann höchstens in seinen Träumen.

»Und ihr wisst bestimmt, warum eine der Schwestern Nonne geworden ist. Um vor ihrem Papa zu fliehen, ich weiß nicht, vor was genau, aber ich weiß, dass sie von ihm weg wollte. Wer weiß, was dort passiert ist, keine Ahnung, aber ich weiß es, weil meine Cousine Elvirita sie seit ihrer Kindheit kennt. Olavieta hat nie akzeptiert, dass seine Töchter ihm nicht gehorchen. Manchmal soll er ihnen seltsame Sachen befohlen haben.«

»Zum Beispiel?«

Fragt Raquel fasziniert, und Borges antwortet, dass er nichts behaupten wolle, was er nicht hundertprozentig wisse. Und dass es nie jemand wirklich erfahren werde, jetzt, wo die arme Mecha tot und Socorro in diesem Kloster eingesperrt sei.

»Nun, ihr Beichtvater vielleicht. Aber es sollen seltsame Befehle gewesen sein, Unordnung, Chaos.«

Sagt Borges und entschuldigt sich noch einmal für die Störung, nimmt die junge Frau am Arm und führt sie zu einem Tisch am anderen Ende des Cafés. Er bewegt sich wie eine verschreckte, aber aufgeblasene Ente; er hat die kleinsten Füße, die ich je gesehen habe.

»Und warum muss er ausgerechnet jetzt kommen und uns dieses ganze Zeug erzählen?«

»Keine Ahnung, Andrés. Einfach so. Muss es immer einen Grund geben?«

»Normalerweise haben die Leute einen Grund, wenn sie was machen. Ich glaube, er wollte dich nur beeindrucken.«

»Falls es so ist, ist ihm das gelungen. Aber nicht, wie du denkst. Mich beeindruckt, dass wir nichts bemerkt haben. Wir waren schließlich da.«

»Ja, waren wir, aber was hätten wir sehen sollen? Einen dekadenten Salon, eine Hausangestellte, einen Kerl im Morgenmantel mit einem Gürtel, der nicht dazu passt … Warte, wir schweifen ab. Hast du nicht gesagt, du hättest die Nonne gesehen, oder hab ich das nur geträumt?«

»Nein, habe ich. Und es war kein Traum, es war ein Albtraum.«

»Erzählst du's mir?«

»Deshalb bin ich doch hier. Aber du lässt mich ja nicht.«

»Deshalb bist du hier? Du bist allein hingegangen, ohne mich, und jetzt behauptest du, du hättest es für mich getan? Ach, Frauen …«

»Ach, deine Oma, Pibe. Du wirst doch Pibe genannt, oder?«

»Ja, von manchen. Von meinen Freunden, wenn ich welche hätte.«

»Und sagst du mir warum?«

»Warum ich keine habe?«

»Es reicht, Andrés. Wolltest du nicht unbedingt wissen, wer der Mörder ist?«

»Das hängt nicht mehr davon ab, was ich will oder nicht will.«

»Ach ja, das Schicksal. Dein Schicksal hat dich eingeholt.«

»Verarsch mich nicht, Rusa.«

»Verarsch du mich nicht, Pibe. Ich war allein da, weil sie angerufen hat und meinte, wir könnten nur ohne die Oberin reden, wenn du nicht dabei bist. Mit Frauen dürfe sie allein reden. Also halt bitte für einen Moment den Schnabel und hör zu. Vielleicht kannst du ja was lernen.«

Der Kellner bringt die beiden Quilmes Cristal, Chips, Erdnüsse und die Oliven mit Anchovis und verteilt alles kunstvoll auf dem Tisch. Raquel lässt ihn schweigend machen und starrt angestrengt zu dem Tisch hinüber, zwanzig Meter entfernt, wo Borges sich Stück für Stück dem Mädchen nähert, bis er ihr fast ins Ohr spricht. Ich schnaube ungeduldig, der Kellner verduftet. Das sei alles sehr seltsam gewesen, sagt Raquel. Dass die Nonne meinte, sie habe sie angerufen, weil Venancia ihr von unserem Besuch bei ihrem Vater erzählt habe. Dann habe sie gefragt, ob er uns eine seiner Brandreden – »seiner Brandreden«, das seien ihre Worte gewesen – zu Nation, Vaterland und Republik gehalten habe. Sie habe das in einem sehr barschen Ton gefragt, voller Wut, und sie gebeten, sie allein zu treffen, um in Ruhe reden zu können, und als sie bei ihr gewesen sei, habe sie gesehen, dass sie gerötete Augen hatte, als hätte sie viel geweint, und plötzlich habe Socorro sie gefragt, ob sie es nicht komisch finde, dass sie mit dreiundzwanzig Jahren Nonne werden wollte, dass sie, eine moderne Frau in einer modernen Stadt mit einem modernen Leben vor sich, sich freiwillig dazu entschieden hatte, zur wandelnden Leiche zu werden.

»Wandelnde Leiche? Das hat sie gesagt?«

»Ja, und sie hat ständig modern gesagt, das ist mir aufgefallen. Modern, in dieser Bastion des Mittelalters. Und dann meinte sie, das sei die einzige Möglichkeit zu fliehen gewesen. Ich habe sie gefragt, vor was, vor was zu fliehen. Gut, vielleicht nicht die einzige Möglichkeit, hat sie gesagt, sie hätte auch woanders hingehen können, in ein anderes Land, hat sie gesagt, dass sie das hätte machen können, aber sie hätte keine … ich wüsste schon, denn letzten Endes sei sie eine Frau. Ich hätte ihr fast eine Ohrfeige gegeben.«

Raquel verstummt, trinkt einen Schluck Bier, nimmt eine Olive und legt sie auf den Messingteller zurück. Und dann habe die Nonne ihr eine Geschichte erzählt, die sie nicht richtig verstanden habe: Dass sie abhauen musste, dass ihr Vater sie mit einem ziemlich unangenehmen Kerl mit viel Geld, Ländereien und einer Villa in der Avenida Alvear verheiraten wollte, dass das die ganze Familie retten würde oder der Vater das zumindest gedacht habe, aber dass sie diesen Kerl um nichts in der Welt habe heiraten wollen, dass er widerlich sei, ein Lustmolch, ein ekelhafter alter Sack, dass ihr ein Junge gefallen habe, aber dass der Vater nichts davon hören wollte und er, wenn er sich etwas in den Kopf gesetzt habe, das auch bekomme, und dass wir uns nicht vorstellen könnten, zu was er fähig sei, und dass er damit gedroht habe, die Geschichte von der Mutter zu erzählen, wenn sie ihm nicht gehorche.

»Dass er womit gedroht hat?«

»Dass er die Geschichte von der Mutter erzählt, das hat sie gesagt. Aber mehr hat sie nicht dazu gesagt, und sie hat so viel erzählt, dass ich ganz vergessen habe, sie danach zu fragen.«

Ihre Hand auf der Tischdecke zittert. Ich nehme sie, drücke sie.

»Schon gut, ganz ruhig, erzähl mir, wie es weiterging.«

Raquel lässt ihre Hand in meiner, fährt fort:

»Nichts, das war's, nur das, was Georgie gesagt hat: dass sie keine andere Wahl hatte, als Nonne zu werden, um dem Schicksal zu entgehen, das ihr Vater für sie vorgesehen hatte. Dass sie das erste Mal das Gefühl hatte, ihn besiegt zu haben, etwas getan zu haben, was er nicht mehr ändern konnte, dass sie ihm entkommen war. Genau das hat sie gesagt: entkommen. Das ist mir aufgefallen, denn dabei hat sie sich ruckartig zurückgelehnt, als würde sie immer noch fliehen.«

Ich lausche fasziniert – von ihr, von der Geschichte, von meiner eigenen Situation. Von dem seltsamen Vergnügen, die Welt der Vermutungen hinter mir zu lassen, etwas herauszufinden, das vollkommen verborgen war, den Ring zu durchbrechen. Ich spüre einen Anflug von Freude, atme tief durch, blähe die Lungen. Und fühle mich wie ein Dummkopf. Raquel hört nicht auf:

»Sie meinte, dass es der größte Fehler ihres Lebens war, sich in diesem Kloster zu vergraben. Aber dass es auch ihr größter Sieg war. ›Vielleicht war es der Fehler meines Lebens, aber jetzt ist es wenigstens mein Leben‹, hat sie gesagt. Der Satz klingt viel zu ausgefeilt, wahrscheinlich hat sie tausendmal über ihn nachgedacht. Wer hat noch mal gesagt, dass er etwas so geschliffen ausgedrückt hat, dass die Erinnerungen dahinter verschwunden sind?«

»Jedenfalls hat sie im Kloster bestimmt genug Zeit zum Nachdenken.«

»Sei nicht so gemein, Andrés. Kannst du dir vorstellen, wie das Leben dieser armen Frau aussieht?«

»Ich will's gar nicht wissen.«

Sage ich, aber ich kann nicht anders, als mich zu fragen, ob die Nonne wohl noch Jungfrau ist. Ob sie mal die Chance hatte, etwas daran zu ändern, bevor sie ins Kloster gegangen ist. Oder ob sie's jetzt für immer bleiben wird.

»Und hat sie gesagt, warum sie dir das alles erzählt?«

»Ja, hat sie, und es ergibt Sinn. Sie meinte, sie hat die ganze Zeit nichts gesagt, weil sie der armen Mecha nicht schaden wollte, aber jetzt … Das war komisch: Sie sagte ›jetzt wo wir beide in Gottes Händen sind, jetzt wo wir nicht mehr von dieser Welt sind, ist es egal.‹«

Sagt Raquel und leert ihr Bier in einem langen Schluck. Ich hebe die Hand, um das nächste zu bestellen, überschlage, ob ich genug Geld dabei habe, beschließe, dass es egal ist, dass ich das schon hinkriegen werde, denke, dass ich sie vielleicht anpumpen muss, ziehe es vor, nicht weiter darüber nachzudenken. Raquel sagt, sie habe sie gefragt, ob sie das auch öffentlich sagen würde, in der Zeitung und so, und sie habe nein gesagt, der Einzige, der darüber richten könne, sei der Herr, und dass sie ihm vergeben habe.

»Dass sie wem vergeben hat? Und was?«

»Ich weiß es nicht, Andrés. Das war alles sehr seltsam. Sie meinte, sie sei sich sicher, wisse es aber nicht, sie sei fest davon überzeugt, habe aber keine Gewissheit, solche Sachen.«

»Um was zum Teufel geht es hier überhaupt?«

»Sie meinte, dass sie die ganze Geschichte für Schwachsinn hält. Dass es nicht sein kann, dass eine Frau wie Mercedes – das hat sie wörtlich gesagt: ›eine Frau wie Mercedes‹ – auf einen *footballeur* vom Land, auf einen groben Halbanalphabeten steht. Dass sie das nicht verstanden hat, nicht verstehen konnte. Es sei denn, es wäre wieder so eine von Papas Geschichten, hat sie gesagt.«

»Was soll das heißen, eine von Papas Geschichten?«

»Das habe ich sie auch gefragt. Aber sie meinte nur, sie habe Blödsinn geredet. Ich habe noch ein paarmal nachgehakt, aber viel mehr konnte ich nicht aus ihr herauskriegen.«

Raquel schaut auf, um mir zu verstehen zu geben, dass die Geschichte zu Ende ist. Ich streichele ihre Hand, sie zieht sie weg.

»Sie hat nur gesagt, dass Venancia vielleicht was weiß, dass wir sie fragen müssen. Ich habe ihr gesagt, dass Venancia nicht so aussieht, als hätte sie große Lust zu reden, und sie hat geantwortet, dass sie garantiert mit uns redet, wenn sie sie darum bittet.«

»Glaubst du das?«

»Ich weiß nicht, Andrés, keine Ahnung. Kommt dir das nicht alles seltsam vor, alles, was sie erzählt hat, was sie nicht hätte erzählen dürfen?«

»Ja, kommt es. Aber es ist nicht besonders intelligent, sich damit zu begnügen, dass das alles sehr seltsam ist, oder?«

»Waren wir je besonders intelligent? Ich habe keine Ahnung, was wir machen sollen.«

Sie berührt das Sherlock-Holmes-Buch, lächelt.

»Wenn wir solche Romandetektive wären, würden wir jetzt Informationen sammeln und eine Erklärung finden, die das alles ordnet. Im Grunde wollen diese Detektive ja bloß Ordnung schaffen, deshalb befassen sie sich mit der größten Unordnung, den Morden. Aber wir wollen bloß ein oder zwei Sachen herausfinden, weil es uns nervt, nichts darüber zu wissen, oder?«

»Ich würde eher sagen, um uns nicht wie Schufte zu fühlen.«

»Kannst du bitte für dich sprechen, Andrés?«

»Ich spreche für mich, Rusita. Gehen wir? Wenn du Lust hast, könnten wir…«

»Ja, gehen wir, ich bin spät dran. Wir sehen uns morgen.«

20

Ich hatte mir etwas vorgemacht. Ihre fügsame Hand unter meiner,
der Glanz in ihren Augen, als sie mir von ihrem Treffen mit der
Nonne erzählte, unser gemeinsames Interesse, Licht in die Angelegenheit zu bringen. Doch sie ist einfach gegangen, und ich laufe
die Florida entlang, ohne zu wissen, wohin, aber immerhin weiß
ich, was ich zu tun habe: Ich muss Bernabé finden, ihm meine
Hilfe anbieten – wenn man die Hand, die dir der Typ reicht, der
dich ins Wasser gestoßen hat, Hilfe nennen will. Hände, überall
sehe ich nur Hände.

Ich schaue in der Pension vorbei. Kein Anruf, und Doña Norma
macht Anstalten, mir zum neunzehnten Mal – vielleicht auch zum
zwanzigsten – die Geschichte vom Todeskampf ihres armen Ehe-
mannes zu erzählen, Gott hab ihn selig. Ich stammele eine Entschuldigung, die nicht gerade glaubhaft klingt, und Doña Norma
erinnert mich beleidigt daran, dass ich ihr noch die Miete für Januar schulde, um von der für diesen Monat gar nicht erst zu reden. Ich sage na klar, ich werd daran denken, und werfe mich aufs
Bett. Seltsamerweise beginne ich etwas vor mich hin zu summen,
das der Anfang eines kleinen Tangos sein könnte, und der Strom
versiegt nicht: »Armer reicher Junge / armer verwöhnter Bengel. /
Wolltest der große Macker sein / und hattest nicht das Zeug
dazu.«

Offenbar ist die Wut wieder einmal hilfreich. Ich schnappe das
Notizbuch, notiere. Die Worte fließen. Ich behaupte nicht, dass
alles wie von allein kommt, aber eine aufregende, fast vergnügliche

Stunde später habe ich etwas zustande gebracht, das einem voll-
ständigen Tango gleicht:

Armer reicher Junge,
armer verwöhnter Bengel,
wolltest der große Macker sein
und hattest nicht das Zeug dazu.
Die schmalen Schultern,
die schwindenden Härchen,
die Beinchen, die nichts überstehen,
nicht mal einen Tango al revés.
Bleibst sitzen, verlierst,
die Miezen schau'n an dir vorbei,
oder schlimmer noch, lachen,
bevor du überhaupt fragst.
Also denkst du dir,
du bist ein Dichter,
und verschreckst sie mit
deinen lächerlichen Versen,
und dass sie wieder lachen,
merkst du nicht mal.

Trottel, machst auf feiner Herr und bist ein Trottel,
Trottel, machst auf Troubadour und bist ein Trottel.
Trottel, nicht mal ein paar Schritte
legst du aufs Parkett,
um eine feurige Brünette zu führen,
bis sie außer Atem ist.

Armer reicher Junge,
armer verwöhnter Bengel,
wolltest ein toller Hecht sein

und hattest keinen Mumm.
Welch ein Schrecken dein Leben,
so weit weg vom Rockzipfel
deiner Mama oder deiner Amme,
und deinem Entsetzen so nah.
Und das Schlimmste, man sieht es dir an,
und die Macker merken's,
spotten, verjagen dich nett
sogar vom Herrenklosett.
Also denkst du dir,
du bist ein Dichter,
und siehst sie an mit dieser
lächerlichen Fresse eines Mannes,
der denkt, er weiß Bescheid,
und macht doch nur Wind.

Trottel, machst auf feiner Herr und bist ein Trottel,
Trottel, machst auf Troubadour und bist ein Trottel.
Trottel, es langt nicht, um dich an einer dunklen Ecke
mit einem Gauner einzulassen,
um ihm die Fresse zu polieren,
bis der Schwachkopf
um Erbarmen fleht.

Die Musik dazu kann ich nicht schreiben, ich summe den Tango nur, aber während ich ihn summe, habe ich den Eindruck, es könnte funktionieren – falls sich jemand für die Geschichte eines Mopses wie Georgie interessiert. Wut, meine alte Wut, heißt es in Carlitos neustem Tango – die Mutter von allem oder fast allem. Einen Moment lang denke ich wieder an Raquel. Ich glaube nicht, dass ich mich traue, ihr den Tango zu zeigen – wahrscheinlich würde sie ihn nicht verstehen. Aber ich bin glücklich und muss jemandem davon erzählen. Ich ziehe meinen einzigen dunklen Anzug an und gehe ins Los 36 Billares. Gorrión ist nicht da, auch sonst niemand, den ich kenne. Da fällt mir Bernabé ein. Ich hatte ihn eine Weile, eine sehr glückliche Weile vergessen, aber da ist er wieder. Wahrscheinlich finde ich ihn am ehesten, wenn ich die Varietés abklappere, aber dafür ist es noch zu früh. Also spiele ich erst mal eine Partie Billard gegen mich selbst. Ich verliere, glaube ich. Um halb elf beschließe ich gelangweilt und bei miesester Laune, dass es an der Zeit ist.

Donnerstag: Die Corrientes platzt vor Menschen, Automobilen, Vergnügungssüchtigen – Bedrängnis einer Sommernacht. Vor dem Chantecler fragt mich ein Türsteher mit Kleiderschrankambitionen, mit Zylinder und langem grünem Gehrock, wer mir mein Märchen, ich wäre auf der Suche nach Bernabé Ferreyra, abnehmen soll, und rät mir, schleunigst die Fliege zu machen, bevor ich mir noch eine fange. Vor dem Marabú fordert mich ein Kleiderschrank mit Zylinder und langem braunem Gehrock auf, meinen Ausweis am Eingang abzugeben, bevor er mich eine Runde durch den Saal drehen lässt, wo eine Big Band spielt und ich Tänzerinnen mit weniger Fummel am Körper als ein frisch gefischter Thunfisch sehe, wo ich verblüfft sein, wo ich begehren, fluchen und wieder hinausgehen darf, ohne Bernabé gefunden zu haben. Vor dem Casanova erklärt mir ein Kleiderschrank mit Zylinder und langem rotem Gehrock, dass er es wüsste, wenn Bernabé da wäre, und als ich frage, ob er mir das dann auch sagen würde, lacht er und sagt nein und dass ich mich verziehen soll, bevor er die Geduld verliert. Genervt will ich das Tabarís auslassen, als mir einfällt, dass der Spitzbube, der dort die Pressearbeit macht, ein Vetter eines Freundes aus Kindheitstagen ist, Arnaldo, und ich frage an der Tür, ob ich ihn kurz sprechen kann. Von allen Varietés ist das Tabarís am unwahrscheinlichsten – zu viele berühmte Leute und Lebenskünstler, der Ort, wo man ihn am leichtesten erkennt –, aber der Abend ist ohnehin verloren. Und immerhin kann ich auf diese Weise einen flüchtigen Blick –

einen flüchtigen Blick, wie kitschig – auf die teuersten Frauen des
Landes werfen.

»Was gibt's, Pibe, was führt dich zu mir?«

»Nichts, Dickerchen, Arbeit.«

Arnaldo, genannt Dickerchen, lacht, als er seinen alten Spitznamen hört. Jetzt trägt er einen Smoking, der ihn schlank macht,
zeigt beim Lächeln seine weißen Zähne und hat so viel Pomade im
Haar, dass ich mich frage, wie er seinen Kopf aufrecht halten kann.

»Was für Arbeit, wenn ich fragen darf?«

»Darfst du, natürlich darfst du. Aber ich dachte, das wüsstest du,
che. Ich bin bei der *Crítica*.«

»Bei der *Crítica*, Pibe, wirklich? Nicht schlecht. Kann ich dir bei
irgendwas helfen? Also solang du keinen Mist baust, meine ich?
Du weißt, die wichtigste Regel hier lautet, diskret gegenüber der
Presse zu sein. Stell dir vor, was sonst los wäre, unsere Gäste…«

»Keine Sorge, Alter, das weiß ich doch. Aber ich bin wegen einer
wichtigen Sache hier. Einer wirklich wichtigen. Ich muss mit Bernabé sprechen, und ich hab gehört, dass er hier ist.«

»Und wer behauptet das?«

»Paulino, sein Bruder, wer sonst.«

»Na gut, wenn dich sein Bruder schickt… Warte, ich bring dich
zu ihm.«

Als wir das Varieté betreten, überrascht mich die Kälte. Arnaldo
Pressearbeit schaut mich grinsend an.

»Du warst noch nie hier, oder?«

»Sieht man mir das an?«

»Wegen der Kälte. Das nennt man Klimaanlage, der letzte Schrei,
hat sonst keiner im Land. Keine Ahnung, diese Yankees wissen
auch nicht mehr, was sie noch erfinden sollen…«

Das Innere des Tabarís gleicht einer Mischung aus Versailles und
Harlem in der Hollywood-Version, bloß in Farbe – wenig Farbe.

241

Vor allem ist da Schatten und Dunkelheit, das gedämpfte Licht der Kronleuchter, der rote Samt, das Schwarz der Abendkleider, das Weiß der Haut. Auf der Tanzfläche versuchen sich drei Paare, die Frauen größer als die Männer, an einem Tango – sie leiden, überleben aber. Hinter der Tanzfläche spielt das berühmte Orchester von Francisco Canaro einen seiner größten Schlager, »Caminito«, und in diesem Moment setzt der Meister persönlich auf seiner Geige an – keiner schenkt ihm Beachtung. Um die Tanzfläche herum, an runden Tischen mit glänzenden Decken und Kübeln mit französischem Champagner, trinken Paare aus dicken oder glatzköpfigen oder dicken und glatzköpfigen Herren und blendend aussehenden, champagnerdurstigen Französinnen Champagner und lächeln in die Runde – manches Lächeln ist teurer als andere. Ich muss an einen Tango denken, den vor Kurzem ein anderer Stammgast dieses Hauses aufgenommen hat, Carlos Gardel: »Ein alter Lüstling, der sein Geld verprasst / um Lulú mit Champagner abzufüllen / zahlt einem armen Schlucker nicht mehr Lohn / dabei wollte der nur ein Stück Brot.« Und ich denke daran, dass manche schreiben, was sie müssen, und was für eine Scheiße es ist, dass der Tango an Orten wie diesem verstummt ist, und dass ich, wenn ich so weitermache, noch Sozialist am Hof von Versailles werde. Weiter hinten, an einem bronzeverzierten Tresen, sitzen mehrere Männer und trinken.

»Ist er da vorne?«

»Nein, Pibe. Wir haben ihn nach oben verfrachtet, in eins der Séparées. Kannst dir nicht vorstellen, in was für einem Zustand er hier ankam. Ich fand es klüger, ihn dort hinzubringen.«

Wir steigen eine breite, dunkle Treppe hinauf, jede Stufe einzeln beleuchtet, um überflüssige Todesfälle zu vermeiden. Vom oberen Salon gehen zahlreiche kleine Räume ab, die mit Samtvorhängen geschlossen sind. Man sieht nur die Kellner, die mit ihren Tabletts, Flaschen und Kübeln herumschwirren. Ex-Dickerchen geht zu einem der Vorhänge, zieht ihn ein Stück auf, schaut hinein, zieht ihn ganz auf.

»Da hast du ihn, in all seiner Pracht.«

Im Séparée gibt es ein Sofa aus rotem Samt, auf dem sich zehn Personen vielleicht gerade einmal streifen würden, einen Spiegel, der fast genauso groß ist, einen wirren Teppich, zwei von viel nacktem Fleisch und dem einen oder anderen Stofffetzen bedeckte Damen und zwischen ihnen, zurückgelehnt, halb liegend, breitbeinig, die Bestie aus Rufino, der Bomber mit dem roten Streifen, der Liebling des Volkes, der glorreiche Bernabé Ferreyra. Er ist bekleidet: schwarzer Abendanzug mit abgelegter Fliege und halb offenem Hemd. Er hat mehrere Hände auf den Schenkeln der Damen und brüllt:

»Dich wollte ich sehen, Bruder! Dich, du Drecksack!«

Mich würde interessieren, ob der Empfang feindlich oder freundlich ist, aber mir bleibt keine Zeit, das weiter zu analysieren. Ferreyras Stimme klingt gebieterisch und ist doch so wackelig, als taumelte sie mir über Eis entgegen:

»Komm her, Dummkopf, komm schon, wir sind hier unter Freunden. Oder sind wir keine Freunde, Mädels, wir sind doch alles Freunde, oder? Los, komm, Bruder, hier stört uns keiner, alle haben sie mich verlassen. Carlos hat gesagt, er kommt, ich soll warten, aber er ist nicht da. Keiner will mich mehr sehen. Keiner. Und Canaro, diese Schwuchtel, die einen Tango für mich singen wollte? Für mich, was für eine Scheiße. Der wird sich wundern, wenn er das nächste Mal die Hymne von River spielen will, blöder Penner. Und Carlos, dieses Arschloch, hat gesagt, ich wäre ein … Was hat er noch mal gesagt?«

Ich stehe weiter am Vorhang. Ferreyra lallt weiter:

»Keine Ahnung, was dieser Hampelmann gesagt hat, wen interessiert das schon. Das interessiert doch keinen, oder? Und für mich interessiert sich auch keiner. Keiner will mich sehen, Alter, ich hab die Pest, ich bin schlimmer dran als eine aussätzige Kuh. Hast du schon mal eine aussätzige Kuh gesehn, Brüderchen? Hahaha, eine aussätzige Kuh. Warum glaubst du, sind diese Nutten schwarz und weiß? Die Kühe, meine ich, die aussätzigen, schwarz und weiß …«

Ich gehe zu ihm, packe ihn an den Schultern. Die Damen weichen aus, ich schüttle ihn. Ferreyra bewegt heftig den Kopf hin und her, wie ein Hund, der sich nach einem Bad das Fell schüttelt. Dann atmet er tief durch, steckt die Hände in den Champagnerkübel, wäscht sich mit dem eiskalten Wasser das Gesicht und schüttelt noch einmal den Kopf.

»Fertig, Bruder, verzeih mir. Ach was, verzeih mir oder lass es bleiben, ist mir doch scheißegal. Hast du gelesen, was heute in der Zeitung stand? Es ist aus, Alter, aus und vorbei. Morgen früh verdufte ich wieder nach Junín. Ich hoff nur, sie holen mich nicht in Handschellen zurück.«

»Seit wann trinkst du, Bernabé?«

»Weiß nicht, seit ich das gelesen habe. Seit gestern, vorgestern, seit hundert Jahren.«

Die Damen haben ein paar Stellen ihrer nackten Haut mit den verfügbaren Fetzen bedeckt und sehen uns besorgt an. Ich sage, sie sollen gehen, wir kriegen das alleine hin, vielen Dank. Die Damen lassen sich nicht zweimal bitten und suchen blitzartig das Weite. Ich setze mich auf das rote Samtsofa zu Ferreyra, der sich nur mühsam aufrecht halten kann – kein einfacher Kampf.

»Wir müssen reden, Bernabé. Kriegst du das hin?«

»Kipp mir das Eiswasser auf den Kopf.«

»Ich meine es ernst.«

»Ich mein's auch ernst.«

Ich gehorche. Das Ergebnis ist eine Pfütze auf dem Boden, ein großer Fleck auf dem Sofa, eine Sauerei auf Ferreyras Kopf. Er holt tief Luft, streicht sich über die Augenbrauen und sagt fertig, schieß los.

»Keine Sorge, Bernabé, wir retten dich.«

»Du und wie viele noch?«

»Im Ernst, *che*. Wirklich, es ist zu deinem Besten, also lass die Sprüche. Die haben dich an den Eiern, Alter, wenn wir nichts unternehmen, bist du richtig dran. Also hör gut zu.«

»Ja, Mami, danke Mami.«

Ich richte mich auf, schweige einen Moment. Ich muss meine Worte mit Bedacht wählen. Das was noch nie meine Stärke, und jetzt besteht mein Publikum aus einem Besoffenen, der sich vielleicht morgen an kein einziges Wort erinnert, aber ich muss es versuchen:

»Es gibt da wen, von dem ich dir ausrichten soll, dass er den ganzen Schlamassel für dich regeln kann.«

»Cuitiño.«

Sagt Ferreyra plötzlich hellwach, fast nüchtern. Ich sage ja, Cuitiño, aber er solle keine voreiligen Schlüsse ziehen, der Typ wolle ihm wirklich helfen, und er sei nicht in der Position, große Forderungen zu stellen.

»Cuitiño, dieser verfickte Sohn eines ganzen Bataillons stinkender syphilitischer Polackenhuren.«

Bestätigt Ferreyra mit erstaunlicher Präzision.

»Ich sehe, dass du allmählich kapierst. Aber du wirst auf ihn hören müssen. Die Frage ist nicht mehr, wo du spielen wirst, Bernabé, ob du nach Italien oder nach Junín willst. Hier geht es nur noch darum, dass man dir keinen Mord anhängt.«

»Und jetzt, verdammte Scheiße? Was soll ich machen?«

»Nichts. Du unterschreibst den Vertrag, den sie dir hinlegen, stellst dich dumm, und in zwei Tagen ist die Sache geregelt. Das haben sie mir versichert.«

»Was soll das heißen, geregelt?«

»Was weiß ich, geregelt eben. Wahrscheinlich werden sie sich alle Mühe geben, den zu finden, der sie ermordet hat.«

245

»Und wie wollen sie den finden?«

»Was fragst du mich, Bernabé? Vielleicht geht es ganz schnell, vielleicht finden sie einen, der es auf sich nimmt…«

In der Ferne spielt Canaros Orchester »Madreselvas«. Ferreyra sitzt mit offenem Mund da, etwas Speichel rinnt ihm übers Kinn, der Blick verloren. Plötzlich kommt er wieder zu sich und brüllt:

»Was? Ich werde nicht dulden, dass irgendeine arme Sau für mich eingebuchtet wird.«

»Wieso für dich?«

»Ja, für mich, statt mir.«

»Du brauchst mir nicht zu antworten, wenn du nicht willst, aber soll das heißen, du hast sie umgebracht?«

»Was für einen Scheiß redest du da?«

»Das hast du doch gesagt. Wenn du sagst, der Kerl wird für dich eingebuchtet, heißt das…«

»Nein, Arschloch, hör auf, hier den Bullen zu spielen, das heißt gar nichts. Das sagt man so, nichts weiter, das heißt gar nichts. Arschloch.«

Plötzlich sehe ich ihn mit anderen Augen. Warum habe ich nie an diese Möglichkeit gedacht? Ferreyra könnte es getan haben. Er hätte ein Motiv haben können, und es ist nicht unwahrscheinlich, dass Mercedes ihm geholfen hat, unbemerkt bis in ihr Zimmer zu kommen. Wenn es so war, helfe ich gerade einem Mörder. Ich muss den Gedanken irgendwie verdrängen. Ich habe eine Idee.

»Glaubst du, ihr Vater könnte sie getötet haben?«

»Du bist besoffen, Rivarola. Selbst wenn das stimmt, wird das nie stimmen. Sag Cuitiño, er hat gewonnen, morgen unterschreibe ich. Und dass er das eines Tages bereuen wird. Und danke, Bruder, vielen Dank. Du bist fast so ein mieses Arschloch wie er, nur billiger.«

21

Sie holt mich um kurz nach neun in der Pension ab. Ihr Haar ist noch feucht, und sie trägt denselben Rock mit Schottenmuster und dasselbe weiße Hemd wie gestern. Sie grinst breit. Es wäre mir lieber, ich würde mir nicht vorstellen, woher sie gerade kommt.

»Andrés, der Tag ist gekommen.«

Ich frage nicht, welcher Tag gekommen ist. Vermutlich nicht meiner, aber ich finde, ich sollte weiter Hoffnung haben, auch wenn es nur für ein paar Minuten ist. Sie hält nicht mal eine:

»Heute werden wir erfahren, was mit Mercedes passiert ist. Ich glaube, wenn wir zu Olavieta gehen und ihm sagen, was wir wissen, muss er mit der Wahrheit rausrücken.«

»Und was wissen wir, Rusa?«

»Ich weiß nicht. Dass er gegen ihre Affäre mit Ferreyra war, dass er sie benutzen wollte, um wieder auf die Beine zu kommen, dass er es nicht ertragen konnte, dass sie das Bild vom abendländischen Kreuzritter kaputtmacht, das er sich zusammengebastelt hat, all das ...«

»Alles nicht besonders stichhaltig, oder? Wenn wir Glück haben, lacht er uns nur ins Gesicht.«

»Du bist immer so pessimistisch. Hab doch mal Vertrauen in das, was du kannst, in deine Stärken. Schau mich an: Ich glaube, dass wir das schaffen.«

»Was für Pillen haben sie dir denn gegeben, Liebling? Na gut, wenn du unbedingt willst, gehen wir hin, aber ich bezweifle, dass wir irgendwas erreichen. Wie heißt es noch in diesem Tango? So viele Jahre der Täuschung und der Träume, dass er schon nicht mehr ohne Illusionen leben kann?«

»Den habe ich noch nie gehört.«

»Das wirst du noch, Rusita, das wirst du.«

Es ist noch nicht zehn, als wir die Klingel neben der dunklen, soliden Holztür drücken. Venancia lässt auf sich warten. Um die Zeit totzuschlagen, fragt Raquel, wie der Tango weitergeht, und ich merke, wie ich rot anlaufe. Ich huste, runzle die Stirn, als müsste ich mich erinnern, sage, dass ich ihn nicht singen kann. Das sei egal, sagt sie, nur der Text.

»So viele Jahre der Täuschung und der Träume / dass er schon nicht mehr ohne Illusionen leben kann. / Das Glas ist leer, auch sein Herz / hat sich geleert, und er fragt sich / ob er diese Hirngespinste pflegen / oder sie besser platzen lassen soll wie Seifenblasen.«

»Der ist gut. Komisch, dass ich ihn noch nie gehört hab.«

»Ja, komisch. Ich glaube, er ist ziemlich neu.«

Das Guckloch macht klick, die Tür öffnet sich einen Spalt.

»Guten Tag. Der Doktor ist ausgegangen.«

Venancias Stimme klingt schroff.

»So wie neulich?«

Sie öffnet die Tür ein Stück weiter, streckt den Kopf heraus.

»Er ist wirklich nicht da. Er ist früh gegangen, ich glaube, er wollte nach Palermo.«

»Ich war gestern bei Socorro.«

»Ja, ich weiß. Sie hat es mir gesagt. Und dass Sie kommen wollten, um mich zu sprechen.«

»Hier sind wir.«

»Nein, Sie sind hier, um den Doktor zu sprechen.«

Diesmal trägt Venancia keine Haube, ihr glattes, graues Haar hängt offen herab, was bedeutet, dass Olavieta wirklich nicht zu

Hause ist. Ihr Provinz-Akzent wirkt schwächer, und ihre Gesichtszüge haben eine müde Schönheit, die uns beim letzten Mal nicht aufgefallen ist – eine Frau, die einmal schön war und das auch wusste. Raquel beugt sich zu ihr vor, flüstert:

»Können wir einen Moment reden, Sie und ich? Socorro hat gesagt, dass wir das tun sollten.«

»Ja, das hat sie mir auch gesagt. Sie hat mich gebeten, mit Ihnen zu reden. Aber ich habe Ihnen nichts zu sagen.«

»Das sieht sie anders. Sie hat gesagt, die Einzige, die sie und ihre Schwester retten kann, sind Sie.«

»Retten? Die kann keiner mehr retten.«

»Das hat sie gesagt: dass Sie die Einzige sind, die sie retten kann.«

»Dafür ist es zu spät, Señorita. Ich habe es versucht, Sie glauben nicht, wie oft ich es versucht habe, aber ich konnte sie nicht retten.«

Sagt Venancia, und eine Träne rinnt über ihre rissige Wange. Sie wiederholt noch ein paarmal, Sie glauben nicht, wie oft ich es versucht habe, dann öffnet sie die Tür und winkt uns herein, wir sollten besser drinnen reden, auf der Straße könne man uns sehen. Während wir eintreten, bekreuzigt sie sich und murmelt ein Gebet.

»Sie glauben nicht, was ich alles unternommen habe. Das können Sie sich nicht vorstellen, Señorita, weil Sie nicht wissen, was für Sachen er den beiden angetan hat.«

Raquel schämt sich, zu fragen, fragt aber:

»Was, Venancia?«

»Das können Sie sich nicht vorstellen. Fürchterliche Sachen, fürchterlich. Der Mann ist ein Monster. Manchmal ist er wie ein Engel, aber auch ein Monster.«

»Deshalb ist Socorro gegangen?«

»Nein, oder ich weiß nicht. Wenn sie Ihnen nichts erzählt hat, sage ich auch nichts. Sie kennen sie, fragen Sie sie. Ich werde nicht für sie sprechen. Arme Mechita, sie kann nicht mehr sprechen. Jemand muss für sie sprechen, oder?«

»Ja, Señora Venancia, genau das wollen wir: ihr eine Stimme geben.«

Sage ich, und meine eigene klingt wie in einem der Hörspiele, die meine Mutter so gern hört – Melodramatik war noch nie meine Stärke. Venancia zögert. Um sie zu ermuntern, legt Raquel ihr einen Arm um die Schulter. Venancia streichelt Raquels Hand und löst sich von ihr. Sie sieht uns an, ordnet ihr Haar.

»Gott vergib mir, aber ich kann diese Bürde nicht länger tragen. Ich höre die Schreie, jede Nacht höre ich die Schreie. Sie glauben nicht, wie die beiden sich an dem Abend angeschrien haben. Ich habe es gehört, aber was sollte ich tun, ich hatte solche Angst. Ich habe mich so geschämt, ich schäme mich immer noch, aber was hätte ich denn tun sollen, ich bin eine alte Frau, ich konnte nichts machen.«

Sie verstummt. Ich will sie zum Weiterreden auffordern, aber eine Berührung von Raquels Hand hält mich zurück. Das Schweigen dehnt sich, dann reibt sich Venancia das Gesicht und fährt fort:

»Sie glauben nicht, wie sie sich angeschrien haben. Er hat sie angebrüllt, dass sie ihn zugrunde richtet, dass sie das einzige Juwel ist, das diese Familie noch besitzt, und dass sie sich an jeden dahergelaufenen Geck verschwendet, und sie hat geschrien, dass er ja nur eifersüchtig ist, dass er glaubt, sie ganz für sich allein zu haben, aber dass er sich da gründlich täuscht, und dabei hat sie ihn ausgelacht, Sie glauben nicht, was das für ein Gelächter war, und dann hat er noch lauter gebrüllt …«

»Und was ist dann passiert?«

Frage ich drängend, und Raquel sieht mich vorwurfsvoll an.

»Ich weiß nicht, keine Ahnung, ich habe es nicht länger ausgehalten. Aber es war auch nicht so ungewöhnlich, sie haben sich ständig angeschrien … An dem Abend vielleicht ein bisschen mehr. Ich weiß nicht, was dann passiert ist, ich habe meinen Kopf unter das Kissen gesteckt und bin irgendwann eingeschlafen, ich weiß nicht. Ich weiß nur, dass sie am Morgen, als ich das Frühstück bringen wollte …«

Venancia bricht ab. Sie weint, schluchzt laut, bis sie Schluckauf bekommt, das Gesicht in den Händen. Raquel nimmt sie wieder in den Arm. Nach einer Weile fragt sie leise, mit sanfter Stimme:

»Sie wissen wirklich nicht, was an dem Abend passiert ist? Ich glaube, Sie …«

Venancia weicht einen Schritt zurück, starrt Raquel an, als hätte sie sie noch nie zuvor gesehen, bekreuzigt sich, schreit:

»Für wen halten Sie sich? Was wollen Sie? Unser Leben ruinieren? Raus! Raus, ihr Teufel! Verschwindet!«

Die Menschenmasse unter uns verharrt in dieser angespannten Stille, wie man ihr nur begegnet, wenn sie im nächsten Augenblick wieder vorbei ist. Im Hippodrom von Palermo startet in wenigen Sekunden das fünfte Rennen des Nachmittags, und zehntausende Menschen warten darauf, wie man auf etwas wartet, das vielleicht niemals passieren wird. Von oben gleicht die Menge einem Meer aus Hüten, Wolken aus hellem Stroh, Flecken aus dunklem Filz, Händen, die aufgeregt Wettscheine drücken, Körpern, die sich auf den billigsten Plätzen, dem »Hundezwinger«, fast zerquetschen. Hier oben, im Restaurant des Jockey Clubs, erlauben die geschmückten, an die Fenster gerückten Tische einen herrschaftlichen Blick auf dieses Panorama, als befände man sich in einer anderen Welt, als wäre das hier die Fantasie eines hungrigen Malers.

»Was wollen Sie von mir? Kann man jetzt nicht mal mehr in Ruhe essen?«

Carlos María de Olavieta sitzt allein an seinem Tisch am Fenster, vor sich die aufgeschlagene *La Prensa*, auf dem Teller aus englischem Porzellan ein angefangenes Tournedos Rossini, Silberbesteck. Um das Clubmitgliedern vorbehaltene Restaurant betreten zu dürfen, haben wir erzählt, der Doktor würde uns erwarten. Wir sind zu seinem Tisch gegangen, haben einen guten Tag und guten Appetit gewünscht und lassen jetzt sein unterdrücktes Brüllen über uns ergehen.

»Wir wollen Sie nicht stören, Doktor, aber wenn Sie eine Sekunde Zeit für uns hätten …«

»Ihre Zeitung zieht Mercedes immer tiefer in den Schmutz, Rivarola.«

Olavieta wischt sich mit einer großen, aus seinem Kragen hängenden Serviette den Mund ab. Sein Haar ist pomadisiert, der Bart akkurat gestutzt.

»Das ist nicht meine Zeitung, Doktor, das sagte ich bereits. Im Gegenteil, ich bin derjenige, der dafür sorgen kann, dass sie den Mist sein lassen. Sind Sie hier, um zu wetten? Auf wen setzen Sie, jetzt im Fünften?«

Olavieta schnaubt, entscheidet sich aber, ruhig zu bleiben, einen Skandal im Club kann er nicht gebrauchen. Mit großzügiger Geste deutet er auf zwei leere Stühle ihm gegenüber. Wir setzen uns. Die Gedecke sind aufgelegt, als würde er noch jemanden erwarten. Olavieta wendet sich an mich – Raquel ignoriert er.

»Ich setze nur wenig und nur, wenn es sich lohnt. Und ich setze auf Sieg, Rivarola. Später, im Klassiker, ein paar Wetten auf Pulpo. Aber ich bin nicht hier, um zu wetten. Ich bin hier, um das Vaterland in Bewegung zu genießen. Schauen Sie, all die Menschen haben sich versammelt, um diese edlen Geschöpfe zu sehen, mit diesen Tieren haben wir die Nation aufgebaut. Wenn es diesem *football* eines Tages gelingen sollte, so viele Menschen zusammenzubringen, so viel Begeisterung hervorzurufen, dann wird Argentinien nicht länger sein, was es einmal war, dann kapituliert es vor …«

Olavieta kommt in Fahrt. Wenn er schon wieder große Reden schwingen kann, scheint er sich wieder sicherer zu fühlen. Besser ich unterbreche ihn gleich:

»Wollen Sie nicht lieber was riskieren? Ein Freund von mir meinte, es gibt da einen neuen Burschen, einen gewissen Artigas, der eine Stute reitet, die nicht verlieren kann und zehn oder zwölf zu eins einbringt.«

»Solche Mysterien überlasse ich den jungen Leuten wie Ihnen. Ich halte es lieber mit Leuten wie mir und gehe auf Nummer sicher. Apropos sicher – ich bin sicher, Sie sind nicht hier, um mich nach einem Geheimtipp zu fragen.«

Sagt Olavieta und isst ein Stück Tournedos. Er wischt sich mit der makellosen Serviette den ohnehin sauberen Mund ab, sagt, er kann einfach nicht glauben, dass die Argentinier immer noch Foie gras aus Frankreich importieren müssen, es kann doch nicht sein, dass wir nicht lernen, es selbst herzustellen, *che*, am Ende stellt sich noch heraus, dass wir wirklich nichts als Banausen sind.

»Sie haben nie Bart getragen, Doktor, habe ich recht?«

»Nein, nie, bis vor Kurzem.«

Sagt Olavieta, reibt sich den Bart und fragt, warum. Ich sehe aus dem Fenster, als wäre nichts.

»Nur so. Rasieren Sie sich selbst?«

»Ja, ich bin nie gern zum Barbier gegangen. Zuviel Geschwätz.«

»Sie haben also ein Rasiermesser, stimmt's?«

Olavieta reißt sich die Serviette ab, knallt die Hände rechts und links neben den englischen Porzellanteller, holt Luft. Unten brüllen Tausende sie sind gestartet und brechen in unverständliches Jubelgeschrei aus, es hört sich an wie ein einziges gewaltiges Rauschen. Das Klappern der Hufe im Sand gleicht dem fernen Trommeln eines wilden Stammes. Olavieta lässt sich nicht ablenken, er spricht mit leiser Stimme, aber es ist, als würde er schreien:

»Ich weiß nicht, worauf Sie hinauswollen, Rivarola, aber es gefällt mir nicht.«

»Auf gar nichts, Doktor, wie kommen Sie darauf? Ich habe mich nur gefragt, ob die Polizei Ihr Rasiermesser mitgenommen hat. Schauen Sie, wenn denen einfällt …«

»Verschwinden Sie auf der Stelle! Oder warten Sie, hören Sie her. Ich bin ein Ehrenmann. Vielleicht verstehen Sie nicht, was das bedeutet. Aber versuchen Sie es. Ich weiß, dass ihr mich vernichten wollt, weil ich die Hoffnung der anständigen Menschen in diesem Land bin und weil ich einer von denen bin, die dieses Land vor dem Pöbel schützen werden, vor Leuten wie euch beiden. Wir sind bereit, alles für das Vaterland zu geben. Ihr habt mich richtig verstanden: alles. Und wenn ich alles sage, meine ich alles.«

Sagt Olavieta und schwingt eine silberne Gabel. Er atmet tief durch, beruhigt sich, lässt die Gabel sinken und fährt mit Grabesstimme fort, was die Drohung noch finsterer klingen lässt:

»Also haut ab, bevor ich die Polizei rufe und euch rausschmeißen lasse. Ich will keinen Skandal, aber ich werde nicht dulden, dass zwei arme Schlucker mein Lebenswerk zerstören. Ihr solltet vorsichtig sein, immer schön vorsichtig. Wenn das Vaterland erst einmal marschiert, zermalmt es das ganze Ungeziefer, das ihm in die Quere kommt.«

Unten hat eines der Pferde gewonnen. Einige jubeln und schwenken ihre Hüte. Viele kauen auf ihren Wettscheinen und ihrer Wut herum, spucken sie aus, schlucken sie hinunter.

Wir gehen. Als wir an der Tür sind, will gerade ein Paar das Restaurant betreten. Er ist klein, aber stramm, sie die reinste Verschwendung an Schönheit.

»Bitte, nach Ihnen.«

Sage ich. Der Mann weicht meinem Blick aus, und ich brauche ein paar Sekunden, bis ich ihn erkenne. An diesem Mittag gleicht Kommissar Holster nicht im Geringsten dem müden, ausgezehrten Beamten, der mich vor ein paar Tagen im Polizeipräsidium empfangen hat. Er trägt einen nagelneuen Panamahut und einen tadellosen Leinenanzug und hält diese sündhafte Brünette im Arm, den Orden des wahren Polizisten.

»Herr Kommissar, was für eine schöne Überraschung!«

»Ja, in der Tat.«

»Sind Sie beruflich hier?«

»Nein, was denken Sie, ich treffe einen Freund. War mir ein Vergnügen. Und grüßen Sie González Galuzzi von mir.«

Sagt Holster und will weitergehen. Zufällig stehe ich ihm im Weg.

»Und, haben Sie ihn schon gefunden?«

»Nein, aber das wird nicht mehr lange dauern. Wie ich Ihnen bereits sagte, das wird schnell gehen.«

»Sind Sie sicher, dass Lugones ihn noch suchen muss?«

Holster sieht mich zum ersten Mal richtig an, nicht auffällig, aber es ist ernst.

»Rivarola, nicht wahr? Ich dachte, ich hätte Ihren Namen vergessen.«

»Ja, Rivarola.«

»Also, was wollten Sie mir sagen?«

»Nichts, Kommissar.«

»Du glaubst, der Alte hat sie umgebracht?«

Auf dem Bürgersteig der Avenida Alvear, am Ausgang der Pferderennbahn, sind fast nur Männer unterwegs, und fast alle laufen mit gesenktem Kopf über einen Teppich aus zerstörten Wettscheinen, zerstörten Hoffnungen, zerstörtem Geld. Männer und noch mehr Männer, die vorhin hier ankamen und überzeugt waren, etwas zu wissen, das sie größer, reicher, mächtiger machen wird. Und jetzt sind sie am Boden zerstört. Wir mittendrin. Raquel hat meinen Arm genommen. Wir gehen langsam. Ich bin mit den Gedanken woanders, denke an Bernabé, der sich für sonst wen hält und doch nur ein kleiner Fisch ist im Vergleich zum Pulpo Leguisamo, dem großen Jockey. Hier spielt jeder und verliert, nicht wie beim Fußball, diesem Stellvertreterspiel mit seinen Märchen und Geschichten, Dingen, die im Grunde immer nur den anderen passieren. Raquel lässt nicht locker:

»Komm schon, Pibe, im Ernst. Glaubst du wirklich, er hat sie umgebracht?«

»Was weiß ich, Rusita. Ich glaub schon, aber ich bezweifle, dass wir das je rausfinden werden.«

»Wir müssen es rausfinden, Andrés, und wir müssen es öffentlich machen. Wir können nicht zulassen, dass nichts passiert.«

»Wir? Du und wie viele noch?«

»Du bist so ein Feigling, *che*.«

Mir fallen eine Menge Antworten ein, aber ich behalte sie für mich: dass sie nicht anders ist als ich; dass sie sich nicht damit herausreden soll, eine Frau zu sein; dass sie Olavietas offene Drohung und die etwas verstecktere von Holster genauso gehört hat wie ich; dass wir nie etwas beweisen könnten, selbst wenn wir was wüssten; was wir überhaupt mit all dem am Hut haben; dass es so viel gibt, um das wir uns eher kümmern sollten; dass wir uns vielleicht darum kümmern, damit wir uns um nichts anderes kümmern müssen; wen zum Teufel das überhaupt interessiert; dass *sie* sich vielleicht für allmächtig hält, ich mich aber nicht; warum sie sich nicht zum Teufel schert; dass sie mir gestohlen bleiben kann, wenn sie erst von mir Notiz nimmt, wenn ich eine bedeutende Persönlichkeit bin; warum sie mich nicht so lieben kann, wie ich bin; ob sie so schrecklich findet, wie ich bin; ob es so schrecklich ist, wie ich bin; wieso sie mit mir schläft und dann so tut, als wäre nie was gewesen; ob sie das mit allen so macht; dass sie nicht so grausam sein kann; dass sie mich nicht so mies behandeln kann; dass uns Mercedes Olavieta im Grunde einen Scheißdreck interessiert; dass es in einer Republik Behörden gibt, die sich um so was kümmern; dass ich sie am liebsten packen und ordentlich schütteln würde und wir diesen ganzen Mist vergessen sollten. So viele Antworten, und ich schweige nur – vielleicht besteht genau darin meine Feigheit. Oder es ist Liebe. Liebe ist bekanntlich das feigste Gefühl von allen. Und außerdem ein ziemlich abgegriffenes Wort. Aber etwas muss ich sagen:

»Das ist keine Feigheit, Raquel. Im Grunde ist es egal, ob wir wissen, wer es war. Holster und Lugones werden uns einen Schuldigen hinwerfen, und das war's. Wozu also? Nur ums besser zu wissen? Nehmen wir an, es war Olavieta. Was bringt es, wenn sie ihn schnappen? Warum sperrt man Verbrecher ein? Damit sie nicht noch mehr Verbrechen begehen? Olavieta wird kein weiteres begehen. Er hat nicht irgendwen getötet, er hat seine Tochter getötet, und jetzt hat er niemanden mehr, die andere Tochter ist bei Gott. Also, was bringt es? Damit kein Unschuldiger verurteilt wird? Das wird trotzdem passieren. Damit er seine Quittung bekommt, seine Strafe, damit Verbrechen nicht ungesühnt bleiben? Aus Rache? Damit die Tote zu einer besseren Toten wird? Wegen ihrer Seele, die nie existiert hat?«

Wir sind an der Ecke Dorrego stehengeblieben, unter der Eisenbahnbrücke der Pacific Railway, die uns vor der gleißenden Sonne schützt. Es ist fast schon wieder lustig, dass genau hier der Zug nach Junín entlangfährt. Und just in diesem Augenblick donnert einer vorbei, es ist ohrenbetäubend laut, alles bebt. Raquel murmelt etwas. An einer Kastanie blühen unzählige dieser gelben, aus feinen Härchen bestehenden Blüten. Die Härchen fallen langsam auf den Rasen herab. Ich versuche, die Stimmung etwas aufzuheitern:

»Was ein Leben!«

Raquel sieht mich verdutzt an.

»Was redest du da, Pibe?«

»Genau das, Rusa, was ein Leben! Das Härchen fällt herunter, tänzelt, schlägt Purzelbäume, dreht sich um seine eigene Achse, lässt sich Zeit, bis es auf dem Boden landet. Was ein Leben!«

Das sei nicht der richtige Moment für billige Lyrik, sagt Raquel, und dass sie gehen müsse. Ich halte sie fest.

»Wollen wir nicht noch ein Bier trinken gehen, etwas essen?«

»Und dann? Heulen wir dann weiter rum, weil wir nichts machen können? Nein, Andrés, ich gehe. Wir sehen uns.«

»Bekomm ich nicht mal eine Gratisprobe von dir, so wie von Coca-Cola?«

»Coca-Cola?«

»Diese Yankee-Brause, die sie hier verkaufen wollen. Hast du nie diese Wagen vor den Fabriktoren gesehen? Wenn du ein Schinken-Käse-Sandwich für zehn Pesos kaufst, bekommst du ein Fläschchen von dem Zeug gratis.«

»Ich, für zehn Pesos, Pibe?«

22

Ich bin fast zu Hause, als ich ihn sehe. Nicht schon wieder, nicht heute. Ich ertrage ihn nicht mehr. Es ist nicht mal so, dass ich Angst hätte. Ich ertrage ihn nur einfach nicht. Der schwarze Packard steht genau vor der Tür von Doña Normas Pension. Ich denke nicht lange nach, drehe mich um und haue Richtung Corrientes ab. Calle Paraná, Freitag, fünf Uhr nachmittags – das Trottoir ist voller Menschen. Ich beschließe, nicht zu rennen, und einen halben Block weiter spüre ich, wie der Käpt'n seine Krallen in meine Schulter bohrt.

»Nicht weglaufen, Junge, das lohnt sich nicht.«

Ich glaube, es hätte sich gelohnt.

Aber ich hab's nicht geschafft. Wir gehen zum schwarzen Schiff – er mit seiner Pranke auf meiner Schulter, ich niedergeschlagen. Feierlich hält er mir die Hintertür auf, aber anstatt sich nach vorne, an seinen angestammten Platz zu setzen, steigt er zu mir nach hinten ein.

»Keine Angst, Genosse, wir tun dir nichts.«

Sagt er mit einem Lächeln – oder dem, was er für ein Lächeln hält. Der Käpt'n ist ein mehrere Meter großer, schlanker Gorilla mit Händen wie Welten, einem Kinn wie ein Schiffskiel und einigen Zähnen zu wenig. Ich frage, wen er mit wir meint, was das soll.

»Das ist nicht so einfach zu erklären. Aber gleich vorweg, das hier hat nichts mit dem Ferkel zu tun.«

»Mit wem?«

»Cuitiño, wer sonst.«

Der Käpt'n wirkt schüchtern, schaut zu Boden. Seine Manieren passen weder zu seiner Gestalt noch zu dem Bild, das ich von ihm hatte. Leise, als bäte er mich um Entschuldigung, sagt er, dass er mich gesucht hat, weil er glaubt, ich könnte sie verstehen. Sie müssten mich um einen wichtigen Gefallen bitten.

»Wer seid ihr, was wollt ihr von mir?«

Der Riese holt Luft, öffnet die Hände, betrachtet sie.

»Du hast recht, ich sollte es dir sagen. Wir werden dich ins Vertrauen ziehen, Genosse. Ich hoffe, du weißt das zu schätzen. Ich hab dich gesehen und gleich gewusst, dass du uns verstehen wirst. Und was ich so rausgekriegt habe, bist du ein ehrlicher Kerl. Das hat man mir erzählt, aber vielleicht irre ich mich auch. Wir brauchen jemanden, der uns hilft, und zwar jetzt. Ich hoffe, ich hab mich nicht völlig getäuscht.«

Ich höre mir seine Geheimniskrämerei irgendwo zwischen ängstlich und genervt an. Ich bitte ihn – zum letzten Mal, Maestro, ich bitte Sie –, mir zu erklären, wovon zum Teufel er spricht.

»Wie sage ich dir das am besten, Genosse. Ich gehöre einer Gruppe von Syndikalisten an. Revolutionäre, wir sind revolutionäre Syndikalisten. Ich muss dich zu jemandem bringen. Es wird dich interessieren, da bin ich sicher. Bitte vertrau mir.«

Der Riese wirkt wie ein Kind, das um ein Bonbon bittet.

»Du weißt, dass ich dich denunzieren könnte. Ich ruf Cuitiño an, und du bist geliefert.«

»Ich weiß, es ist ein Risiko, aber das ist nichts im Vergleich zu dem, was der Genosse riskiert, den ich dir vorstellen möchte. Außerdem glaube ich einfach nicht, dass du so einer bist. Ich glaub's nicht, sonst wäre ich nicht hier.«

Und ich würde gerne glauben, dass ich ja sage, weil ich so nett bin, weil ich so verdammt liebenswert bin, aber es hat wohl mehr mit dem Reiz des Geheimnisvollen zu tun – oder mit dem, was dieses Tier mit mir anstellen könnte, wenn ich mich weigere. Ich sage, also gut, fahren wir. Und er, ich soll mich zu ihm nach vorne setzen, es ist nicht weit.

Der Packard rauscht durch die Calle Uruguay gen Süden. Während der Fahrt stelle ich mir vor, wie dieser Mann seine grenzenlose Loyalität nur vorgibt und stattdessen seinen Chef und dessen Freunde ausspioniert, um Dinge für wer weiß wofür in Erfahrung zu bringen. Wie er ständig dieses Doppelleben führt. Als wir die Rivadavia kreuzen, räuspert er sich.

»Ich bringe dich zu dem Typen, den sie für den Mord an dem Mädchen ins Gefängnis stecken.«

Ich weiß nicht, was ich sagen soll. Er merkt es.

»Damit hast du nicht gerechnet, was? Wie solltest du auch. Er ist fast noch ein Kind, ein treuer Genosse. Er wird dir die Geschichte erzählen, und du schreibst alles mit. Im Moment haben wir nicht viel davon, aber wir brauchen einen Zeugen, der später mal aussagen kann. Traust du dir das zu?«

Plötzlich verstehe ich, warum es heißt, keine Antwort ist auch eine Antwort. Ich habe keine, ich weiß nicht, was ich sagen soll. Der Packard kurvt durch die engen Gassen von San Telmo, hält in einer Querstraße, Humberto Primo, Garay, irgendeine von denen.

»Steig aus, Genosse. Wir müssen noch ein paar Straßen laufen, stell dir vor, was los wäre, wenn wir mit diesem Schlitten auftauchen.«

»Schau's dir an, es ist wie ein Grab: außen schön sauber, innen verrottet.«

Ohne anzuklopfen betreten wir ein siebzig, achtzig Jahre altes, aber hübsches Haus: weiß getünchte Wände, verschnörkeltes Türgitter, Dachsimse. Drinnen, im ersten Innenhof: tobende Kinder, Frauen, die in Blechtrögen Wäsche waschen, zum Trocknen aufgehängte Kleider, Schmutz, Geschrei in allen erdenklichen Sprachen, kaputte Fliesen. Dazu ein muffiger Geruch nach alten Sachen, Müll, ranzigem Essen und ungewaschenen Menschen. Ein paar Frauen werfen uns neugierige Blicke zu, die meisten starren angestrengt zu Boden, in die Waschschüsseln oder auf ihre rissigen Hände. Ein hagerer Mann stiehlt sich heimlich an der Wand entlang zur Tür; ich frage den Käpt'n, ob der Kerl ein Gauner ist, der uns für Bullen hält.

»Kann sein, kann nicht sein. Reicht ja schon, wenn seine Papiere nicht in Ordnung sind.«

Der Mann lugt noch einmal auffällig unauffällig zu uns herüber, verduftet. Ich stelle mir seine Erleichterung vor, freue mich für ihn, lächle. Der Käpt'n sieht mich seltsam an.

»Das ist ein hartes Leben, hier im Conventillo. Aber warum erzähle ich dir das? Du kennst es genauso gut wie ich, mit diesen Vermietern, die uns das Blut aussaugen.«

Stimmt, ich kenne es. Einmal habe ich für ein paar Monate in einem dieser Löcher gewohnt. Aber ich hatte es vergessen und bin schwer beeindruckt, erst recht, als wir den zweiten Hof betreten: Gerümpel, kaputte Scheiben, eine einzige Sauerei. Ganz hinten eine kleine Remise aus Blech, die aussieht, als wäre sie unbewohnt. Der Käpt'n geht zur Tür und klopft an: zweimal, Pause, dreimal. Dann noch einmal: zweimal, Pause, dreimal.

»Komme schon!«

Ruft jemand von drinnen. Die Tür öffnet sich, und ein magerer Körper mit einem blonden Kopf erscheint, das Haar zerzaust, das Gesicht leichenblass, die Augen hell, spitze Nase, schmale Lippen.

»Darf ich vorstellen, Genosse Rado.«

Sagt der Kapitän, und der Bursche reicht mir die Hand und sagt willkommen. Ich kann nicht viel erkennen: eine Pritsche an der hinteren Wand, unter der einzigen Luke, durch die etwas Licht in die Remise fällt, zwei kleine Holzbänke. Der Junge setzt sich auf die Pritsche, der Käpt'n und ich auf die Bänke. Der Käpt'n

knöpft sein Jackett auf und zieht ein paar Blätter Papier und einen
schwarzen Stift aus der Innentasche. Er drückt mir beides in die
Hand, sagt, ich soll mitschreiben. Der Junge nimmt eine Kalebasse und füllt sie mit Mate aus einer Büchse auf dem Boden. Auf
einem Kerosinkocher daneben steht ein dampfender Wasserkessel.
Er gießt sich den ersten Mate auf, viel Zucker. Ich zücke meine
Zigaretten, biete ihnen eine an.

»Nein danke, Genosse. Wir versuchen diese bürgerlichen Laster
so gut es geht zu vermeiden.«

Der Junge erzählt mir seine Geschichte: dass er fast zwanzig ist und
seit sechs Jahren in Argentinien lebt, dass er wegen einer besseren
Zukunft herkam, weil es in Bratislava, seiner Geburtsstadt, mit der
fürchterlichen Krise nach dem Krieg einfach kein Leben mehr war.
Dass er eine Anstellung in einer Lederfabrik fand. Dass er zuerst
die Flüssigkeiten zum Gerben mischte, danach selbst gerbte und
die ersten anarchistischen Genossen kennenlernte, die ihm erklärten, wie's in der Welt zugeht. Dass er inzwischen schon mehrere
Jahre bei ihnen ist. Dass seine Geschichte unbedeutend ist, er aber
erklären will, dass er Radomir Malinoski heißt und bereit ist, sich
für die Sache zu opfern, denn im Vergleich zur Weltrevolution ist
sein Leben unbedeutend oder nur von Bedeutung, wenn er es in
den Dienst der Weltrevolution stellt. Dass viele Genossen sich opfern, indem sie, sagen wir mal, eine Bombe legen, aber nicht etwa,
weil sie die Gewalt lieben, keiner liebt die Gewalt, sondern weil
ihnen manchmal nichts anderes übrig bleibt, und wenn es um den
Tod eines bürgerlichen Ausbeuters oder verbrecherischen Offiziers
geht, dann müssen die Genossen eben manchmal Gewalt anwen-
den, aber ihm ist das zum Glück bisher erspart geblieben. Dass sein
Opfer viel geringer ist und dass das, was er tun muss, nicht seinen
Überzeugungen widerspricht, sondern eine Form ist, an ihnen fest-
zuhalten und seine Sache voranzubringen.

Der Junge redet, als hätte er sein Lehrbuch auswendig gelernt, aber gleichzeitig verrät mir etwas an seiner Stimme und seiner sanften Art, dass er wirklich überzeugt ist von dem, was er sagt, dass er daran glaubt – und ich habe Lust, ihm zu glauben. Ich notiere alles, was er sagt. Als er verstummt, frage ich, was er vorhat.

»Nichts, ich stell mich der Polizei. In ein paar Stunden stelle ich mich und gestehe, dass ich Mercedes Olavieta umgebracht habe. Ich werde alles sagen, was sie hören wollen. Dass ich sie ermordet habe, um mich dafür zu rächen, was die Schlägerbanden ihres Vaters uns angetan haben, all das.«

Sagt er und starrt schweigend an die Decke. Ich sage, dass ich nicht verstehe, warum. Er schaut mich mit einem Lächeln irgendwo zwischen traurig, freundlich und etwas herablassend an. Der Käpt'n antwortet an seiner Stelle:

»Wir wissen auch ein paar Dinge, es gibt Leute, die uns Dinge berichten. Wir wissen, dass sie den Mord einem anderen Genossen anhängen wollen, und diesen Genossen dürfen wir nicht verlieren. Ein wichtiger Mann für uns, ich werde dir nicht sagen, warum, aber er plant etwas Großes. Daher hat Genosse Rado angeboten, sich für ihn zu opfern.«

Ich brauche einen Moment, um zu begreifen, und als ich begreife, begreife ich es nicht – der slowakische Bursche wird den Rest seines Lebens hinter Gittern verbringen, um jemand anderen zu retten. Es erstaunt, befremdet mich, aber vor allem bin ich neidisch. Das stimmt nicht, sage ich mir, das sind weltfremde Träumer und Fanatiker. Aber der Neid bleibt.

»Die Genossen meinen, mit etwas Glück brummen sie mir zwanzig oder dreißig Jahre auf. Ich werde viel Zeit haben. Ich werde studieren und noch nützlicher sein für unsere Sache. Und wenn ich wieder rauskomme, bin ich noch kein alter Mann. Falls die Revolution mich nicht schon vorher rausholt.«

Der Junge spricht mit einem leichten Akzent, ein letzter Rest des Lebens, das er nicht hatte. Er gießt mehr Mate auf, lädt uns ein. Der Käpt'n sieht mir in die Augen.

»Ich hoffe, du hast alles notiert. Im Moment wollen wir nichts von dir, im Gegenteil, halt einfach den Mund, versau uns nicht den Plan. Aber es ist wichtig, dass jemand die Wahrheit kennt. Vielleicht bitten wir dich irgendwann, unser Zeuge zu sein. Oder wer weiß, vielleicht kannst du eines Tages darüber schreiben. Aber fürs Erste kein Wort, zu niemandem.«

Ich weiß nicht, wie ich es ausdrücken soll. Oder doch: Ich bin tief gerührt. Wahrscheinlich ist das schon in ein paar Stunden wieder vorbei, dann werde ich meine Rührung, meinen Neid vergessen haben, aber jetzt, hier, in dieser Wellblechbude, kommt mir alles andere falsch vor. Da überfällt mich der Käpt'n mit der nächsten Bitte. Ich soll ihnen noch bei etwas anderem helfen.

»Du kennst den Fall, Bruder. Wir müssen alle Einzelheiten kennen, alles, was uns weiterhelfen kann. Wenn der Genosse sich stellt und gesteht, haben sie die Fäden nicht mehr in der Hand. Aber falls sie uns verarschen wollen, muss seine Aussage lückenlos sein. Da darf kein einziger Fehler drin sein, den die ausnützen könnten.«

Vielleicht war die ganze Geschichte mit dem Zeugen nur ein Vorwand hierfür. Oder der Versuch, mir etwas zu geben, damit es, wenn sie mich um das bitten, was sie brauchen, wie ein gerechter Tausch aussieht. Oder sie brauchen wirklich einen Zeugen. Wie auch immer, ich glaube, ich muss ihnen helfen, keine Ahnung warum, aber ich glaube, ich muss ihnen helfen. Also erzähle ich, wie schwierig es ist, in Olavietas Haus zu kommen, von einer Balkontür, die offen gestanden haben müsste, von dem Gebäude nebenan, von dem Rasiermesser, von dem Rado behaupten müsste, dass er es dabei gehabt hätte, von der Wunde an Mercedes' Hals.

Rado lauscht mit halb offenem Mund, saugt jede Einzelheit in sich auf. Als ich fertig bin, stehe ich auf, lege ihm eine Hand auf die Schulter.

»Kann ich noch etwas für dich tun?«

»Nein, Genosse, vielen Dank. Vielleicht bitte ich dich mal um ein Buch, wenn ich in Ushuaia bin …«

Der Käpt'n unterbricht uns: Keiner dürfe wissen, dass wir uns kennen. Der Junge nickt schweigend und sieht mich an.

»Keine Sorge, ich fühle mich gut dabei. Das Einzige, was ich ein wenig bedaure, ist, das Leben nicht ein bisschen mehr genossen zu haben. Die Liebe einer Frau erlebt zu haben, solche Dinge.«

Sagt er mit einem verschämten Lächeln, den Blick gesenkt. Mir fällt ein, dass ich vielleicht die Russin fragen könnte. Es wäre mein Opfer, sie zu bitten, eine Nacht mit ihm zu verbringen. Es klingt lächerlich, aber ich bin kurz davor, es ihm zu sagen:

»Du hast noch ein paar Stunden. Und wenn wir eine Freundin anrufen, die …?«

Der Junge schneidet mir das Wort ab:

»Ich rede von Liebe, Genosse.«

23

»Ich hab dich beobachtet, Rivarola, ein Fest, wirklich ein Fest. Und dabei ist mir klar geworden, dass du zu nichts taugst, du würdest also einen guten Journalisten abgeben.«

Guillermo González Galuzzi ist in Feierlaune. Er bietet mir eine Zigarette an, öffnet die drittoberste Schublade seines Schreibtischs, nimmt eine Ginflasche und zwei Gläser heraus, schenkt bis zum Rand ein und reicht mir ein Glas. In der Redaktion herrscht reges Treiben, die erste Ausgabe vom nächsten Tag ist so gut wie fertig. Ich versuche, ihm zu folgen:

»Was ist, González? Hast du im Lotto gewonnen, haben sie ihn dir ordentlich gelutscht?«

»Immer mit der Ruhe, Junge, in diesem Land gibt es immer noch Klassen, und hier erst recht. Nein, Holster hat angerufen, er hat mir die Information schon zugesteckt.«

»Welche Information?«

»Die Information, *che*, wovon reden wir hier denn? Sie haben den Mörder der Kleinen verhaftet. Ein gewisser Mali…, keine Ahnung, so ein Russe, ich hab's aufgeschrieben.«

Ich werfe einen Blick auf die Wanduhr. Zehn vor acht, es ist keine sieben Stunden her, seit ich Holster und Olavieta im Hippodrom getroffen habe, und keine zwei, seit ich in der Mietskaserne war. Die Maschinerie läuft wie geschmiert: schnell, gründlich.

»Was ist, spät dran?«

»Hör auf, González. Sag nicht, du willst diese Ammenmärchen veröffentlichen?«

»Ob ich sie veröffentlichen will? Noch eine Titelseite, Junge, noch mehr Champagner für Papi.«

»Weißt du zufällig, von wo Holster angerufen hat?«

»Was weiß ich, aus seinem Büro wahrscheinlich. Worauf willst du hinaus?«

»Er war heute Mittag in Palermo, im Restaurant vom Jockey Club. Ich glaube, er wollte mit Olavieta essen.«

»Und was geht mich das an, mit wem er isst oder nicht isst? Wer ihm einen bläst oder wem er einen bläst …«

Die Gläser sind leer. González Galuzzi setzt sich an seinen Schreibtisch, gießt nach, nimmt ein liniertes Blatt aus der zweitobersten Schublade, spannt es in seine Schreibmaschine. Neben dem mächtigen schwarzen Metallklotz wirken seine Arme wie zwei dünne Stöckchen.

»Hast du den Zahnstocher vergessen, Gonzalito?«

»Nein, wusstest du, dass ich gestern beschlossen habe, dir das nächste Mal …«

Sagt das Fliegengewicht, steht auf und geht auf mich zu. Ich mache zwei Schritte zurück. González Galuzzi lacht sich schlapp.

»Du hast Schiss bekommen, Angsthase, du hast dir in die Hose gemacht! Schon gut, das zeigt, dass du schon ein kleiner Mann bist oder so was in der Art. Du hättest dein Gesicht sehen sollen. Na schön, wenn du mich jetzt entschuldigst …«

»Und was willst du schreiben? Dass der Typ, den Holster dir genannt hat, der Mörder ist?«

»Na klar, was soll ich denn sonst schreiben? Wie die Schlacht von San Lorenzo ausgegangen ist?«

»Wie wär's mit der Wahrheit?«

»Spiel hier nicht den Moralapostel, Kleiner, das Gewand ist eine Nummer zu groß für dich. Die Wahrheit? Es gibt keine größere Nutte als die Wahrheit. Von welcher Wahrheit sprichst du überhaupt?«

Ich stürze das halbe Glas in einem Schluck hinunter, hole tief Luft, fahre mir mit der Hand durchs Haar, denke an Malinoski, sage mir, dass ich kein Recht habe, mich in seine Entscheidung einzumischen – und mische mich ein:

»Ich glaube, Olavieta hat sie umgebracht.«

»Drehst du jetzt völlig durch, Rivarola?«

González Galuzzi starrt mich finster an – was ihm halbwegs gut gelingt. Ich setze mich auf die Schreibtischkante, beuge mich zu ihm hinunter, flüstere:

»Ich kann es natürlich nicht beweisen, noch nicht, aber ich bin mir absolut sicher. Die Hausangestellte würde nur allzu gern reden, aber sie hat Angst, und du glaubst nicht, wie Olavieta reagiert hat, als ich ihn nach seinem Rasiermesser gefragt habe. Die Tatwaffe liegt bei der Polizei. Man könnte leicht rausfinden, ob es Olavietas Rasiermesser ist.«

»Und was würde das beweisen, Kleiner? Dass der Typ, der ins Haus eingestiegen ist, dem Mädchen mit dem Rasiermesser die Kehle durchgeschnitten hat, das er im Bad gefunden hat? Dass er's im Affekt getan hat?«

»Wenn du gesehen hättest, wie er reagiert hat, González.«

»Wie würdest du denn reagieren, wenn du gerade schlemmst wie ein Fürst und so ein Spinner aufkreuzt und dich beschuldigt, deine eigene Tochter abgeschlachtet zu haben? Das reicht nicht, *che*, das reicht nicht für einen Verdacht und ein paar hübsche Schlussfolgerungen wie in diesen Detektivgeschichten. Das hier ist die Wirklichkeit, Junge. Schlimmer: Das ist Argentinien. Lass gut sein, glaub mir. Für die Bullen ist der Fall geklärt. Selbst wenn Olavieta es war, kannst du nichts beweisen, aber du kannst wegen Verleumdung im Knast landen. Mehrere Jahre, Junge. Und wer soll dich verteidigen? Da bist du, ein Trottel, ein Niemand – gegen eine der Säulen der neuen Republik. Oder der alten, oder der alten und der neuen gleichzeitig.«

»Das heißt, du schluckst den Scheiß? Du schreibst, dass es dieser kleine Russe war? Und wo haben sie den plötzlich her, auf dem Jahrmarkt gewonnen?«

Sage ich und merke, dass ich zu weit gegangen bin. Ich muss mich zusammenreißen.

»Der Typ hat eine hübsche Akte, also reg dich ab. Und sie werden ihn schön in die Mangel nehmen.«

Ich muss schlucken. Schon witzig, wie eine Redewendung plötzlich ganz real wird. Ich schlucke noch mal, denke an noch ganz andere Situationen, die mich zum Schlucken bringen könnten, und was ich denke, gefällt mir nicht. Und dass es nichts nutzt, die Wahrheit zu kennen, gefällt mir auch nicht. González Galuzzi wirkt ungeduldig, seine Plateausohlen klopfen unruhig auf den Boden. Ich sage, dass ich ihn nicht weiter nerven werde, dass ich nur gern wissen würde, warum Holster ihm die Information vor allen anderen zugesteckt hat.

»Weil er mir vertraut und weiß, dass ich ihn nicht verkaufe, dass ich ihn wie eine Königin behandeln werde. Und weil er weiß, was ich über ihn weiß, also hält er mich lieber bei Laune. Oder sehe ich aus, als hätte ich schlechte Laune, Rivarola?«

Als wäre die Sache damit für ihn erledigt, fängt er an, auf seiner Schreimaschine zu tippen. Ich stoppe den Wagen der Schreibmaschine mit der Hand und sehe González Galuzzi einen Moment lang an – der Moment gerät zu lang. Er seufzt, zieht die nächste Zigarette aus der Schachtel, steckt sie an, mir bietet er keine an. Schließlich sage ich:

»Und was ist, wenn ich woanders hingehe, zu jemandem von *El Mundo* zum Beispiel, und ihnen die wahre Geschichte erzähle?«

»Die wahre Geschichte? Ich lach mich schlapp, Junge. Die werden dir dasselbe sagen wie ich, und außerdem verschenkst du die Chance deines Lebens. Du hast gute Arbeit geleistet, ja, ich schulde dir was. Komm Montag vorbei, wenn du Lust hast, und wir reden mit Regazzoni und besorgen dir hier was bei der Zeitung. Das ist ein tolles Angebot, Rivarola, denk dran. Spiel nicht den verzogenen Bengel, versau's dir nicht.«

Ich stelle ihn mir in seiner Zelle vor, seine erste Nacht, seine erste Begegnung mit diesem Leben, das von nun an seines ist. Ich frage mich, wie er den Unterschied zwischen Idee und Wirklichkeit ertragen wird, ob er seinen Entschluss bereut oder irgendwann bereuen wird. Wie ein Idiot frage ich mich, was der gute San Martín wohl zu ihm sagen würde, ob er ihm gratulieren würde, ob er ihm leid täte, ob er ihn für einen Schwachkopf halten und verachten würde – oder ob er ihn an den Soldaten Cabral erinnern würde, der ihm damals das Leben gerettet hat. Ich frage mich, wie er wohl schlafen wird, falls er überhaupt schläft, ob er eines Morgens aufwachen und sich plötzlich fragen wird, wer das eigentlich war, der diesen Entschluss für ihn gefasst hat, warum, wozu, und ich male mir seine Verzweiflung aus, wenn er begreift, dass das, was jener Mann getan hat, der er nicht mehr ist, ihn für so viele Jahre ins Gefängnis gebracht hat. Vielleicht mache ich mir etwas vor – aber ihn mir voller Reue vorzustellen ist leichter als der Gedanke, dass er weiter zu seiner Entscheidung steht, weiter jeden Tag seiner jahrzehntelangen Haft das denkt, was er gestern gedacht hat. Ihn mir voller Reue vorzustellen, macht es erträglicher, mildert den Neid. Ihn mir voller Reue vorzustellen hilft mir, nicht zu sehr zu bereuen, dass ich es so bereue.

Und während ich weiter darüber nachdenke, versuche ich dem Ganzen etwas abzugewinnen, ein paar Verse für einen kleinen Tango, aber die Geschichte dieses Mannes ist mir so fremd, dass ich nicht weiß, wie ich sie erzählen soll. Abgesehen von der Frage, ob ich das überhaupt darf. Ich habe versprochen zu schweigen, zum Glück, sonst wüsste ich nicht, wie ich mich rechtfertigen soll. Ich versuche es, im Suárez, am selben Tisch, an dem Raquel und ich erst vor ein paar Tagen unseren ersten gemeinsamen Kaffee getrunken haben, kritzele ich ein paar Blätter mit Versen voll. Am Ende bleiben ein paar wenige übrig, die vielleicht was taugen: »Wer weiß, wie's einem ergeht / wer weiß, wofür man steht / wer weiß, woher man kommt / wer weiß, wohin man geht. / Ein Mann, der's endlich wissen wollt / und weil er's Risiko nicht scheut / ergraut er jetzt im Süden / wo jeder, zwar im Trüben, / lernt, was Bücher dich nicht lehren / und was sie lehren auch …« Ja, die ersten Zeilen könnten einen Refrain ergeben: »Wer weiß, wie's einem ergeht / wer weiß, wofür man steht / wer weiß, woher man kommt / wer weiß, wohin man geht.«

Es ist acht Uhr abends, es wird dunkel, und die Hitze lässt ein wenig nach. Die Avenida de Mayo ist voller Spaziergänger, Automobile und Karren, Polizisten, die den Verkehr zu regeln versuchen. In der Ferne erklingt das fröhliche Getrommel und Geschrei einer *murga* – der Karneval naht. Ich gehe, um zu gehen, ziellos, planlos, mit ein paar Gin zu viel intus. Ich werde nicht ins Tortoni gehen, ich habe keine Lust auf Señorans, der in gewisser Weise schuld an allem ist. Das Logischste wäre, im Los 36 Billares zu landen, aber ich will Gorrión nicht begegnen, schließlich hat er mich Cuitiños Jungs ausgeliefert. Andererseits habe ich ihn belogen und keinen Finger krumm gemacht, um das Geld zu besorgen, das Bernabé ihm schuldet. Wenn Cuitiño mir was zahlt, gebe ich es Gorrión, vielleicht können wir ja einen Schlussstrich unter alles ziehen. Vielleicht nimmt er das Geld nicht an, aber ich werd schon einen Weg finden, dass es bei ihm landet, ohne dass er weiß, von wem es ist, immerhin ist er trotz allem mein Freund, und ich kann ihn nicht einfach hängen lassen. Ich komme mir vor wie ein guter Mensch, ein treuer Kumpel, ein wahrer Freund. Das war einfach, sage ich mir, und gehe weiter. Ich werde auf die Morgenausgabe warten, um zu sehen, was González Galuzzi schreibt, aber ich weiß nicht, wo. Ich habe vier, fünf Stunden vor mir und weiß nicht, was ich machen soll.

Ich wollte alles vergessen und bin im Broadway-Kino gelandet, wo gerade ein amerikanischer Streifen lief, über den alle reden: *King Kong*. Ein riesengroßer Schwachsinn, fast so groß wie dieser bescheuerte Affe. Und wieder das Gefühl, Zeit verschwendet zu haben, der Selbsthass, weil ich das so genau weiß, die schlechte Laune, weil ich viel mehr als nur Zeit verschwendet habe, und die Erleichterung, dass es schon nach Mitternacht ist. Sodass ich um zehn vor eins, als Bartolo – der nicht Bartolo heißt – das Café des Hotel Castelar betritt und die Morgenausgaben ausruft, brülle:

»Bartolo, hierher!«

Der Zeitungsjunge, die Mütze schief, Knickerbocker, italienischer Akzent, kommt zu mir herüber.

»Was mache Sie 'ier, Scheffe, in diese spanische 'ohle?«

»Nichts, Bartolo, Spanisch lernen.«

»Wie oft ich Ihne sagen musse, ich nicht heiße Bartolo, Scheffe?«

»Ach, Bartolo, du weißt gar nicht, wie gern ich dich reden höre in diesem spanischen Bollwerk. Ich kann diese ganzen gelispelten S nicht mehr ertragen.«

Bartolo – der nicht Bartolo heißt – schaut sich um, lacht, fragt, ob ich die *Crítica* will.

»Sehen, wie gut ich lerne, Scheffe?«

Ich drücke ihm etwas Trinkgeld in die Hand. Auf der ersten Seite – aber unten, es ist nicht die Schlagzeile – sehe ich die Überschrift: »Rote Rache«. Der Artikel beginnt mit den Worten: »Dank einer weiteren seiner gewohnt brillant geleiteten Ermittlungen ist es dem unerbittlichen Kommissar Américo Holster in unschätzbarer Zusammenarbeit mit dem Leiter der Abteilung Politische Ordnung, dem unerschrockenen Oberkommissar Leopoldo Lugones, gelungen, das Rätsel zu lösen, das die gehobene Gesellschaft von Buenos

Aires tagelang in Atem hielt. Dank ihrer fehlerlosen Ermittlungsarbeit benötigten die Kommissare keine Woche, um den Mörder der jungen María de las Mercedes Olavieta dingfest zu machen. Wie von unserer Zeitung bereits vermutet, handelt es sich dabei um einen militanten jüdischen Anarchisten aus Bratislava, der auf den – möglicherweise falschen – Namen Radomir Malinoski hört.«

Vielleicht werden sich einige Leser der *Crítica* fragen, warum die gleiche Zeitung, die erst neulich so wüste Schmähungen gegen Kommissar Lugones veröffentlicht hat – »das Monster«, »der Folterer«, »ein Perverser, der sich an seinen eigenen Verbrechen ergötzt« –, ihn jetzt so freundlich behandelt. Es ist ein privater Witz, den sich González Galuzzi mit einem Augenzwinkern erlaubt hat. Der Artikel lässt sich lang und breit darüber aus, wie hervorragend die polizeilichen Ermittlungen gewesen seien, und erklärt, dass zwar noch ein paar Einzelheiten zum Tathergang fehlten, an der Schuld des Anarchisten aber keine Zweifel bestünden. Man wisse – heißt es –, dass der Mörder »seinen schrecklichen Plan« in die Tat umsetzte, »um den Überfall der Olavieta unterstehenden patriotischen Truppen auf ein mehr oder weniger illegales Komitee des argentinischen Gewerkschaftsbundes im Juli letzten Jahres zu rächen«. Und weiter, dass »der Mörder bei seiner Verhaftung keinen Widerstand leistete und, wie der Kommissar bemerkte, ›ungeduldig darauf zu warten schien, sein Verbrechen zu gestehen‹. Vielleicht ließ ihm sein Gewissen – so er denn eines besitzt – keine Ruhe.« Der Mord, schließt der Artikel, zeige, dass »die von der aktuellen Regierung zu Illegalen erklärten Elemente in ihren Bestrebungen nicht nachlassen, mit Bomben und Revolvern Chaos in unserer Gesellschaft zu säen.« Die Kampfschrift lässt nichts zu wünschen übrig. Ich bestelle den letzten Gin, stürze ihn in einem Zug hinunter, stehe auf. Mal sehen, ob ich schlafen kann.

24

In aller Herrgottsfrühe hämmert Doña Norma gegen die Tür, als gäbe es kein Morgen. Bestimmt will sie ihr Geld. Oder es ist gar nicht Doña Norma, versuche ich zu denken, während ich mir das Kissen auf den Kopf drücke. Wie hoch ist die Chance, dass sie es nicht ist? Zwanzig zu eins, fünfzig zu eins? Es lohnt nicht, deswegen aufzustehen.

»Don Andrés, Don Andrés, Telefon für Sie!«

»Ich komme, Doña Norma, sagen Sie, sie sollen in fünf Minuten noch mal anrufen.«

Ich springe mit einem Satz aus dem Bett, schlüpfe in den Pyjama, der noch auf dem Boden lag, wasche mir das Gesicht über der Schüssel in der Ecke. So fertig sehe ich gar nicht aus – letzten Endes waren es nur vier Gin und das unangenehme Gefühl, bei einer Farce mitgemacht zu haben. Und jetzt ist Raquel bestimmt außer sich und fragt sich, warum die Zeitung veröffentlicht hat, was sie veröffentlicht hat. Ich werde mir was überlegen, ihr was sagen, mich ihr stellen müssen. Das ist der Preis.

»Rivarola? Morgenstund hat Gold im Mund, hat Ihnen das nie jemand gesagt?«

»Wer ist da?«

»Was soll das heißen, wer ist da? Erkennen Sie Ihre Freunde nicht mehr?«

»Don Manuel?«

»Wer sonst? Oder wen haben Sie erwartet? Greta Garbo?«

»Entschuldigen Sie, Don Manuel, ich habe ein wenig verschlafen.«

»Das merke ich, und dabei ist Samstag. Aber ich will Sie nicht lange stören, mein Freund. Ich wollte mich nur bei Ihnen bedanken. Gestern ist der Idiot bei mir aufgetaucht, er meinte, Sie hätten ihn überzeugt.«

Ich höre ihm zu, weiß nicht, was ich sagen soll, murmele etwas.

»Sie glauben nicht, wie zahm er war, der arme Engel. Es ist schon alles unterschrieben. Die Klausel, dass er mein Büro mit der Zunge wischen muss, habe ich weggelassen, ich will ja schließlich, dass es sauber ist. Und wenn ich ehrlich sein soll, hat er mir leidgetan. Ich habe schließlich auch ein Herz, *che*. Ich will Sie auch gar nicht lange belästigen. Aber Sie sollen bekommen, was Ihnen zusteht, Rivarola.«

Ich betrachte den Hörer, als wäre er ein Tier, das mich jeden Moment anspringen kann. Dann fällt mir ein, dass ich etwas sagen sollte.

»Keine Sorge, Don Manuel. War mir ein Vergnügen.«

»Jetzt wo ich darüber nachdenke: Warum kommen Sie nicht auch zum Training? Wir wollen den Vertragsabschluss verkünden, ich mache mich gleich auf den Weg. Wir treffen uns dort, plaudern ein bisschen und regeln alles. Was halten Sie davon?«

»Wie Sie möchten, Don Manuel.«

»In ein paar Stunden im Stadion an der Calle Tagle?«

»Wie Sie möchten.«

»Wir sehen uns dort. Und wenn Sie was brauchen, sagen Sie es einfach, ja? In mir haben Sie einen Freund.«

Das Telefon ist plötzlich glühend heiß. Ich hänge es auf der Gabel ein, betrachte meine Hand, als würde sie mir wehtun.

Die Flaschenbäume in der Avenida Alvear strotzen vor rosa Blüten, die Mittagssonne wirft gelbe Speere. Ich will gerade das Gelände des Club Atlético River Plate betreten, als mir vier Männer – zwei jüngere, ein älterer dicker, ein alter – aufgeregt entgegenkommen.

»Es ist wirklich wahr, *che*, sie haben ihn zurückgeholt. Was er dafür wohl kriegt? Ein Vermögen, bestimmt ein Vermögen.«

Bemerkt der Dicke schnaubend.

»Komm schon, Fiora, sonst schaffst du's nicht mehr zum Sechsten.«

Sagt einer der beiden jüngeren zu ihm.

»Keine Sorge, Marini, das werde ich. Du weißt ja nicht mal, wie man das schreibt.«

Ich bin zwei-, dreimal im Stadion an der Ecke Alvear und Tagle gewesen – nur Länderspiele oder beim Besuch irgendeines ausländischen Vereins –, aber dass sich unter den Tribünen eine halbe Stadt verbirgt, hätte ich nie erwartet: Umkleidekabinen, ein Restaurant, ein Festsaal, ein Notfallraum, Büros und sogar der Friseursalon, in dem Don Manuel Cuitiño sich gerade rasieren lässt.

»Kommen Sie, Rivarola, setzen Sie sich zu mir.«

Der Friseurgehilfe, ein zwölf oder dreizehn Jahre alter Bursche, stellt mir einen Hocker hin. Cuitiño sitzt breitbeinig in einem Sessel mit Hebeln und Pedalen, zwei Quadratmeter weißes Tuch über dem Körper, zwei Kilo weißer Schaum auf den Wangen. Er redet, ohne mich anzusehen, und wendet sich stattdessen an mein Bild im großen Spiegel. Ich sehe ihn lieber nicht an.

»Wir haben schon alles geregelt, Rivarola. Der Junge hat sie nicht mehr alle. Stellen Sie sich vor, wir zahlen 25.000 Pesos im Jahr, um das ganze Gelände hier zu mieten, und dieser Mistkerl wollte 30.000 nur für sich. Der Idiot wollte mehr, als das Stadion kostet. Aber dank Ihnen haben wir eine Lösung gefunden. Wir stehen tief in Ihrer Schuld, Rivarola.«

Der Friseur schärft sein Rasiermesser an einem am Stuhl befestigten Streichriemen und setzt sein Ich-höre-nichts-Gesicht auf. Ohne Zeugen wäre ich weniger nervös.

»Aber keine Sorge, mein Lieber, wir stehen zu unseren Schulden.«

Sagt Cuitiño und setzt zu einer komplizierten Bewegung an, um die rechte Hand unter den weißen Kittel zu stecken und einen weißen Umschlag hervorzuziehen.

»Nehmen Sie, ich hoffe, Sie sind damit zufrieden.«

»Das wäre doch nicht nötig gewesen, Don Manuel.«

»Das ist immer nötig, mein Sohn, immer. Bis zum nächsten Mal.«

Links vom Friseursalon befindet sich die Clubkantine. Von der Tür aus werfe ich einen Blick hinein. Die Wände sind übersät mit Fotografien von jungen Männern in Sportkleidung, weißen Trikots mit dem roten Streifen, Trikots mit kleinen weißen, roten und schwarzen Streifen. An einem Tisch sitzen mehrere junge Männer, die aussehen, als wären sie den Fotos entsprungen – die weiten kurzen Hosen bis zum Knie, weiße Trikots –, und trinken Grenadine. Einer von ihnen ist Bernabé Ferreyra. Ich winke ihm zu und gehe weiter. Er brüllt mir nach:

»Rivarola! Warte kurz, Rivarola!«

Ferreyra kommt heraus, sagt, er muss mit mir reden.

»Komm, in der Umkleide ist keiner, und es ist nicht so heiß.«

Die Umkleidekabine ist ein dunkler Raum mit langen Bänken und Holzschränken. Es riecht nach Schweiß, Füßen, Salben. Ferreyra setzt sich rittlings auf eine der Bänke, ich mache es ihm nach. Wir sitzen uns genau gegenüber.

»Wie ich sehe, hat sich das Problem gelöst, Bernabé. Das freut mich.«

»Ja, alles geregelt. In ein paar Tagen geht die Meisterschaft los. Du bist bestimmt zufrieden.«

»Ich? Klar bin ich zufrieden. Aber weißt du, für mich ändert es nichts, ob du spielst oder nicht. Es geht nicht um mich, es geht um dich. Mir ging es nur um die Freundschaft mit einem anständigen Kerl, solche Leute gibt's heute nicht mehr oft. War mir ein Vergnügen, dich kennengelernt zu haben, Bernabé.«

»Ja, Rivarola, mir auch. Ich danke dir für alles, was du getan hast, ich weiß, dass du's nur für mich getan hast. Und wo wir gerade so nett beieinander sitzen, möchte ich dir gerne noch sagen, dass du dreckiger Sohn einer noch dreckigeren Hure dich auf ewig verpissen kannst. Du bist ein mieser Verräter, Rivarola. Ein Stück Scheiße.«

Ferreyra spricht leise, voller Hass. Ich sehe ihm in die Augen, und einen Moment lang bekomme ich es mit der Angst.

»Was ist, Bernabé, was hast du? Ich kapier gar nichts.«

Ferreyra holt tief Luft, bleibt aber stumm. Er steht auf, setzt sich wieder hin.

»Ich bin nie mit ihr ausgegangen, Rivarola.«

»Was? Wovon redest du, *che*?«

»Spiel nicht den Trottel. Du weißt genau, wovon ich rede. Ich konnte nie mit ihr ausgehen. Ich habe sie ein paarmal gesehen und hätte es gern getan, klar hätte ich das gern getan, ich war verrückt nach ihr, aber die Arme hat mich nie beachtet. War immer zu gut für mich.«

»Aber du hast mir erzählt …«

»Na klar hab ich das. Ich war betrunken, und sie hat nicht auf meine Anrufe geantwortet, ich hab mich wie ein Haufen Scheiße gefühlt und dir erzählt, dass sie meine Geliebte ist, weil ich nichts lieber wollte als das. Außerdem hatte ich immer noch Hoffnung, der reinste Selbstbetrug. Danach gab es kein Zurück mehr. Was hätte ich denn sagen sollen? Dass ich gelogen habe? Und du warst so bescheuert, es zu glauben, und dann hast du es überall rumerzählt und diese ganze Scheiße losgetreten, die Zeitungsmeldungen, dass man mich denunziert, mich verdächtigt. Das kannst nur du gewesen sein, Rivarola, niemand anderes, du bist der Einzige, dem ich diesen Quatsch erzählt hab. Das warst alles du, du Verräter, du Judas.«

Mit einem Mal begreife ich. Ich reiße die Augen auf, wundere mich, dass man Augen so weit aufreißen kann, und bekomme keine Luft mehr. Ich will etwas sagen, aber ich stammele nur:

»Aber du, Bernabé …«

Ferreyra steht auf, geht ein paar Schritte, tritt mit voller Wucht gegen die Bank und verlässt die Umkleidekabine.

25

Sie sagt, ich soll mir ja nichts einbilden, das hat nichts zu sagen, und ich sage, wie, das hat nichts zu sagen, und sie, na gut, natürlich hat es das, alles hat was zu sagen, aber es hat nicht mehr zu sagen, als das, was es zu sagen hat, dass wir uns mögen und manchmal treffen, und jetzt ist so ein Moment, aber wer weiß, wie es morgen ist, sagt sie und küsst mich langsam und zärtlich auf die Augen, wie um mich noch ein bisschen mehr zu verwirren, und mit ihrer Hand sucht sie meinen Schwanz, stellt fest, wie ungeduldig er ist, und sagt lachend, wenn ihre Leute wüssten, dass unbeschnittene Schwänze sich so verhalten können, wäre das das Ende des Judentums, und ich lache nicht ganz so laut, denn sie macht es mir weiter mit der Hand, und ich würde sie am liebsten bitten, ihn statt in die Hand in den Mund zu nehmen, aber ich traue mich nicht, denn anständige Mädchen tun so was nicht, und ich drücke, berühre, küsse sie, und wir drücken, berühren, küssen, benässen, durchdringen, verbiegen, verbinden uns, kleben aneinander, schreien leise. Danach schlafen wir, aber wenig.

Ein paar Stunden vorher hat der Sonntag sein schrecklichstes Gesicht gezeigt – ich hatte weder etwas zu tun noch Lust zu irgendwas. Die Begegnung mit Ferreyra hatte mich völlig fertig gemacht, und die Aussicht, den ganzen Tag an nichts anderes denken zu können, ging mir erst auf den Zeiger. So sehr, dass ich beschloss, die Straßenbahn nach Barracas zu nehmen und bei meiner Mutter vorbeizuschauen. Ich stieg ein paar Haltestellen früher aus und lief den Rest zu Fuß. Durch das Viertel zu gehen war wie eine Rückkehr in die Welt, die ich mit so viel Mühe hatte hinter mir lassen wollen. Auch darin gleicht Buenos Aires einer Farce: In unseren Liedern und Texten schildern wir die Stadt, als wäre sie wie diese Vorstädte mit niedrigen Straßen, kleinen Bäumen, traurigen Familien, allen möglichen Tieren, aber das machen wir vom Zentrum aus, wohin wir ziehen, um mit dem zu brechen, was wir nachher wieder besingen. Daran sollte ich denken, wenn ich noch mal zu schreiben versuche.

Als ich klingelte, war ich noch niedergeschlagener als vorher, und meine Stimmung wurde auch nicht viel besser, als ich ihre gefeierte Tomatensoße roch, mein jüngster Neffe sich mir um den Hals warf und mein Bruder mir mitteilte, dass er kurz vor der Pleite steht, weil die Krise vor niemandem Halt macht. Und dann war auch noch Estelita nicht da. Eigentlich war ich nur gekommen, weil ich gehofft hatte, meine Mutter könnte es irgendwie geschafft haben, sie herzuholen. Aber das Schlimmste war, dass ich seit Tagen nicht an sie gedacht hatte. In dem ganzen Trubel hatte ich fast kein einziges Mal an sie gedacht.

Was für ein Scheißtag. Der einzige Trost waren die strahlenden Augen meiner Mutter, als ich ihr erzählte, dass ich wahrscheinlich demnächst eine neue Anstellung hätte, bei einer Zeitung, dass ich morgen ein Vorstellungsgespräch hätte, mal sehen, ob ich Glück habe, und meine Mutter meinte, na endlich, sie habe es ja gewusst, sie habe es von Anfang an gewusst, seit ich in der Schule diese schönen Sachen geschrieben hätte, sie habe immer gewusst, dass eines Tages jemand begreift, dass ihr Sohn einer von den Guten ist. Aber danach ertrug ich kein Gramm Familienglück mehr und fuhr in die Pension zurück, um zu schauen, ob ich diesen kleinen Tango zu Ende schreiben, früh schlafen gehen und alles vergessen könnte. Doch dann rief Raquel an, und wir verabredeten uns im El Foro, und als wir dort waren, verlangte sie keine Erklärungen, sondern schien bester Laune zu sein, und ich sagte, ich würde sie zum Essen ins La Emiliana einladen, ich hätte ein bisschen Geld aufgetrieben und würde sie gerne einladen, und ich zeigte ihr die sechs Fünfziger, die in Cuitiños Umschlag steckten, und erklärte, dass ich darüber nachdächte, hundert davon Gorrión zu geben, weil der in der Klemme stecke, aber der Rest sei zum Ausgeben, und ich müsse es schnell ausgeben, denn ich wolle dieses schmutzige Geld nicht haben, und komm, lass uns gehen, sagte ich mit einer säuselnden Stimme, die sinnlich sein sollte, und die Nacht in einem richtigen Hotel verbringen, einem mit vernünftigen Betten und vernünftigen Leinenlaken und Daunenkissen und einem Bad nur für uns, und Raquel lächelte und nahm meine Hand und sagte ja, wir würden die Nacht miteinander verbringen, aber es wäre doch Quatsch, das ganze Geld für ein Hotel auszugeben, mein Bett in der Pension sei genauso gut wie jedes andere für uns, und ich solle das Geld lieber für was anderes aufheben, mir würde schon etwas einfallen, und ich wünschte, sie hätte gesagt, dass *uns* da schon was einfallen würde, aber nein, dass mir schon was einfallen würde, und dann bestellte ich Champagner, und sie sah mich mit einer Mischung aus Dankbarkeit und Vorwurf an und noch etwas mehr, das ich nicht so genau wissen wollte – aus Angst –, und wir tranken den Champagner und zahlten fast vierzig Mäuse für ein Essen und liefen Arm in Arm die Calle Paraná entlang in Richtung Bett.

Und jetzt stehen wir auf, denn wir müssen früh raus aus der Pension, vor den anderen, und wir gehen runter, um einen Kaffee beim Gallego zu trinken, und sie sagt – schon wieder, ich kann's so langsam nicht mehr hören –, ich soll ja nicht glauben, dass das etwas zu bedeuten hat, und ich antworte, ich weiß, das muss sie mir nicht alle halbe Stunde sagen, und ob es vielleicht sein kann, dass sie nicht ganz überzeugt davon ist, und sie wird rot, antwortet aber wütend, für wen zum Teufel ich mich halte: »Für wen zum Teufel hältst du dich, Andrés, sei kein Idiot.«

»Und deine Alten haben nichts dagegen, wenn du nachts nicht nach Hause kommst?«

»Meine Alten sind nicht nur Juden, sie sind auch Kommunisten, das, was die Bürgerlichen amoralisches Gesindel nennen. Meine Alten glauben an die Freiheit, daran, dass ich alt genug bin, um zu entscheiden, was ich mache, wie ich es mache und mit wem ich es mache. Und wenn sie nicht daran glauben, glauben sie zumindest, dass sie daran glauben sollten, also tun sie so als ob. Die Armen, manchmal denke ich, dass ihnen das nicht leicht fällt … Aber immer noch leichter als dir.«

Sagt sie lachend, und ich nehme mir fest vor, ihr keine Vorwürfe zu machen, trotzdem gefällt es mir nicht, und ich stehe auf, um die Zeitungen zu holen, die der Gallego immer auf den Tresen legt – und auf dem Rückweg zum Tisch lese ich es, leichenblass komme ich an, den Mund halb offen.

»Er hat sich umgebracht.«

»Was, wer?«

»Er, der Alte. Er hat sich umgebracht.«

Sage ich leise, als ob mich jemand hören könnte, und zeige ihr den Artikel, in dem steht, dass der politische Führer der national-katholischen Kräfte Carlos María de Olavieta am Sonntagnachmittag von seiner treuen Angestellten tot in seinem Domizil in der Calle Ayacucho aufgefunden worden sei, dass seine Leiche keine Spuren von Gewalt aufweise, dass alles auf einen Selbstmord durch Gift hindeute und dass man davon ausgehe, dass er, obwohl er ein tief religiöser Mensch gewesen sei, sich nie von dem brutalen Mord an seiner geliebten Tochter erholt habe, und so weiter und so fort.

»Wir haben ihn umgebracht.«

»Soweit ich weiß, hat er sich selbst umgebracht. Vielleicht nicht jetzt, vielleicht, als er beschlossen hat, seine Tochter zu töten. Vielleicht, als er beschlossen hat, sie wie seine …«

»Wir haben ihn umgebracht.«

Wiederhole ich, und ich bin mir nicht sicher, ob ich nur Bedauern oder Reue empfinde.

»Wir haben ihn umgebracht.«

Sage ich noch einmal. Raquel nimmt meine Hand, sagt, ich solle mir keine grauen Haare wachsen lassen, sagt, ich hätte den schnellsten Plural des Westens, sagt, ich solle …

»Wir haben ihn umgebracht.«

Sage ich wieder und lächle ihr zu.

(Fortsetzung folgt …)

Literarische Krimis bei Wagenbach

Andrea Camilleri *Die Mühlen des Herrn* Roman

Die Mühlen des Herrn mahlen langsam. Und ein gewisser sizilianischer Mafioso, der sich an den Mühlen bereichert hat, gerät in arge Bedrängnis. Eine spannende Kriminalgeschichte voll theatralischer Komik.

Aus dem Italienischen von Moshe Khan

WAT 822. Broschiert. 240 Seiten

Manuel Vázquez Montalbán *Carvalho und der tote Mittelstürmer*

Ein Kriminalroman aus Barcelona

Wer als Mittelstürmer allzu oft daneben schießt, gerät schnell ins Fadenkreuz wütender Fans. Doch der anonyme Briefeschreiber meint es ernst mit seiner Morddrohung gegen den neuen Star von Barcelonas größtem Fußballverein. Höchste Zeit also, Pepe Carvalho einzuwechseln.

Aus dem Spanischen übersetzt und neu bearbeitet von Bernhard Straub

WAT 726. Broschiert. 256 Seiten

Vincent Almendros *Ins Schwarze* Ein Sommerkrimi

Der Abend ist schwül, die Straße leer. Es dunkelt. Die Strecke zieht sich. Widerwillig fährt Laurent zur Hochzeit einer Cousine in sein Heimatdorf. Begleitet von Claire, die er als Constance vorstellen wird. Er wird sie alle wiedersehen. Oder vielmehr alle, die noch übrig sind.

Aus dem Französischen von Till Bardoux

SVLTO. Rotes Leinen. Fadengeheftet. Gebunden mit Schildchen und Prägung. 120 Seiten

Tanguy Viel *Das absolut perfekte Verbrechen* Roman

In einer nordfranzösischen Hafenstadt plant die örtliche Gaunerbande den Überfall auf das Casino. Der Plan ist ebenso verrückt wie perfekt. Ein filmischer Roman in Schwarz-Weiß über den alten Traum vom großen Glück.

Aus dem Französischen von Hinrich Schmidt-Henkel

WAT 684. Broschiert. 144 Seiten

Argentinien bei Wagenbach

Roberto Arlt *Die sieben Irren* Roman
Grell und grotesk wie ein Gemälde von George Grosz und wuchtig wie
ein Kinnhaken: Roberto Arlts eindrucksvolles Porträt revolutionärer Ge-
walt und des politischen Wahns der zwanziger Jahre.
Aus dem argentinischen Spanisch von Bruno Keller, neu bearbeitet von Carsten Regling
Mit einem Nachwort von Ricardo Piglia
Oktav*heft*. Elegante Klappenbroschur. 320 Seiten

Buenos Aires Eine literarische Einladung
Unvergänglich wie der Tango, fußballverrückt, die höchste Psychoanalyti-
ker-Dichte der Welt – und besonders gute Luft für Literatur: Autorinnen
und Autoren aus Buenos Aires führen durch die faszinierende multikultu-
relle Metropole am Río de la Plata.
Herausgegeben von Timo Berger
SVLTO. Rotes Leinen. Fadengeheftet. Gebunden mit Schildchen und Prägung. 144 Seiten

Lucía Puenzo *Die man nicht sieht* Roman
Diebe haben keine Sommerferien: Ismael, Enana und Ajo sind noch halbe Kinder, doch als Einbrecher nicht zu fassen – bis die kleinen Gauner
an den Luxusstränden Uruguays in große schmutzige Geschäfte hinter
glänzenden Fassaden geraten. Ein packender Roman mit einem unver-
gesslichen Trio.
Aus dem argentinischen Spanisch von Anja Lutter
WAT 824. Broschiert. 208 Seiten

Wenn Sie mehr über den Verlag und seine Bücher wissen möchten, schreiben Sie uns eine Postkarte oder elektronische Nachricht (mit Anschrift
und E-Mail). Wir informieren Sie dann regelmäßig über unser Programm
und unsere Veranstaltungen.
Verlag Klaus Wagenbach   Emser Straße 40/41   10719 Berlin
www.wagenbach.de   vertrieb@wagenbach.de

Die argentinische Originalausgabe erschien 2018 unter dem Titel
Todo por la patria bei Grupo Editorial Planeta in Buenos Aires.

Die Veröffentlichung wurde unterstützt vom Übersetzungs-
förderungsprogramm »Sur« des Außen- und Bildungsministeriums
der Republik Argentinien.
Obra editada en el marco del Programa »Sur« de Apoyo
a las Traducciones del Ministerio de Relaciones Exteriores y Culto
de la República Argentina.

Der Übersetzer dankt dem Deutschen Übersetzerfonds
für die Förderung seiner Arbeit am vorliegenden Text.

© 2018 Martín Caparrós, published in arrangement with
Casanovas & Lynch Literary Agency S.L.
© 2020 für die deutsche Ausgabe: Verlag Klaus Wagenbach,
Emser Straße 40/41, 10719 Berlin   www.wagenbach.de

Umschlaggestaltung Julie August unter Verwendung
einer Fotografie (Ausschnitt) von Kurt Klagsbrunn
(*Im Jockey Club Brasileiro*, 1945), mit freundlicher Genehmigung
von Victor Hugo Klagsbrunn. Gesetzt aus der Garamond.
Umschlagmaterial von SALZER PAPIER, St. Pölten.
Einband- und Vorsatzmaterial von peyer graphic, Leonberg.
Gedruckt auf Schleipen und gebunden bei Pustet, Regensburg.
Printed in Germany. Alle Rechte vorbehalten

ISBN: 978 3 8031 3323 6